페터 카멘친트

Peter Camenzind

KB110501

헤르만 헤세
원당희 옮김

페터 카멘친트

Peter Camenzind

헤르만 헤세

서랍 속에 든 이야기

김엄지

『페터 카멘친트』를 일독한다면 오직 자연에서 얻을 수 있는 위로와 안도를 느낄 수 있다.

『페터 카멘친트』를 이독한다면 타인과의 진정한 관계에 대해 고찰할 수 있다.

『페터 카멘친트』를 삼독한다면 인간 고유성과 생활 세계에 대한 각각의 고찰을 엮어 보려는 시도를 할 수 있다.

『페터 카멘친트』를 사독한다면 자연과 동일시될 수 있는 인간성, 자연과 동일시될 수 없는 인간성, 순수한 반성에 대해 고민하다가 몸살이 날 수 있다.

『페터 카멘친트』는 주인공 '페터 카멘친트'의 유년기에서부터 장년기까지의 생을 보여 준다. 장년기에 이르기까지, 그의 삶은 대체로 좋거나 가끔 나쁘다. 바꿔 말할 수도 있다. 그의 삶은 대체로 나쁘거나 가끔 좋다. 생에서 만나게 되는 희(喜)와 비(悲)의 경계는 무엇일지, 『페터 카멘친트』는 끊임없이 묻는다.

벌어진 일과 벌어지지 않은 일을 비교하는 것은 내가 할 일이 아니리라. ― 본문에서

무엇을 이해할 수 있을까. '죽음'과 '사랑'은 늘 예고 없이 찾아왔고, 페터 카멘친트는 아무것도 예감하지 못했다. 오랜 시간, 그에게 삶은 그 자체로 이해할 수 없는 '수수께끼'였다. 사랑의 실패, 우정의 상실, 해결되지 않는 문학에 대한 열망, 이 모든 수수께끼에 대한 답은 페터 카멘친트의 회귀의 여정이 보여 주듯, 그의 유년 시절에서부터 찾을 수 있다.

1 문학

위대한 신은 (중략) 모든 어린이의 영혼 속에서 날마다 언어를 창조한다. ― 본문에서

'신의 언어'란 자연 언어다. 인간을 자연의 일부로서 이해하는 페터 카멘친트의 태도는 작품 서두에서부터 그려진다. 산과 산 사이에 자리 잡은 니미콘 마을에는 해마다 거센 푄 바람이 불어닥치고 바람이 지나간 자리에는 찬란하고 아름다운 꽃들이 피어난다. 유년 시절의 페터 카멘친트는 폭풍우와 바람 속에서, 산 정상에 서서, 뛰고 구르며 성장한다. 자연에의 몰두, 유희, 찬미는 유년 시절 페터 카멘친트의 전부였다.

소년기의 페터 카멘친트는 모호한 설렘과 두려움으로 자연을 이해한다. 소년 페터 카멘친트는 첫사랑과 문학에 대해서도 마찬가지로, 설렘과 함께 두려움을 느낀다. 이윽고 청년기

에 이르러 페터 카멘친트는 본격적으로 '자연'과 '문학'의 관계에 몰두한다.

별과 산, 호수는 말 없는 자신들의 아름다움과 고통을 이해하고 표현해 줄 어떤 사람을 찾고 있는 것 같았고, 내가 바로 그런 사람인 것 같았다. 그리하여 말 없는 자연을 문학으로 표현하는 것이야말로 내 참된 사명인 것처럼 여겨졌다. ── 본문에서

페터 카멘친트에게 자연은 '문학'에 대한 꿈을 품게 한 가장 강력한 매개체였다. 그러나 동시에 자연은 그에게 이해할 수 없는 수수께끼였다.

2 사랑

어머니로부터 물려받은 성품과 내 자신의 애매한 성향으로 인해 나는 여자를 낯설고 아름답고 수수께끼 같은 종족으로 존경해 왔다. ── 본문에서

페터 카멘친트에게 사랑의 감정은 느닷없이, 예고 없이 생겨나며, 그는 속수무책으로 사랑에 빠진다. 그러나 무엇을 시도하든 번번이 어긋날 뿐이었다. 페터 카멘친트는 에르미니아라는 여인에게 이제 막 사랑을 고백하려고 한다. 그런데 그 순간, 그녀가 이미 어떤 결혼한 남자를 사랑하고 있다는 사실을 알게 된다. 페터 카멘친트는 에르미니아에게 그 사랑이 행복인지, 비참함인지, 혹은 그 둘 다인지에 대해 묻는다.

아, 사랑이란 우리를 행복하게 만들기 위해 있는 것은 아니에요. 그것은 우리가 고통과 인내 속에서 얼마나 견딜 수 있는지를 알려 주기 위해 있는 것 같아요. ― 본문에서

에르미니아와의 사랑이 어긋난 이후, 페터 카멘친트는 본격적으로 자신의 천성을 드러낸다. 자연을 찬미하였듯, 술에 대한 예찬을 시작하게 된 것이었다. 음주는 그에게서 냉소적인 성격과 독설하는 습성을 이끌어 냈으며, 결과적으로 페터 카멘친트는 어느 독일 일간지의 유력 인사가 된다. 그는 '사소하고 불쾌한 명성'을 즐기는 시기를 보내지만 이내 다시 절망한다.

3 죽음

생애 처음으로 깊은 우정을 나누었던 리하르트의 죽음으로 페터 카멘친트는 또 한 번 절망한다. 그는 부아의 숲에 앉아 죽음을 결심한다. 죽음을 결심한 그때, 불현듯 그는 어머니의 죽음을 떠올린다. 어머니의 임종은 그가 목도하였던 첫 죽음이었다.

방은 조용했고, 서서히 밝아 오는 아침노을의 붉은빛으로 가득 차기 시작했다. (중략) 고통 또한 거의 느낄 수 없었다. 왜냐하면 나는 놀라움과 경외심에 사로잡혀, 하나의 거대한 수수께끼가 어떻게 풀리는지, 삶의 둥근 고리가 잔잔한 떨림 속에서 어떻게 닫히는지를 볼 수 있었기 때문이다. ― 본문에서

페터 카멘친트는 죽음을 '자연'과 함께 기억하고 있었다. 그에게 어머니의 죽음은 '모범적'인 것이었다. 임종의 순간, 어머니는 자연에 순응하는 자이자 시간을 받아들이는 자로서 페터 카멘친트에게 각인되었다. 그리하여 페터 카멘친트는 죽음에 대하여 한 가지 이해를 얻는다.

죽음은 냉정하지만 뛰쳐나간 아이를 집으로 맞아들이는 인자한 아버지처럼 다정하고 자비롭기도 했다. 죽음은 우리의 현명하고 착한 형제라는 사실을 다시 깨달았다. 죽음은 올바른 때를 알고 있으니 우리는 확신을 가지고 그를 기다려도 좋을 것이다. ── 본문에서

페터 카멘치트가 장년이 되기까지, 삶의 지난한 경로(어긋난 사랑의 시도, 우정의 상실, 사교 모임에서의 허무, 타인에게서 받는 피로)는 그를 고독하게 했다. 그는 존경하는 성 프란체스코의 자취를 따라 아시시에서 머무르기도 하지만, 문학에 대한 열망은 쉽게 해결되지 않는다. 여전히 고독과 절망이 자주 찾아들었고, 그때마다 술을 마실 뿐이었다.

4 반성

장년기에 이르러 페터 카멘친트는 비로소 진정한 성장을 이룬다. 보피와의 우정으로 말미암아 가능한 성장이었다. 평소 친분이 있던 목공의 집에 들렀을 때, 페터는 처음으로 보피라는 인물을 만난다. 보피는 목공의 처남이며, 신체 기형의 불

구자다. 페터 카멘친트는 보피라는 존재로부터 불편함과 당황스러움을 느낀다. 목공과 그의 아내 역시 보피를 부담스럽게 여긴다.

어느 날, 페터가 목공의 집에 들렀을 때 보피는 산책에 나서는 모든 이들을 향해 혼자 집에 남아 있겠노라고 말한다. 그리하여 목공 일가족과 페터 카멘친트는 몸이 불편한 보피를 집에 홀로 남겨 둔 채 외출한다. 포도주를 한잔하기 위해 카페에 자리를 잡았을 때, 페터 카멘친트는 깨닫는다.

스스로 아주 동정심 많고, 선량한 사람이라고 여기던 우리는 그를 집 안에 가둬 놓고 산책하러 나갔던 것이다! (중략) 무엇 때문에 나는 성자의 생애를 연구하고, 그가 남긴 고귀한 사랑의 노래를 암송하고 움브리아 언덕에서 그의 자취를 찾았단 말인가? 나는 마치 순결하고 맑은 거울 앞에 세워진 기분이었다. ― 본문에서

페터는 '순결하고 맑은 거울' 앞에 선 자신의 모습을 '거짓말쟁이, 허풍쟁이, 겁쟁이, 사기꾼'으로 표현한다. 페터 카멘친트는 끔찍한 기분으로 자신의 위선과 마주한 것이다. 반성의 순간은 즐겁지만은 않다. 페터는 보피가 홀로 남겨진 집으로 뛰어간다. 그리고 페터는 부엌문 앞에서 보피의 노랫소리를 듣는다. 보피가 부르는 「꽃은 희고 붉다」라는 노래를 들으며, 페터는 인생의 희비에 대해 생각한다.

그날 이후 페터 카멘친트는 보피와 우정을 쌓기 시작한다. 페터는 보피에게서 자연에 순응하는 인간의 한 유형을 배운다. 보피는 신체적으로 불편한 자신의 허약함과 결핍을 인정할 줄 아는 존재였던 것이다.

그러나 페터가 보피와 보낼 수 있는 시간 또한 유한했다. 보피의 죽음 이후, 페터 카멘친트는 고향 니미콘 마을로 돌아간다.

5 회귀

고향 사람들은 내 덕성과 악덕, 특히 죄까지도 그저 평범하고 혈통적인 어떤 것으로 간주하였다. 저 바깥세상에서 나는 고향을 잊은 적 있었고, 나 자신을 드물고 이상한 종류의 인간으로 여기곤 했다. 그러나 이제 나는 그것이 바깥세상에는 어울리지 않는 니미콘 사람들만의 본질이었다는 것을 깨달았다. ─ 본문에서

페터 카멘친트는 겨우내 아버지와 함께 시간을 보내며, 그의 죽음을 예견한다. 삼촌의 활기찬 모습에서도 역시 죽음을 예감한다. 그러나 제자리로 회귀한 페터의 시선에서 슬픔은 느껴지지 않는다. 흘러가는 삶을 그 자체로, 오롯이 인정하기로 한 자의 여유가 느껴질 뿐이다.

예전의 노인들은 죽었지만, 그 집에는 여전히 노인들이 살고 있었다. 얼굴이나 행동거지로 봐서는 죽은 노인들과 거의 구별되지 않았다. ─ 본문에서

니미콘 마을 사람들의 모습은 마치 '계절'처럼 묘사된다. 작품에 빈번하게 그려지는 죽음은, 단순한 상실이 아니다. '죽음' 역시 자연의 일부로서 거기에 수긍하는 인간의 태도를 보

여 주며, 이는 절망에 대처하는 지혜로운 하나의 방식임을 깨우치게 한다. 인간은 '죽음'과 '사랑'이 찾아오는 시기를 알 수 없다. 그저 그 순간을 온몸으로 받아들이는 수밖에 없다.

'죽음'과 '사랑'에 순응한 것처럼, 페터 카멘친트가 자신의 '위선'까지 인정하게 됐을 때 순수한 반성 또한 비로소 가능해졌다. 페터 카멘친트는 반성할 줄 아는 인간이므로, 또 다른 가능성을 꿈꿀 수 있는 인간이다. 유년기의 페터 카멘친트가 니미콘 마을 바깥의 세계에서 희망을 꿈꿨다면, 장년기의 페터 카멘친트는 자신의 내부에서 희망을 발견하고 설렘을 느낀다.

이제 서랍에는 내 위대한 시의 첫 부분이 들어 있다. ─ 본문에서

니미콘 마을, 페터 카멘친트의 방, 서랍에는 그의 시가 있다. 헤르만 헤세의 모든 이야기가 『페터 카멘친트』에서 시작되는 이유다.

차례

프리츠 로이톨트와 알리스 로이톨트에게 바친다.

1장

태초에 신화가 있었다. 위대한 신은 인도 사람이나 그리스 사람, 독일 사람의 영혼 속에서 언어를 창조하고 표현을 만들어 내고자 노력했듯이 모든 어린이의 영혼 속에서 날마다 언어를 창조한다. 내 고향의 호수와 산, 개울의 이름을 나는 아직도 알지 못한다. 그러나 나는 햇빛 아래서 엷은 푸른색으로 반짝이는 매끄러운 호수, 호수를 두른 촘촘한 꽃망울들 사이로 우뚝 솟아오른 가파른 산맥, 눈 쌓인 봉우리들 사이로 하얗게 빛나는 움푹 팬 골짜기들, 여기저기 흘러내리는 자그마한 폭포들, 과수와 오두막과 잿빛 알프스 젖소들이 들어차 있는 산비탈의 경사진 밝은 목장을 보며 자라 왔다. 내 가냘프고 작은 영혼은 순수하고 잔잔했으며 기다림 속에 있었으므로, 호수와 산의 정령들은 그들의 아름답고 대담한 행위를 내 영혼 속에 아로새겨 넣었다. 가파른 절벽과 암벽은 자손 대대로 내려오면서 가슴에 새겨진 상처의 세월에 대해 자랑스럽고 경건하게 이야기했다. 험한 바위산들은 울부짖고 으르렁거리며 하늘로 치솟아 올라 무턱대고 높은 봉우리를 이루다가 어느 정점에 가서는 힘없이 목을 꺾어 내렸다. 쌍둥이 산들은 서로 자리를 차지하려고 무섭게 싸우다가는 결국 한 봉우리가 다른 봉우리를 무찔러 옆으로 밀어 던지며 부서트렸다. 그 이후로 저 높은 협곡들에는 부서져 내린 봉우리, 밀려나고 금이 간 바위들이 아직도 여기저기 매달려 있었다. 그리하여 해마다 해빙기가 찾아오면 급류가 집채만 한 바위들을 굴려 유리처럼 조각내거나 그것을 부드러운 풀밭 속 깊숙이 처박곤 했다.

이 바위산들은 언제나 같은 말을 되풀이했다. 가파른 절벽, 층층이 꺾이고 파여 부서진 틈바구니들을 보고 있으면, 그들이 무슨 말을 하는지 쉽게 이해할 것 같았다. 바위산들은 '우리는 끔찍한 고난을 겪었고, 아직도 겪고 있노라.'라고 말하고 있었다. 그러나 그들은 그 옛날 불굴의 투사들처럼 당당하면서도 냉정하고 근엄하게 외쳤다.

그렇다, 그들은 진정 투사였다. 초봄의 소름 끼치도록 무서운 밤, 잔인한 열풍이 그들의 늙은 머리통 근처에서 포효하거나 사나운 물살이 그들의 옆구리 살점을 찢고 지나갈 때, 나는 그들이 급류와 폭풍을 맞아 싸우는 모습을 보았다. 그런 밤이면 그들은 어두운 얼굴로 조용히 숨죽인 채, 뿌리를 단단히 박고 끈질기게 저항할 태세를 갖춘 뒤, 풍상에 갈라진 벽과 돌덩이를 불쑥 내밀어 온 힘을 다해 폭풍과 싸움을 벌이곤 하였다. 상처를 입을 때마다 분노와 공포로 물든 무시무시한 소리가 우리의 귓가에서 맴돌았지만, 거기에는 먼 곳까지 퍼져 나가 산산이 부서지면서도 신음조차 흘리지 않는 투사의 고통스러운 목소리가 담겨 있었다.

나는 옛날 사람들이 진기하고 신비한 이름을 붙여 주었던 풀과 꽃, 양치류와 이끼들이 우거진 풀밭과 산비탈, 바위틈을 봐 왔다. 산의 자식들이자 손자들인 그들은 제자리에서 형형색색의 모습으로 천진하게 살았다. 나는 그들을 손으로 만지거나 살펴보고, 향기를 맡고, 또 그 이름을 익혔다. 특히 나무를 볼 때면 나는 마음속 깊이 감동했다. 그들은 그들 특유의 생명을 이어 가면서 자신의 독특한 모양과 가지를 만들어 내고 자신의 고유한 그림자를 던졌다. 정착민이자 투사로서, 특히 높은 곳에 사는 나무일수록, 그들 각자는 자신들의 생존과 깨어 있음을 위해 바람과 돌과 날씨에 대항해 고요히, 하지만 끈질기게 투쟁했다. 그들은 각자 자신의 짐을 짊어지고 스스로 버텨 내야 했기에 자기만의 고유한 모습과 독특한 상처를 지니고 있었다. 폭풍 때문에 가지가 한쪽으로 치우쳐 버린 소나무들이 있었는가 하면, 붉은 줄기가 마치 뱀처럼 바위를 칭칭 감고 선 것도 있었다. 그렇게 해서 나무와 바위가 서로를 누르고 지탱해 주는 것이었다. 내 눈에 그들은 마치 전쟁을 치르는 사나이들처럼 보였고, 그런 모습이 내 마음속에 두려움과 존경심을 불러일으켰다.

그러나 우리 마을의 남자와 여자 들 역시 그들과 흡사했다. 투박하고 깊이 주름진 얼굴을 지닌 데다 별로 말이 없었다. 말은 적을수록 좋은 법이다. 그래서 나는 인간을 나무나 바위처럼 바라보고 생각하면서, 그들을 말이 없는 소나무와 마찬가지로 존경하고 사랑하는 법을 배웠다.

우리 마을 니미콘은 호숫가의 두 산자락 사이에 낀 비스듬한 삼각형 모양의 평지에 있었다. 길 한 줄기는 수도원으로 통했고, 다른 한 줄기는 네 시간 반 걸리는 이웃 마을로 나 있었다. 나머지 호숫가 마을들은 배를 타고 왕래했다. 마을의 집들은 오래된 목조 양식이었고, 지어진 연대는 확실치 않았다.

신축하는 건물이라고는 전혀 없었고, 낡은 집은 그때그때 필요에 따라 부분적으로 수리했다. 올해는 마루를, 다음번에는 지붕을 약간 손보는 정도였다. 또는 예전에 방 벽에다 사용한 들보나 횡목을 지붕의 서까래로 쓰거나 그렇게 쓸 수는 없지만 태워 버리기 아까울 때는 외양간이나 건초장을 수리하는데 쓰거나 집 대문의 빗장으로 활용하는 경우가 많았다. 그 안에 거주하는 사람들 자신도 비슷했다. 각자가 가정에서 자신의 역할을 할 만큼 하다가는 우물쭈물 쓸모없는 사람들 층으로 껴들고, 수년 간 집을 떠났던 사람이 귀향해도, 그는 낡은 지붕 몇 개가 수리되고 새 지붕 몇 개가 낡았다는 것 외에는 달라진 점을 발견할 수 없었다. 과거의 노인들은 죽었지만, 그 집에는 여전히 노인들이 살고 있었다. 그들은 같은 이름으로 살아가면서 예전처럼 검은 머리의 아이들을 키웠다. 얼굴이나 행동거지로 봐서는 죽은 노인들과 거의 구별되지 않았다.

우리 마을에는 외지에서 들어오는 새로운 가문이나 인물이 별로 없었다. 꽤 건장한 체격을 타고난 주민들은 거의 모두가 서로 친척이었고, 그 가운데 4분의 3 이상이 카멘친트라는 성을 지니고 있었다. 카멘친트라는 글자는 교적부의 지면을 가득 채웠고, 교회 묘지의 비석 곳곳에도 새겨져 있었다. 집 대문마다 그 이름이 페인트칠로 반짝거리는가 하면, 굵은 나무로 조각되어 있었다. 심지어 역마차나 물통, 나룻배에서도 그 이름을 읽을 수 있었다. 우리 집 대문에도 '이 집은 요스트와 프란치스카 카멘친트가 지었노라.'라는 팻말이 걸려 있다. 물론 그것은 나의 아버지가 아니라 증조할아버지와 연관된 것이었다. 언젠가 내가 아이 없이 죽어도 다른 카멘친트가 그 낡은 둥지로 옮겨 와 새롭게 지붕만 올리고 살아가리라는 것을 나는 알았다.

흡사 같은 것처럼 보이는 생활 양식에도 불구하고 우리 씨족 마을에는 악한 사람과 선량한 사람, 고상한 사람과 보잘 것없는 사람, 권위 있는 사람과 비천한 사람이 한데 어울려 있었다. 똑똑한 사람도 꽤 있었고, 백치는 결코 아니라 해도 바보에 가까운 어리석은 무리도 좀 있었다. 말하자면 우리 마을은 큰 세계의 축소판이었다. 대인과 소인, 교활한 자와 멍청한 자가 서로 돈독히 친척 관계를 맺고 있어서, 같은 지붕 아래 살면서도 서로가 교만을 부리거나 어리석은 짓을 저질러 감정이 상하기 일쑤였다. 그래서 우리의 삶은 인간이 할 수 있는 모든 심오함과 우스꽝스러움을 연출하곤 했다. 비밀스러움과 우수의 영원한 베일이 우리 마을을 덮고 있었다. 자연의 힘에 좌우된다는 것, 끊임없이 일해야 한다는 걱정이 시간이 지나면서 하염없이 늙어 가는 사람들에게 우울한 그늘을 드리웠다. 이런 그늘이 그들의 날카롭고 각진 얼굴에 제법 어울리는 것도 사실이었지만, 그렇다고 해서 어떤 결실, 적어도 기대할 만한 성과를 가져온 것은 아니었다. 바로 이런 이유 때문에 마을 사람들은 얌전하고 진지하지만 가끔 폭소와 조롱거리를 자아내던 몇몇 바보를 보고 즐거워했다. 바보들 가운데 어떤 자가 괴상한 행동으로 구설수에 오르면, 니미콘 사람들의 주름지고 그을린 얼굴에는 즐거운 빛이 감돌았다. 자신은 그런 오류와 실수로부터 안전하다는 듯 우월감을 뽐내며 맛 좋은 바리새인의 양념을 혀로 쩝쩝거리며 즐거워했다. 올바른 자와 죄지은 자 중간에서 느긋한 기분으로 즐기던 사람들 가운데에는 아마 나의 아버지도 껴 있었을 것이다. 어떤 바보가 멍청한 행동이라도 저지르면, 아버지는 만면에 흥분한 기색을 띠고는, 그 바보에 대해 경탄을 보내면서도, 자신은 흠이 없다는 것을 의식하는 데서 비롯하는 미묘한 감정을 감추지 못했다.

그런 바보들 가운데 하나가 나의 콘라트 외삼촌이었다. 물론 그가 아버지나 다른 사내들보다 분별력이 떨어진다고는 할 수 없었다. 오히려 명석한 두뇌로 무엇인가 쉴 새 없이 발명하려고 열심이어서, 남들이 그를 은근히 질투할 정도였다. 하지만 성공적으로 끝낸 일은 아무것도 없었다. 그런데도 그는 시선을 떨구거나 맥없이 실망에 잠기지 않고, 항상 무엇인가 새로운 일을 시작하면서 자기 계획의 즐겁고 슬픈 일에 대해 기이하게도 생기 있는 감정을 지니고 있었다. 그것은 틀림없이 그의 장점이자, 동시에 마을 사람들이 그를 구제 불능의 멍청이로 여기게 하는 우스꽝스러운 특징이었다. 아버지는 이런 그의 태도에 대해 어떤 때는 경탄하다가도 또 어떤 때는 경멸을 퍼붓곤 했다. 처남의 새로운 계획은 실상 아버지에게는 항상 강한 호기심과 흥분을 불러일으켰다. 그것을 반어적인 질문과 농담으로 감추려 했지만 소용없었다. 외삼촌이 성공을 확신하며 대단한 일에 착수할 때마다 아버지는 흥분하여 이 천재와 각별한 형제애로 맺어졌다. 그러나 그것이 실패로 돌아가면 외삼촌은 어깨를 으쓱하면서 지나치는 데 반해, 아버지는 조소와 모독을 곁들인 분노를 토하고는 몇 달 동안이나 외삼촌을 쳐다보지도, 말을 걸지도 않았다.

우리 마을 사람들이 처음으로 돛단배를 보게 된 것도 콘라트 외삼촌 덕분이었다. 이를 위해 아버지의 작은 나룻배가 동원되었다. 외삼촌은 달력의 판화를 모방하여 돛과 닻줄을 깔끔하게 만들었다. 그러나 아버지의 작은 나룻배는 그럴듯한 돛단배로 개조하기에는 너무 작았으며, 이는 따지고 보면 외삼촌 잘못이 아니었다. 준비는 몇 주 동안 이어졌고, 그동안 아버지는 긴장과 희망, 불안으로 어찌할 바를 몰랐다. 마을 사람들에게도 콘라트 카멘친트의 새로운 시도는 가장 떠들썩한 화젯거리였다. 어느 바람 부는 늦여름 아침, 바야흐로 돛단배가 호수에 첫발을 담가야 했던 날은 참으로 우리에겐 기념할 만한 날이었다. 아버지는 혹 일어날지도 모르는 재앙에 대한 불안한 예감 때문에 호수에서 멀찌감치 떨어져 있었다. 내게도 그 배에 동승하는 것을 금지해서 나는 무척이나 실망했다. 결국 빵집 아들 퓌슬리가 그 돛단배의 발명가와 동행하게 되었다. 그러나 마을 사람 모두가 우리 집의 자갈밭과 작은 정원에 서서 이 진기한 구경거리를 지켜보았다. 경쾌한 동풍이 호수 앞쪽으로 불어왔다. 처음에는 빵집 아들이 노를 저어야 했다. 순풍을 타고 돛이 부풀어 오르자 배는 도도하게 앞으로 나아갔다. 우리는 배가 다음 산모퉁이를 돌아 사라지는 광경을 감탄하며 지켜보았다. 우리는 승리자로서 귀환하는 영리한 외삼촌을 맞이하며 그동안 비웃었던 일을 뉘우칠 마음의 자세를 이미 갖추고 있었다. 그러나 밤이 되어 배가 돌아왔을 때, 돛은 사라지고 두 선원은 거의 초주검이 되어 있었다. 빵집 아들 퓌슬리가 콜록콜록 기침을 하며 말했다. "돛단배를 띄워야지, 콘라트!" 하며 놀라곤 했다. 아버지는 울화를 삼키면서 오랫동안 이 가련한 처남을 만날 때마다 흘겨보고, 형언할 수 없는 경멸의 표시로 커다란 원을 그리며 침을 뱉었다. 이 일은 어느 날 콘라트 외삼촌이 '내화성 솥' 발명 계획을 말할 때까지 계속되었다. 이 계획으로 말미암아 발명가는 영원한 비웃음을 샀고, 아버지는 멀쩡한 4탈러의 손실을 입었다. 감히 이

'4탈러 이야기'를 상기시키는 사람은 아버지에게 혼쭐났다. 한참 뒤, 언젠가 집에 급한 일이 생겼을 때, 어머니가 지나가는 말로 "그 몽땅 날려 버린 돈이 지금까지 있었으면 참 좋겠는데."라고 한 적이 있었다. 아버지는 화가 난 나머지 목까지 시뻘게졌지만, 가까스로 진정하고는 "그걸로 일요일에 술이나 실컷 퍼마시는 건데!"라고 말하는 것이었다.

매해 겨울이 끝날 무렵에는, 윙윙거리는 계곡 바람의 울부짖음과 함께 푄이 불어왔다. 알프스 사람들은 두려움에 떨며 그 소리를 듣지만, 타향에 나가서는 애절한 향수에 젖어 그 소리를 그리워한다.

푄이 가까이 오면, 남자와 여자, 산과 봉우리, 야생 동물이나 가축 등 모두가 몇 시간 전에 낌새를 알아차린다. 거의 언제나 서늘한 마파람이 먼저 불어온 다음, 따뜻하고 깊은 바람 소리가 그것을 알려 준다. 청록색 호수는 눈 깜짝할 사이에 잉크처럼 새까매지다가 갑자기 하얀 물거품들이 부글거리며 솟아오른다. 그러면 몇 분 전만 해도 아주 평화롭게 누워 있던 호수는 해변의 바다처럼 무서운 파도를 일으키며 날뛴다. 그와 동시에 주변의 산과 호수가 불안한 듯 서로 가까이 다가선다. 평소에는 희미하게 멀리 보이던 산봉우리의 바위들을 헤아릴 수 있으며, 멀리서 보면 갈색 반점으로 얼룩져 있던 이웃 마을의 지붕이며 덧문이며 창문까지 구분할 수도 있다. 산도 목장도 집들도, 마치 불안에 떠는 가축 떼처럼 가깝게 모여든다. 그러면 요란한 바람 소리가 몰려오고, 땅이 흔들리기 시작한다. 채찍질당한 듯 호수의 파도가 연기처럼 공중으로 곧장 솟아오르더니 이내 흩뿌려진다. 밤이 되면 사람들은 폭풍과 산의 치열한 싸움 소리를 듣는다. 그런 뒤 곧바로 불어 넘친 시내, 부서진 집, 조각난 배, 실종된 아버지들과 형제들의 소식이 이 마을에서 저 마을로 전해진다.

어린 시절 나는 푄을 무서워했고 싫어하기까지 했다. 그러나 소년으로 성장하면서 나는 그 정복자, 영원한 젊음, 거만한 투사, 봄의 전령을 사랑하게 되었다. 푄이 생명과 희망으로 넘치는 힘에 가득 차서 으르렁거리거나 웃거나 또는 신음하며 격렬하게 싸울 때, 울부짖으며 계곡을 달려 나가고, 산꼭대기의 눈을 먹어 치우며 그 거친 손으로 낡은 소나무를 구부려 한숨 쉬게 할 때는 참으로 장관이었다. 그런 뒤부터 내 사랑은 더욱 깊어져 남쪽 나라의 기운을 반기게 되었다. 그것은 항상 즐거움과 따뜻함과 아름다움의 격랑을 일으키다가 산등성이에 부딪혀 나른해진 채 평평하고 차가운 북쪽 나라로 힘없이 사라져 갔다. 무엇보다 이상하고 진기한 것은 푄이 부는 시기가되면 산악 지방에 사는 사람들, 특히 여자들의 가슴으로 덮쳐드는 달콤한 푄의 열기였다. 그 열기는 사람들의 밤잠을 빼앗고, 모든 관능을 부드럽게 자극했다. 딱딱하고 소박한 북쪽 나라의 가슴에 늘 새롭게 몰려와, 가까운 이탈리아의 호수에는 벌써 벚꽃과 수선화, 복숭아꽃이 피었다는 소식을 눈 덮인 알프스 마을에 전해 주는 것이 바로 이 남쪽 나라의 바람이었다.

푄이 잠잠해지고 마침내 질퍽거리는 눈더미가 녹고 나면, 곧 가장 아름다운 계절이 찾아온다. 그러면 산허리에는 꽃으로 노랗게 뒤덮인 초원이 생겨난다. 높은 곳의 설봉과 계곡은 순결하고 행복한 모습으로 우뚝 서 있고, 호수는 푸르고 따뜻해져서 태양과 구름 조각을 수면에 비춘다.

이 모든 것이 유년 시절뿐만 아니라 때에 따라서는 일생을 풍족하게 채워 준다. 왜냐하면 이 모든 것은 인간의 입에는 결코 올릴 수 없는 신의 언어를 큰 소리로 끊임없이 말해 주기 때문이다. 어린 시절에 그런 현상을 경험한 사람에게 그것은 일생 동안 강력하고 달콤하면서도 줄기차게 울려오기 때문에 그는 절대로 그 경계에서 벗어날 수 없다. 산에서 태어나 자란 사람이 오랫동안 철학과 자연 과학을 공부해서 옛날의 신을 잠시 버렸을지라도, 푄을 다시 한 번 느끼거나 눈사태가 나무를 부러뜨리는 소리를 들으면, 그는 가슴이 철렁 떨리는 걸 느끼며 다시 신과 죽음에 대해 생각하게 되는 법이다.

우리의 작은 집에는 울타리 대신 아주 작은 정원이 경계를 이루었다. 정원에는 상추와 당근, 양배추가 자라고 있었다. 그 밖에도 어머니는 정원 옆쪽으로 아주 작고 아담한 꽃밭 하나를 가꿨다. 거기에는 두 그루의 장미와 한 송이 달리아, 목서초 한 줌이 쓸쓸히 시들어 가고 있었다. 자그마한 자갈밭이 정원으로부터 호수까지 이어져 있었다. 그곳에는 부서진 물통 두 개와 널빤지와 말뚝 몇 개가 놓여 있었고, 물가에는 우리의 작은 나룻배가 매여 있었다. 당시에는 그 배를 몇 년에 한 번씩 수선하고 타르를 칠했다. 배를 수선하고 타르 칠을 하던 날은 내 기억 속에 뚜렷한 영상으로 남아 있다. 어느 초여름 따뜻한 오후의 일이었다. 정원에서는 햇빛을 받아 노랗게 반짝이는 나비가 날아다녔고, 푸른 호수는 매끄럽고 영롱하게 반짝거렸다. 산꼭대기에는 안개가 엷게 끼어 있었고, 작은 자갈밭에는 역청과 페인트 냄새가 진동했다. 여름 내내 배에서는 타르 냄새가 풍겼다. 몇 년 뒤에도 어느 호숫가에선가 물에서 나는 냄새와 타르 냄새가 섞여 내 코를 자극했을 때, 나는 즉시 호숫가 공터와 아버지가 윗도리 소매를 걷어 올리는 모습을 눈앞에 떠올렸다. 아버지의 파이프에서 나오는 푸르스름한 연기가 고요한 여름 공기 속으로 올라가고, 샛노란 나비가 놀란 듯 눈에 보이지 않을 정도로 재빨리 날갯짓하던 모습도 새삼 떠올랐다. 그런 날이면 아버지는 평소보다 기분이 좋아져 휘파람을 근사하게 불거나 유일하게 아는 요들송을 반쯤 입 밖으로 소리 내어 불렀다. 그러면 어머니는 저녁 식사로 무엇인가 맛있는 음식을 요리했다. 지금 생각해 보면 어머니는 아버지가 이런 날 저녁엔 술집에 가지 않을지도 모른다는 희망을 은근히 품었던 것 같다. 그러나 아버지는 어김없이 술집을 찾았다.

어린 시절 부모님이 내 정서의 발전에 특별히 도움을 주었는지 방해가 되었는지는 말할 수 없다. 어머니는 언제나 두 손에 일거리를 가득 달고 다녔고, 아버지는 도대체 내 교육 문제에는 아무런 관심도 없었다. 아버지는 과일나무 몇 그루를 돌보고, 작은 감자밭을 갈고, 건초를 손질하는 것만으로도 바빴다. 고작 관심을 갖는다는 것이 대략 몇 주에 한 번 외출하기 전 저녁에 나를 외양간에 쌓인 건초 더미 위로 조용히 끌고 가, 거기서 아주 기묘한 벌을 주곤 했다. 나는 호되게 매를 맞았지만, 아버지도 나도 왜 때리고 왜 맞는지 그 이유를 정확히 알지 못했다. 그것은 네메시스 여신의 제단에서 행해지는 조용한 희생 같은 것이었다. 다시 말해 아버지의 꾸짖음도 없고 나의 비명도 없이 그저 어떤 비밀스러운 힘에 바쳐지는 죄의 희생이었다. 몇 년 뒤, '맹목적' 운명에 대한 말을 들을 때마다 나는 이 알 수 없었던 장면을 머리에 떠올렸고, 그것이 바로 그 개념을 구체적으로 표현하는 방법이라 여겼다. 아버지로서는 자신도 모르는 사이에 인생 스스로가 우리를 훈련시킨다는 단순한 교육학 이론을 따랐던 셈이었다. 그것은 마치

우리가 가끔 마른하늘에서 울리는 뇌성을 들을 때, 우리가 무슨 나쁜 짓을 저질러 전능한 하느님을 노하게 했나, 곰곰이 생각해 보게 되는 것과 같은 이치였다. 그러나 내게는 이런 반성이 전혀, 또는 거의 생기지 않았다. 나는 이렇듯 할부로 받는 벌을 바람직한 자기 훈련으로 받아들이거나 거기에 저항하지 않고, 오히려 그런 날 저녁이면 이제 세금을 냈으니 몇 주 동안 벌 받는 일은 없겠구나 생각하며 기뻐했다. 나는 내게 일을 시키려는 늙은 아버지의 노력에 대해 독립적인 태도로 맞서기만 했다. 도무지 이해가 안 되는, 낭비벽이 있는 천성은 나의 내부에 두 가지 모순되는 선물을 함께 주었다. 그 하나는 유달리 튼튼한 체력이었고, 다른 하나는 유감스럽게도 일하기 싫어하는 경향이었다. 아버지는 나를 쓸모 있는 아들이자 조력자로 만들려고 고심했지만, 나는 온갖 꾀를 내어 내게 부여된 일을 요리조리 피해 다녔다. 내가 고등학생이었을 때, 온갖 괴로운 일로 압박받는 헤라클레스만큼 나의 동정심을 불러일으킨 고대 영웅은 없었다. 한때 나는 풀밭이나 호숫가에서 빈둥거리며 돌아다니는 일보다 더 좋은 것을 알지 못했다.

산과 호수, 폭풍과 태양은 나의 친구들이었다. 이들이 내게 이야기를 들려주고 나를 길러 주었으며, 오랫동안 어떤 인간이나 인간의 운명보다 더 사랑스럽고 친밀했다. 그러나 빛나는 호수, 구부러진 소나무, 햇빛으로 반짝이는 바위들보다 내가 더 사랑했던 것은 구름이다.

이 넓은 세상에서 나보다 더 구름을 잘 알고, 나보다 더 구름을 사랑하는 사람이 있다면 내게 보여 주오! 이 세상에서 구름보다 더 아름다운 것이 있다면 내게 보여 주오! 구름은 유희이자 눈의 위안, 축복이자 신의 선물, 분노이자 죽음의 힘이다. 구름은 갓 태어난 아기의 영혼처럼 부드럽고 연약하며 평화롭다. 천사처럼 아름답고 풍요롭고 너그러우며, 죽음의 사자처럼 어둡고 회피할 수 없으며 가차 없이 냉정하다. 구름은 엷은 층을 지어 은빛으로 떠다니고, 황금빛 테두리를 두르고 하얗게 미소 지으며 항해하는가 하면, 노랑, 빨강, 파랑이 되어 가만히 머무른다. 아니 살인자처럼 음침하게 살금살금 기어 다니고, 미친 듯 말을 모는 기수처럼 머리를 들고 마구 질주하며, 기운 없는 사람처럼 창백한 하늘 높은 곳에서 슬프게 가로누워 꿈을 꾼다. 그것은 행복한 섬, 축복하는 천사의 형태를 띠기도 하고, 펄럭이는 돛, 방랑하는 학과 비슷한 모습을 짓기도 했다. 구름은 모든 인간 욕망의 아름다운 표상으로서 신의 하늘과 가련한 땅 사이, 그 양편 모두에 속하면서 떠돌아다닌다. 그렇기에 구름은 펄럭이는 영혼을 순수한 하늘 쪽으로 휘감아 오르게 하는 대지의 꿈과 같다. 구름은 모든 방랑, 모든 탐구, 갈망과 향수의 영원한 상징이다. 구름이 하늘과 땅 사이에서 수줍어하고 그리워하며 고집스럽게 매달려 있는 것처럼, 인간의 영혼은 시간과 영원성 사이에 매달린 채로 방황한다.

오, 아름답고 정처 없이 떠도는 구름이여! 나는 철부지 어린 시절부터 구름을 사랑하였고 넋을 놓고 구름을 쳐다보았다. 그러나 나 자신도 한 조각 구름으로 삶을 배회하리라는 것, 어디에서든 이방인으로 방황하며, 시간과 영원성 사이를 떠돌아다니게 되리라는 것을 알지 못했다. 어린 시절부터 구름은 나의 사랑스러운 여자 친구였고 누이였다. 오솔길을 걸을 때마다 우리는 서로 고개를 끄덕이며 인사를 했고, 잠시 서로의 눈을 들여다보았다. 나는 당시 구름에게서 배웠던 것을 잊지 못한다. 구름의 형태, 색깔, 움직임, 유희, 윤무, 꿈과 휴식을, 그리고 그것의 지상적이고도 천상적인 기이한 이야기들을 잊지 못한다.

예를 들어 '눈공주 이야기'가 그러했다. 그 배경은 초겨울, 온화한 바람이 부는 아주 깊은 산골이다. 눈공주는 시녀 몇 명을 데리고 높은 하늘에서 내려와 널찍한 산마루나 평평한 봉우리에서 쉼터를 찾는다. 사나운 북동풍이 순수한 눈공주를 음험한 눈으로 바라보다가 탐욕에 못 이겨 산으로 살그머니 올라와 돌연 미친 듯 날뛰며 눈공주를 덮친다. 바람은 아름다운 눈공주를 검은 조각구름 속에 집어던지며 조롱하고 핍박하고는 내쫓으려 한다. 공주는 잠시 무서워하지만, 꿋꿋이 참고 기다린다. 때로는 머리를 흔들며 조용히 비웃는 표정을 짓더니 하늘로 되돌아가고, 때로는 근심하는 시녀들을 갑자기 주변으로 불러 모아 자신의 우아한 얼굴을 드러내며 차가운 손으로 악마를 물리친다. 악마는 머뭇거리다 괴성을 지르며 달아난다. 그러자 눈공주는 조용히 앉아 자신의 자리를 안개로 둘러싼다. 안개가 물러가자, 그동안 내리쌓인 깨끗하고 하얀 눈으로 반짝이는 산마루와 산봉우리가 선명하게 모습을 드러낸다.

이 이야기에는 무엇인가 고결한 것, 아름다움의 영혼과 승리가 깃든 것 같아서 내 마음을 매혹시켰으며, 내 작은 심장을 비밀스러운 즐거움처럼 감동시켰다.

곧바로 나는 구름에 가까워져 그 사이로 걸어 다니며 높은 곳에서 구름 떼를 관찰할 수 있는 순간을 맞이했다. 최초의 봉우리, 젠알프스의 꼭대기에 올랐을 때 나는 열 살이었다. 산밑에는 니미콘 마을이 자리 잡고 있었다. 이때 나는 산이 주는 놀라움과 아름다움을 목격했다. 얼음과 눈이 녹아 흐르는 물로 가득 차 깊은 협곡, 푸르스름한 빙하, 무시무시한 퇴적빙, 이 모든 것 위로 하늘은 종처럼 높고 둥글게 떠 있었다. 십여 년 동안 산과 호수를 가까이하고 살면서 여기저기 탁 트인 대기에 압도되어 본 사람이라면, 머리 위로 크고 넓은 하늘이 펼쳐져 있고, 눈앞에는 무한한 지평선이 가물거리는 날의 광경을 잊지 못할 터다. 산에 오르면서 나는 아래에서 이미 친숙하게 보아 왔던 절벽과 암벽이 그토록 어마어마하다는 사실을 발견하고 깜짝 놀랐다. 돌연 거대한 넓이가 내게 불안과 경탄을 일으키며 쇄도하여 나는 순간적으로 정신을 잃을 것 같았다. 아, 세계는 상상할 수 없을 정도로 거대하구나! 우리 마을은 저 아래 길을 잃은 듯 누운 채, 조그만 점처럼 반짝일 뿐이었다. 골짜기에 가깝게 붙어 있는 듯싶었던 산봉우리도 실제로는 여러 시간이나 걸리는 먼 거리에 있었다.

이때 나는 처음으로 내가 세계에 대해 아주 좁은 시각과 불투명한 눈을 갖고 있다는 점을 예감하기 시작했다. 저 산 너머에는 우리의 이 외딴 산골에서는 전혀 알지 못하는 굉장한 일들이 벌어질 수 있다는 사실을 깨닫기 시작한 것이다. 그러나 이와 동시에 나침반 바늘과 같은 어떤 것이 내 가슴속에서 무의식적 갈망으로 떨리더니, 이내 저 넓은 세계 쪽으로 강렬하게 움직이는 것 같았다. 나는 이제 구름의 아름다움과 우수를 완전히 이해하게 되었다. 구름이 얼마나 끝없이 먼 곳으로 방황하는가를 깨달았기 때문이다.

나와 함께 등반한 두 어른은 내가 산에 잘 오른다고 칭찬했다. 그들은 차디찬 산마루에서 잠시 쉬면서 내가 한없이 즐거워하는 모습을 바라보며 웃었다. 나는 그 최초의 짜릿한 놀라움을 가라앉히고, 환희와 흥분에 넘쳐 차가운 대기를 향해 황소처럼 큰 소리를 질렀다. 그것은 아름다움에 바치는 내 최초의 모호한 노래였다. 우렁찬 산울림이 되돌아오리라 잔뜩 기대했지만, 내 외침은 가냘픈 새의 지저귐처럼 흔적도 없이 고요한 대기 속으로 사라졌다. 나는 머쓱해져서 가만히 입을 다물었다.

그날부터 나의 삶은 어떤 전환점을 이루었다. 그도 그럴 것이 사건들이 꼬리에 꼬리를 물고 일어났기 때문이다. 우선 나는 사람들과 자주 어려운 등반을 했는데, 나는 높은 산의 거대한 비밀을 쫓아다니며 가슴 조이는 흥분을 맛보곤 했다. 이와 함께 나는 염소 치는 목동 일을 맡았다. 내가 매일 염소 떼를 몰고 가던 어느 산비탈에는 바람을 막아 주는 아늑한 은신처가 있었다. 용담초와 범의귀가 무성하게 자라는 그곳이야말로 내가 세상에서 가장 좋아하는 장소였다. 거기서는 마을도 보이지 않았고, 호수도 바위 저 너머로 하얗게 빛나는 좁은 띠처럼 보일 뿐이었다. 말끔한 색으로 차려입고 싱글벙글 웃는 꽃들이 불처럼 타고 있었다. 염소 목에 걸린 방울에서 나는, 청량한 소리 외에도 그리 멀리 떨어져 있지 않은 폭포의 우렁찬 소리가 끊임없이 들려왔다. 나는 따뜻한 양지에 누워 하얀 구름을 쳐다보고 요들을 반쯤 소리 내어 읊조렸다. 염소들은 나의 게으름을 알아차리고 갖가지 금지된 싸움을 벌이거나 제멋대로 돌아다녔다. 그리하여 일을 시작한 지 일주일도 못 되어 이 사치스럽고 즐거운 생활은 끝장나고 말았다. 내가 달아나던 염소 한 마리와 함께 골짜기로 떨어진 것이었다. 염소는 죽고, 나는 정수리에 상처를 입었다. 그뿐만 아니라 나는 아버지에게 실컷 얻어맞다가 도망을 쳤다. 나는 애걸복걸

한 끝에야 다시 집에 돌아올 수 있었다.

이런 모험은 시작이 곧 끝이었다. 그렇지 않았다면 이 책은 쓰이지 않았을 것이고, 다른 고난과 역경도 일어나지 않았을 터다. 나는 어떤 시골 처녀와 결혼했거나 어떤 빙하 곁에서 얼어 죽었을 것이다. 그것도 과히 나쁘지는 않다. 그러나 모든 것은 달라졌다. 벌어진 일과 벌어지지 않은 일을 비교하는 것은 내가 할 일이 아니리라.

아버지는 벨스도르프 수도원에서 간간이 사소한 일들을 했다. 어느 날인가 아버지의 몸이 아팠다. 그는 나에게 일하러 나가지 못한다는 말을 전하라고 했다. 나는 그 일을 하지 않고, 그 대신 이웃집에서 종이와 펜을 빌려 수도사에게 그럴듯하게 편지를 썼다. 그러고는 그것을 심부름하는 여자에게 건네준 뒤, 그 길로 혼자 산으로 올라가 버렸다.

다음 주 어느 날 집으로 돌아와 보니, 신부가 우리 집에 앉아서 그 멋진 편지를 쓴 사람을 기다리고 있었다. 나는 좀 걱정을 했지만 신부는 나를 칭찬하면서 나를 가르쳐야 한다고 아버지를 설득했다. 그때 마침 아버지와 다시 사이가 좋아진 콘라트 외삼촌이 의논 상대가 되어 주었다. 물론 그 즉시 외삼촌은 내가 공부를 하고 나중에 대학에도 가서 학자가 되어야 한다고 열변을 토했다. 아버지는 신중하게 생각을 가다듬었다. 이제 내 장래가 내화성 솥이나 돛단배, 그 밖에 다른 많은 공상처럼 외삼촌이 쏟아 냈던 위험한 계획들 중의 일부가 되었다.

그런 뒤 곧바로 나는 라틴어, 성서 이야기, 식물학과 지리학을 집중적으로 공부하게 되었다. 내게는 모든 것이 무척 흥미로웠다. 나는 내가 이런 외국어를 배우느라 고향과 아름다운 날들을 희생하게 되리라고는 생각하지 못했다. 그렇다고 전적으로 라틴어 때문만은 아니었다. 내가 라틴어 성전을 외워 자유자재로 읊을 수 있더라도 아버지는 나를 농부로 만들었을 것이다. 그러나 영리한 아버지는 내 본질의 바닥을 들여다보았다. 나의 근본 성향이 어쩔 수 없이 게으르다는 점을 알았던 것이다. 나는 가능한 한 일에서 달아났다. 그저 산과 호수를 부지런히 찾아다니고, 산기슭에 비스듬히 누워서 책을 읽고, 공상을 하거나 빈둥거렸다. 그런 사실을 알고 있던 아버지는 나를 마침내 떠나보냈다.

이 기회에 내 부모님에 대해 잠깐 언급해야겠다. 어머니는 예전엔 미인이었으나 지금 그 흔적이라고는 그저 꼿꼿한 자세와 우아하고 검은 눈에만 남아 있을 뿐이다. 어머니는 건장하고 아주 힘이 세며, 부지런하고 조용했다. 아버지만큼이나 머리가 좋고 체력도 훨씬 더 좋았지만, 아버지에게 모든 지배권을 맡겼다. 아버지는 중간 키에 팔다리는 가늘고 약했다. 천성이 고집스럽고, 영리한 두뇌를 가지고 있었다. 안색은 밝은 빛을 띠었지만, 얼굴 곳곳에 아주 가느다란 잔주름이 잡혀 있었고, 이마에는 짧은 주름이 수직으로 나 있었다. 아버지가 미간을 움직일 때면, 이맛살이 어두워지면서 수심 가득한 표정을 만들어 냈다. 그럴 때면 아버지는 무엇인가 몹시 중요한 것을 생각해 내려다 스스로 그만둔 사람처럼 보였다. 어쩌면 거기서 어떤 알 수 없는 우수의 그림자를 찾아낼 수도 있었지만, 거기에 주의를 기울이는 사람은 아무도 없었다. 왜냐하면 우리 마을 사람들은 거의 모두가 항상 걱정거리를 갖고 있었기 때문이다. 예컨대 긴 겨울이라든가 여러 가지 위험, 혼자 헤쳐 나가야 하는 힘든 일, 세상에서 고립된 생활 등이 그런 걱정거리에 속했다.

내 성격의 중요한 몇 부분은 부모님에게서 물려받았다. 어머니로부터는 검소한 삶의 지혜와 약간의 신앙심, 조용하고 과묵한 태도를 물려받았고, 아버지에게서는 우유부단한 태도와 경제적 무능력, 생각에 골몰하며 과음하는 버릇을 물려받았다. 다만 어린 나이였기 때문에 아직 술버릇이 나타나지는 않았다. 그 밖에도 나는 아버지의 눈과 입, 어머니의 무겁고 진중한 걸음걸이, 건장한 체격과 강인한 근육을 닮았다. 아버지, 그리고 거의 같은 혈통인 마을 사람들로부터는 농부의 슬기로운 분별력을 배웠으나 비관적인 성품과 이유 없이 우울증에 빠져드는 성향 또한 체득했다. 나는 오랫동안 고향을 떠나 낯선 사람들과 부딪히며 살도록 정해져 있었으므로, 이런 성품보다는 활동성과 명랑한 기질을 지니는 편이 훨씬 나았으리라.

나는 이런 성품을 지닌 채 양복을 한 벌 새로 지어 입고 인생의 여로에 올랐다. 그때부터 세상을 혼자의 힘으로 살아가며 부모님에게서 물려받은 성품이 꽤 쓸 만하다는 것을 알게 되었다. 그럼에도 불구하고 내게는 무엇인가 결여된 것만 같았고, 학문이라든가 사회생활로도 그 빈자리를 채우지는 못했다. 지금도 나는 예전처럼 산에 오를 수 있고, 경우에 따라서 사내 하나쯤은 맨손으로 때려눕힐 수도 있다. 하지만 예나 지금이나 변함없이 처세술이 부족했다. 어렸을 때부터 땅이라든가 동식물하고만 접촉했을 뿐 사회적 능력이라고는 전혀 키우지 못했기 때문이다. 지금까지도 내가 꾸는 꿈들은 내가 얼마나 동물에 가까운 삶을 살아왔는지를 입증한다. 예컨대 나는 동물, 대부분 물개가 되어 바닷가에 누워 있는 꿈을 자주 꾼다. 그럴 때면 나는 너무나 안락한 기분이 된다. 꿈에서 깨어나 내가 사람이라는 사실을 문득 깨달으면 기쁘거나 자랑스럽기는커녕 오히려 후회의 감정을 느끼곤 한다.

나는 통례에 따라 학비와 식사비가 면제되는 고등학교에서 교육 과정을 마쳤고, 문헌학을 공부할 생각이었다. 그 이유는 나 자신도 모른다. 그보다 더 쓸모없고 지루한 학과도 없을 뿐만 아니라, 내게 그렇게 어울리지 않는 학과도 없었다.

학창 시절은 빨리 지나갔다. 싸움질과 공부를 하는 사이에도 향수에 젖는 시간이 있었는가 하면, 미래를 향한 터무니없는 희망으로 가득 찬 시간도 있었고, 학문에 대해 경건한 마음을 갖는 시간도 있었다. 그런 중에도 나의 타고난 게으름은 어쩔 수 없어서 온갖 꾸지람과 벌을 받기도 했다. 그러나 어떤 열정이 새롭게 싹트면 게으름도 사라져 버렸고, 나는 온통 거기에 몰두했다.

"페터 카멘친트." 나의 그리스어 선생이 말했다. "너는 고집쟁이에다 괴짜라서 언젠가는 그 단단한 머리통이 깨질 날이 있을 거야." 나는 그 뚱뚱한 안경잡이 선생을 유심히 살펴보고 그의 말에 귀를 기울이면서, 그가 참 우스꽝스럽다고 생각했다.

"페터 카멘친트." 수학 선생이 말했다. "너는 게으름을 피우는 데는 천재야. 0점 아래로는 점수가 없는 게 유감인걸. 오늘 네 점수는 마이너스 25야." 나는 그를 응시했다. 사팔뜨기라 안됐구나 싶었고, 매우 고리타분한 사람이라고 생각했다.

"페터 카멘친트." 역사학 주임 선생이 말했다. "너는 좋은 학생은 아니지만 그래도 언젠가는 훌륭한 사학자가 될 거야. 게으르긴 해도 큰일과 작은 일을 구별할 줄 알거든."

그것도 내게 특별히 중요한 말은 아니었다. 이 모든 것에도 불구하고 나는 선생들에게 존경심을 갖고 있었다. 왜냐하면 내게 그들은 학문에 정통한 존재로 여겨졌고, 더불어 나는 학문에 대해 어렴풋하게나마 강한 경외심을 느꼈기 때문이다. 선생들 모두 내가 게으르다는 데 동의했음에도 불구하고 나는 계속 진급을 했고, 공부도 중간 이상이었다. 학교나 학업은 불충분한 일부분에 지나지 않는다는 것을 나는 잘 알았다. 그러나 나는 장래를 기다렸다. 이 준비 기간과 까다로운 학교 생활 뒤에는 아마도 순수하게 정신적인 것, 의심할 바 없이 확고한 진리의 학문이 기다리고 있으리라고 생각했다. 거기서 나는 역사의 어두운 혼돈, 민족들 간의 전쟁과 개개인의 영혼 안에 깃들어 있는 불안한 의문이 무엇인가를 경험할 수 있을 것 같았다.

그러나 나의 내부에는 이런 것보다 더 강렬하고 생생한 갈구가 숨어 있었다. 나는 정말로 친구를 갖고 싶었다.

학교에는 나보다 두 살 많은 갈색 머리칼의 진지한 소년이 있었다. 이름은 카스파 하우리였다. 그는 태도가 믿음직스럽고 조용했으며, 남자답게 머리를 꼿꼿이 세우고 다녔다. 그는 급우들과 별로 대화하지 않았다. 나는 몇 달 동안이나 존경하는 눈으로 그를 지켜보았고, 길에서도 그의 뒤를 따라다니며 그의 눈에 띄기를 바랐다. 나는 그와 인사를 나누는 모든 속물들, 그가 드나드는 모든 집에까지 질투를 느꼈다. 그러나 나는 그보다 두 학년이나 아래였을 뿐만 아니라, 심지어 그는 같은 학년의 학생들보다도 훨씬 뛰어나 보였다. 우리는 서로 한마디 말도 나누지 않았다. 그 대신 내 뜻은 아니었지만, 작고 병약한 소년 한 명이 내게 접근해 왔다. 그는 나보다 어렸고 수줍어하는 데다 재능도 없었으나, 아름답고 상처받은 듯한 눈과 얼굴을 지니고 있었다. 그는 약하고 약간 불구였기 때문에 학급 아이들에게서 받는 숱한 놀림을 피해, 힘세고 튼튼한 나를 보호자로 삼고 싶었을 터다. 그는 곧 병이 악화되어 학교에 나올 수 없게 되었다. 그러나 그가 보고 싶다는 생각은 들지 않았다. 나는 그를 곧 잊어버렸다.

우리 반에는 좀 자유분방한 금발의 아이가 하나 있었다. 그는 다재다능하여 악기도 연주하고 흉내도 잘 내는 어릿광대 같은 아이였다. 나는 그와 친구가 되려고 상당히 애썼는데, 이 명랑하고 조그만 동갑내기는 항상 자신이 내게 무언가를 베풀어 준다는 듯한 태도를 취했다. 아무튼 나는 친구를 하나 사귄 것이다. 나는 그의 방에 찾아가 함께 책을 읽거나 그의 그리스어 숙제를 해 주었고, 그 대신 수학 숙제를 할 때 도움을 받았다. 우리는 때때로 함께 산책을 나갔고, 그럴 때 우리는 마치 곰과 족제비 사이처럼 보였으리라. 그는 항상 떠들고 웃기고 농담을 하면서도 얼굴색 하나 변하지 않았다. 나는 늘 그의 이야기를 듣고 웃었으며, 그런 쾌활한 친구가 생겨서 기뻤다.

그러던 어느 날 오후, 나는 뜻밖에 이 몹쓸 어릿광대가 복도에서 학생들에게 둘러싸여 그 자신이 좋아하는 광대놀음을 멋들어지게 연기하는 모습을 보았다. 그는 방금 어느 선생의 흉내를 마치고 난 뒤에 이렇게 외쳤다. "이게 누군지 알아맞혀 봐!" 그러고는 큰 소리로 호메로스의 시 몇 줄을 읽기 시작했다. 그는 내 흉내를 그대로 내고 있었다. 당황하는 태도, 자신 없는 듯한 낭독, 산악 지방의 억센 사투리, 무엇인가를 주목할 때면 눈을 깜짝이거나 왼쪽 눈을 감는 버릇 등을 흉내 내고 있었다. 그것은 몹시 우스웠으며, 실제보다 더 재치 있고 유쾌해 보였다.

그가 책을 덮고 주위의 박수갈채를 받고 있을 때, 나는 아이들 앞으로 걸어 나와 복수를 해 주었다. 뭐라고 할 말은 없었다. 그렇지만 거세게 따귀 한 대를 때려서 내 모든 분노, 마음속의 부끄러움과 울화를 표현했다. 곧 수업이 시작되었다. 선생은 흐느껴 우는 소리와 내 옛 친구의 시뻘게진 뺨을 발견했다. 녀석은 마침 그 선생의 귀염을 받고 있었다.

"누가 널 이렇게 만들었지?"

"카멘친트요."

"카멘친트, 앞으로 나와! 그게 사실인가?"

"예."

"왜 그를 때렸나?"

나는 대답을 하지 않았다.

"이유가 없단 말인가?"

"없습니다."

그리하여 나는 신나게 얻어맞으며, 죄 없이 고문당하는 고행자의 환희를 맛보았다. 그러나 나는 고행자도, 성자도 아닌 학생에 지나지 않았기 때문에, 고통스러운 벌을 받은 뒤 내 적을 향해 혀를 최대한 길게 빼 보였다. 그러자 선생이 놀라서 내게 달려왔다.

"넌 부끄럽지도 않아? 그게 도대체 뭐하는 짓이냐?"

"그건 저쪽에 비열한 녀석이 하나 있고, 나는 그를 경멸한다는 뜻입니다. 저 녀석은 겁쟁이이기도 합니다."

어릿광대 녀석과의 우정은 이렇게 끝났다. 그는 친구를 찾지 못했고, 나도 성숙해 가는 소년 시절 동안 친구 하나 없이 지내야 했다. 인생과 인간에 대한 내 시각이 그 후로 몇 번이나 달라지긴 했지만, 그때의 따귀 사건을 생각할 때마다 나는 꽤나 만족감을 느낀다. 그 금발 녀석도 그 사건을 잊지 않았으면 좋겠다.

열일곱 살이 되던 해에 나는 한 변호사의 딸을 사랑하게 되었다. 그녀는 아름다웠다. 나는 일생 동안 아주 아름다운 여자들만을 사랑했던 점을 자랑스럽게 여긴다. 내가 이런저런 여자 때문에 마음이 상했던 일은 다음 기회에 이야기하겠다. 변호사 딸의 이름은 뢰지 기르타너였는데, 지금은 물론 다른 남자의 애인이다.

당시 내 온몸에는 미처 발산되지 못한 젊음의 힘이 넘쳐흘렀다. 나는 학급 동료들과 온갖 쓸데없는 싸움질을 벌였다. 결투나 공차기, 달리기, 노 젓기에서는 내가 최고라는 자부심도 가졌지만, 그것 말고는 늘 우울한 마음으로 지냈다. 이러한 우울은 내 연애 사건과 거의 관계가 없었다. 그것은 어느 누구보다 나를 강력하게 사로잡는, 이른 봄에 생기는 달콤한 우울증 같은 것으로, 나는 비극적인 상상, 이를테면 죽음에 대한 생각이나 비관주의에서 즐거움을 찾았다. 물론 하이네의 『노래의 책』염가판을 내게 읽으라고 주는 친구도 있었다. 하이네의 시를 읽는 것은 실상 독서라고 하기엔 힘들었다. 나는 내 모든 가슴을 그 허무한 시에 쏟아부었다. 나는 뼈저리게 공감하면서 시를 지었고, 서정적인 황홀 속으로 빠져들었다. 이런 황홀은 아마도 돼지에게 속옷을 입혀 놓은 것 같은 모습이었는지도 모른다. 그때까지 나는 '문학'이라는 것에 대해서 아무것도 몰랐다.

그러나 이제 레나우와 실러, 괴테와 셰익스피어를 잇달아

읽었고, 갑자기 이 문학이라는 희미한 환영이 내게 위대한 신성이 되어 버렸다.

달콤한 전율과 함께 지상에는 없지만 실재했던 삶, 이제 나의 들뜬 가슴속에서 파도치며 운명을 체험하려는 삶의 감미롭고 서늘한 바람이 그 책들로부터 내게 불어왔다. 다락방 모서리의 내 책상에는 가까운 종탑의 시계 소리와 근처에 둥지를 튼 황새가 부리에서 내는 투박한 소리만이 들려왔으며, 괴테와 셰익스피어라는 인물들이 내 방을 드나들었다. 인간 존재에는 신성함과 우스꽝스러움이 함께 있다는 사실을 나는 알게 되었다. 우리들의 분열되고 제어할 수 없는 마음, 세계사의 깊은 본질, 우리의 짧은 인생을 빛내 주고 인식의 힘을 통해 우리의 왜소한 존재를 필연적이고 영원한 영역으로 끌어올려 주는 영혼의 놀라운 경이를 깨닫게 된 것이었다. 좁은 창으로 머리를 내밀면, 나는 지붕과 좁은 길로 햇빛이 비치는 것을 보았고, 일상생활과 일에서 빚어지는 작은 소음들이 한데 뒤얽혀 쏟아져 나오는 소리를 듣고 놀라워했다. 그런가 하면 나는 아주 아름다운 동화처럼 위대한 영혼들로 가득 찬 내 다락방의 고독과 비밀스러움 또한 느꼈다. 점점 더 책을 많이 읽어 나가고, 지붕이나 길, 일상생활을 바라보는 일이 내게 더욱 놀랍고 낯설어질수록, 나는 내가 예언자이고, 내 앞에 펼쳐진 세계가 나를 기다리고 있을지도 모른다는 느낌에 사로잡혔다. 그것은 이내 더욱 자주 수줍은 듯 가슴을 죄며 치밀어 올랐다. 그리하여 내가 세상 보물 중의 일부를 캐내고, 우연과 비천의 베일을 벗겨 내면서 발견한 것을 시인의 힘으로써 소멸로부터 보호하여 영원하게 만들 수 있을지도 모른다는 생각을 품었다.

나는 부끄러움을 느끼며 조금씩 글을 쓰기 시작했다. 공책 몇 권이 점차 시와 문학적 구상, 단편 소설들로 가득 찼다. 지금은 없어져 버렸고 별 가치도 없는 것이지만, 내 가슴을 뛰게 하고 비밀스러운 기쁨을 주기에는 충분했다. 이런 시도와 아울러 비평과 자기 성찰이 서서히 뒤따랐다. 졸업반이 되어서야 최초로 글을 쓰는 사람이라면 누구나 겪는 굉장한 실망감에 사로잡혔다. 초기 시들을 정리하면서 우연히 고트프리트 켈러의 책 몇 권을 구입하여 두세 번 반복해 읽었는데, 이때 나는 내 글쓰기를 전적으로 불신하기에 이르렀다 내 미숙한 백일몽들이 순수하고 날카롭고 진지한 예술과 얼마나 동떨어져 있는지를 갑자기 깨달음으로써 나는 내 소설과 시들을 불태워 버렸고, 고통스러운 자책감을 느끼며 냉정하고 슬픈 눈으로 세상을 바라보게 되었다.

2장

 내 사랑에 관해 이야기하자면 — 나는 그 문제에 있어선 평생 소년으로 남아 있었다. 여자에 대한 사랑이란 내게는 가장 순수한 기도였다. 그것은 나의 우울로부터 타오르는 수직의 불꽃, 푸른 하늘을 향해 들어 올린 기도하는 손이었다. 어머니로부터 물려받은 성품과 내 자신의 애매한 성향으로 인해 나는 여자를 낯설고 아름답고 수수께끼 같은 종족으로 존경해 왔다. 그 종족은 타고난 아름다움과 존재의 조화로움 때문에 우리 남자들을 능가하며, 별이나 푸른 산봉우리처럼 우리에게서는 멀고 신에게 더 가까이 있는 것처럼 보였기 때문에, 성스럽게 대해야 할 것 같았다. 거기에 거친 삶이 겨자까지 듬뿍 발라 주었기에, 나는 여자에 대한 사랑으로부터 달콤한 만큼이나 쓰디쓴 맛을 보았다. 더욱이 여자들은 동상처럼 높은 난간에 올라서 있었으므로, 기도하는 목사의 장엄한 역할 같은 행동은 괴롭고 우스꽝스러운 바보 놀음으로 변하기 일쑤였다.

 나는 식당에서 뢰지 기르타너를 거의 매일 만났다. 그녀는 건강하고 유연하게 자란 열일곱 살 처녀였다. 갈색 피부의 갸름하고 생동감 있는 얼굴에는 잔잔하고 영적인 아름다움이 나타나 있었다. 이런 아름다움은 당시 그녀의 어머니뿐만 아니라 할머니와 그 조상에게서 물려받은 것으로, 이 유서 깊고 축복받은 집안에서는 대대로 미인들이 많이 나왔다. 모두가 기품 있고 고요하고, 생동감 있고 귀족적이며, 완벽한 아름다움을 지니고 있었다. 널리 알려지지는 않았지만 솜씨가 좋았던 어느 화가가 푸거 집안의 소녀를 그린 16세기의 그림이 있는데, 그것은 내가 본 그림들 가운데 가장 훌륭한 작품에 속했다. 기르타너 집안의 여자들은 그 그림과 비슷했고, 뢰지 기르타너 역시 그랬다.

물론 당시에 이런 것들을 내가 다 알았던 것은 아니었다. 단지 그녀가 조용히 품위 있게 걸어가는 모습을 보고 그녀에게서 꾸밈없는 기품을 느꼈을 따름이었다. 그런 날 저녁에는 황혼 녘에 홀로 앉아 그녀를 곰곰이 생각하고, 그녀의 영상을 눈앞에 생생히 그려 보곤 했는데, 그러면 어떤 달콤하고도 비밀스러운 슬픔이 내 소년처럼 순박한 영혼을 스쳐 지나갔다. 그러나 얼마 가지 않아 이런 즐거움의 순간도 사라지고 내게는 쓰디쓴 고통이 찾아들었다. 그녀가 내게 얼마나 낯선 존재인가, 그녀는 나에 대해 아는 것도 없고 알 생각도 없으며, 내 아름다운 꿈속의 영상은 그녀의 행복한 영혼을 도둑질한 것에 불과하다는 사실을 갑자기 느끼게 되었다. 이 점을 그토록 분명하고 고통스럽게 느꼈을 때조차도, 나는 여전히 그녀의 영상을 너무나 절실하게, 숨도 쉴 수 없을 만큼 생생하게 눈앞에 떠올렸다. 그러면 내 손끝이 저리도록 어떤 어둡고 뜨거운 물결이 내 심장으로 거세게 밀려들었다.

낮에 공부하는 시간이나 격렬히 싸움질하는 중에도 그런 물결이 밀려들곤 했다. 그러면 나는 눈을 감고 손을 늘어뜨린 채 몽롱한 심연으로 빠져들었다. 그러다가 선생이 부르거나 친구한테 얻어맞고 난 뒤에야 제정신을 차렸다. 나는 가끔 야외로 빠져나가 꿈같은 환상에 사로잡혀 세상을 바라보았다. 나는 이 순간 불현듯 알아차렸다. 모든 것이 얼마나 아름답고 영롱한가, 모든 사물이 얼마나 빛과 숨결로 넘치는가, 강은 얼마나 짙푸르고, 곳곳의 지붕들은 얼마나 붉고, 산들은 또 얼마나 푸른가. 그러나 나는 나를 둘러싼 이 아름다움도 즐기지 못한 채 조용히, 슬프게 그것을 감상했다. 모든 것이 아름다울수록 내게는 더 낯설어 보였다. 나는 그 어느 부분에도 속하지 못하고 밖에서 서성거렸다. 그러다가 결국 나의 무거운 상념은 뢰지에게로 되돌아갔다. 아, 내가 이 순간 죽는다 해도 그녀는 그 사실을 알지도 못할 뿐 아니라 묻지도 않을 것이며, 슬퍼하지도 않으리라! 나는 그녀가 나를 알아주기를 바라지는 않았다. 나는 그녀를 위해 무엇인가 대단한 일을 할 것이며, 그녀가 알아채지 못하게 무엇인가를 선물하리라.

실제로 나는 그녀를 위해 많은 일을 했다. 짧은 방학이 찾아와 고향으로 돌아갔는데, 나는 거기서 매일매일 온갖 힘든 일을 해냈다. 모든 것이 뢰지에게 경의를 표하려는 뜻이었다. 이를테면 나는 험한 산봉우리를 가장 가파른 쪽으로 올라갔다. 호수에서는 널빤지 석 장으로 만든 배로 먼 거리를 짧은 시간 안에 항해하기도 했다. 그렇게 배를 탄 뒤에는 저녁때까지 아무것도 먹거나 마시지 않았다. 모두가 뢰지 기르타너를 위해서였다. 나는 외딴 산마루나 인적 없는 골짜기에서 그녀의 이름을 부르고 찬미하였다.

그러는 사이, 교실에 쪼그려 앉아 억눌려 있던 내 젊음이 즐거움을 되찾았다. 어깨는 튼튼하게 딱 벌어지고, 얼굴과 목은 갈색으로 그을었으며, 온몸에 근육이 울퉁불퉁 솟아올랐다.

개학 이틀 전, 나는 사랑하는 그녀에게 힘들여 꺾은 꽃을 가져가기로 마음먹었다. 몇 군데 험한 산비탈의 좁은 흙벽에 에델바이스가 피어 있었다. 향기와 색깔이 없는 이 유약한 은빛 꽃은 내게 영혼도, 아름다움도 없어 보였다. 그 대신 깎아지른 절벽 틈새에 알프스 들장미 몇 송이가 바람에 떨며 외롭게 피어 있는 곳을 나는 알고 있었다. 거기까지 가기에는 아주 힘이 들었지만, 나는 가지 않을 수 없었다. 젊음과 사랑에 불가능이란 없었기 때문에, 나는 손을 찢기고 다리를 떨면서도 마침내 목적지에 도달할 수 있었다. 위험한 곳이라 환호성을 지를 수는 없었다. 그러나 질긴 가지를 조심스레 잘라 꽃을 손에 넣었을 때, 가슴은 기쁨으로 두근거렸다. 나는 꽃을 입에 물고 절벽 뒤쪽으로 기어 내려와야 했다. 내가 아무리 겁 없는 소년이라고는 해도 어떻게 절벽 아래까지 내려왔는지 정말 모를 일이었다. 산 전체에 알프스 들장미가 진 지 오래였는데, 나는 그해 마지막으로 함초롬히 봉오리를 맺은 아름다운 꽃을 손에 넣었다.

다음 날 나는 다섯 시간이 걸리는 여행을 하면서 줄곧 그 꽃을 손에 들고 있었다. 처음에는 아름다운 뢰지가 사는 도시를 향해 심장이 강하게 고동쳤다. 그러나 고향의 산에서 멀어지면 멀어질수록 고향에 대한 뿌리 깊은 사랑이 점점 더 나를 끌어당겼다. 아, 나는 그 기차 여행을 아직도 생생하게 기억한다! 젠알프스 봉우리는 이미 볼 수 없었고, 높은 산들도 차례차례 시야에서 가라앉았다. 산 하나하나가 가슴속 깊이 미묘한 아픔을 일으키며 사라져 버렸다. 이제 고향의 산들은 모두 자취를 감추고, 넓고 나지막하고 환한 녹색의 들판 풍경이 펼쳐졌다. 첫 번째 여행 때는 그런 것이 나를 전혀 동요시키지 않았었다. 그러나 이번에는 불안과 걱정, 슬픔이 나를 사로잡았다. 이는 마치 언제나 평지를 여행해야 하고, 고향의 산과 시민권을 다시는 얻을 수 없노라, 하는 판결이라도 받은 기분이었다. 이와 동시에 항상 아름답고 갸름한 뢰지의 얼굴이 눈앞에 떠올랐다. 그녀의 얼굴은 너무나 아름답지만 낯설고, 냉정하고, 무관심한 얼굴이어서, 나는 서글픈 비애와 고통으로 숨이 멎을 듯했다. 창밖으로는 높은 탑과 하얀 합각머리 지붕이 있는 깨끗한 마을이 스쳐 지나갔다. 사람들은 기차를 타고 내리며 인사말을 주고받고, 웃고, 담배 피우고, 농담도 나누었다. 아주 유쾌한 저지대 사람들, 그들은 노련하고 세련된 사람들인 데 반해, 무뚝뚝한 고지대 청년인 나는 입을 다물고 처량하게 앉아 있었다. 나는 내가 더 이상 고향에 속해 있지 않다고 생각했다. 나는 평생 산과 떨어져 있을 테지만 그래 봤자 저지 사람들처럼 유쾌하고 세련되고 노련해지지는 못하리라는 것을 어렴풋이 깨달았다. 이런 사람들 중 어떤 사람은 나를 언제나 조롱할 테고, 어떤 사람은 뢰지 기르타너와 결혼할 것이며, 또 어떤 사람은 언제나 나를 가로막고 한 발짝 앞서 나가리라.

　나는 이런 생각을 하면서 도시로 왔다. 나는 집에 도착해서 인사를 하고 다락방으로 올라갔다. 그런 뒤 내 가방을 열어 커다란 종이 한 장을 꺼냈다. 내 알프스 들장미를 고급스럽지 않은 종이로 포장했더니, 집에서 가져온 끈으로 묶어 장식을 해도 전혀 사랑의 선물처럼 보이지 않았다. 그러나 나는 그것을 진지하게 기르타너 변호사가 사는 거리로 들고 가서 기회를 틈타 문으로 들어갔다. 나는 저녁이 되어 어슴푸레한 현관 앞에서 잠시 둘러보고는, 내 볼품없는 선물 꾸러미를 널찍하고 호화로운 계단 위에 올려놓았다.

아무도 나를 보지 못했고, 나 또한 뢰지가 내 선물을 보았는지 알 수 없었다. 하지만 나는 그녀의 집 계단에 들장미 한 송이를 놓아두기 위해 절벽을 기어오르며 목숨을 걸었던 것이다. 그런 행동에는 달콤한 어떤 것, 슬프면서도 즐겁고 또한 시적인 어떤 것이 깃들어 있어서, 지금도 그 일을 생각하면 나는 흐뭇한 감정을 억누를 수 없다. 가끔 신이 떠나 있는 순간에만은, 그 뒤의 연애 사건들과 마찬가지로 이 모험적인 장미 사건이 마치 돈키호테의 행동처럼 여겨졌다.

나의 이 첫사랑은 아무런 결실도 없이, 내 청춘기에 의문과 여운만을 남긴 채 희미해졌다. 그리고 이후의 내 연애 사건을 조용한 언니처럼 따라다녔다. 고요한 시선을 보내던 저 젊고 유복한 명문가의 아가씨보다 더 귀족적이고 순결하고 아름다운 존재를 나는 아직도 상상할 수가 없다. 수년 뒤 뮌헨에서 열렸던 한 역사 전람회에서 수수께끼처럼 사랑스러웠던 푸거 집안의 딸을 그린 저 이름 없는 초상화를 보았을 때, 내 정열적이고 슬펐던 젊은 날이 되살아나 깊이를 알 수 없는 눈으로 나를 그윽하게 바라보는 것 같았다. 그러는 사이에 나는 천천히 소년티를 벗고 완전한 청년으로 성장했다. 그때 찍은 사진에는 낡은 교복을 입은 뼈가 굵고 키가 큰 시골 소년의 모습이 나타난다. 눈빛은 약간 흐릿하고 몸매는 엉성하고 촌스러워 보이지만, 머리통만은 약간 조숙하고 옹골차 보인다. 나는 일종의 놀라움을 가지고 내 소년기가 지나가고 있음을 자각했고, 모호한 희망을 품고 대학 시절을 기다렸다.

나는 취리히에서 대학교를 다니기로 되어 있었다. 내 후원자는 특별히 성적이 좋은 경우엔 연구 여행도 할 수 있다고 말했다. 이 모든 것이 내게는 마치 아름답고 이상적인 그림자처럼 머릿속에 떠올랐다. 벌써부터 나는 호메로스와 플라톤의 흉상이 있는 기분 좋은 정자 안에 앉아 커다란 책 위로 몸을 수그리고는 사방을 둘러보았다. 취리히라는 도시와 넓은 호수, 산과 멀리 펼쳐져 있는 아름다운 지평이 시야에 들어오는 것 같았다. 나는 더 냉정하려 했지만 들뜬 마음을 억제할 수 없었다. 나는 미래의 행운을 확고하면서도 당연한 것으로 기대했다.

최종 학년에 들어와 내가 공부해야 했던 필수 과목은 이탈리아어와 처음 접하는 고전 단편들이었다. 그것들을 철저하게 습득하는 일을 내 취리히 대학 공부의 첫 번째 과제로 삼았다. 이윽고 졸업 날이 찾아왔다. 나는 선생들과 하숙집 주인에게 작별 인사를 하고는 작은 상자에 짐을 꾸려 못질을 했다. 그러고는 시원섭섭한 마음으로 뢰지의 집 주변을 어슬렁거림으로써 그녀에게도 작별을 고했다.

졸업식 후의 휴가 기간은 내게 인생의 쓴맛을 알려 줬고, 또한 내 아름다운 꿈의 날개를 빠르고 거칠게 꺾어 버렸다. 우선 나는 어머니가 병환에 걸리셨다는 걸 알게 되었다. 어머니는 침대에 누워 거의 아무 말도 못 했고, 내가 오는 것을 보고 일어나지도 못했다. 슬프지는 않았지만, 내 기쁨과 철없는 자만심에 맞장구치는 사람이 없어서 섭섭했다. 아버지는 대학에서 공부하려는 내 의사에 반대하지는 않았지만, 돈을 대 줄 능력은 없노라고 말했다. 장학금이 충분하지 않다면, 필요한 돈은 스스로 벌어야 한다는 말이었다. 아버지는 이미 내 나이에 이런저런 밥벌이를 시작했다고 했다.

이번에는 산책이나 노 젓기, 등산도 그다지 하지 않았다. 집과 들에서 거들어야 할 일이 많았다. 일이 없는 오후에는 정녕 아무것도 하고 싶지 않았고, 심지어 책을 읽고 싶은 생각조차 들지 않았다. 평범한 일상의 삶이 입을 크게 벌리고 자기 권리를 주장하면서 내가 가지고 돌아온 포만한 감정과 오만을 몽땅 삼켜 버리는 광경을 봐야만 했다. 이것은 내게 화가나고 피곤한 일이었다. 아버지가 돈 문제를 냉정하게 잘라 말하기는 했지만, 나를 냉대한 것은 아니었다. 그러나 나는 기쁘지 않았다. 내 학업 과정과 책들에 대해 아버지가 반쯤은 경멸조로 말하면서 조금도 경의를 표하지 않는 것이 내 마음을 적잖이 괴롭히고 아프게 했다. 그런 뒤로 나는 종종 뢰지를 생각하면서 내 촌스러운 출신 때문에 '세상'에서 장래가 촉망되는, 활동적인 남자가 될 수 없으리라는 비애 어린 독선의 감정을 다시 품게 되었다. 더욱이 나는 여기 머물며 내 라틴어 실력과 모든 희망을 이곳 가난한 고향의 질기고 고통스러운 삶의 강박 속에 파묻어 버리는 편이 더 낫지 않을까 하고 하루 종일 골몰하기도 했다. 나는 고통과 좌절 속에서 이리저리 돌아다녔다. 병석의 어머니 곁에서도 아무런 위안과 평온을 찾을 수 없었다. 호메로스의 흉상이 있는 그 꿈같은 정자가 가끔 비웃듯이 머릿속에 떠올랐다. 그러면 나는 그런 상상을 때려 부수고, 번민에 시달린 내 몸에서 나오는 모든 원한과 적개심을 그 위에 부어 버렸다. 몇 주일의 세월이 견딜 수 없이 따분하게 흘러갔다. 이 분노와 갈등으로 얼룩진 절망적인 시간 때문에 내 젊음이 모두 사라져 버리는 것 같았다. 한편으로는 행복한 꿈이 삶에서 그토록 빨리 와해되는 것을 보면서 놀라워하고 분통도 터뜨렸다. 그러나 다른 한편으로는 현재의 고통을 극복할 수 있는 힘이 돌발적이고 강렬하게 성장한 데에 또한 놀라워하지 않을 수 없었다. 삶은 나에게 따분한 일상의 측면들을 보여 주다가, 갑자기 편견에 사로잡힌 나의 눈앞에 자신의 영원한 깊이를 드러내며 다가와, 내 젊음을 향해 단순하고도 강력한 체험을 들이부었다.

어느 무더운 여름날 새벽, 나는 목이 말라 침대에서 일어나 부엌으로 갔다. 그곳에는 항상 신선한 물이 담긴 물통이 세워져 있었다. 부엌에 가자면 부모님의 침실을 지나야 했는데, 어머니가 이상한 신음을 내는 것이었다. 나는 어머니의 침대로 다가갔지만, 어머니는 날 보지도 못했고 대답도 하지 못했다. 어머니는 그저 마르고 불안한 신음을 내며 눈꺼풀을 움칠거렸고, 얼굴은 푸른빛이 감돌 만큼 창백했다. 나는 걱정스럽기는 했어도 크게 놀라지는 않았다. 그러나 다음 순간 나는 어머니의 두 손이 홑이불 위에, 마치 나란히 잠든 자매처럼 가만히 놓여 있는 것을 보았다. 그 손을 보고야 나는 어머니가 죽어 가고 있다는 사실을 알아차렸다. 왜냐하면 그 손은 이미 이상하게 축 늘어져 있었고, 아무런 의지도 없어 보였으며, 도무지 살아 있는 손이 아닌 것 같았기 때문이다. 나는 갈증도 잊어버린 채 어머니의 침대 옆에 무릎을 꿇은 뒤, 이마에 손을 얹고 어머니의 눈빛을 찾아보려고 애썼다. 나를 바라보는 눈빛은 선하고 평온했지만 곧 꺼질 듯했다. 옆에서 거칠게 숨을 쉬며 잠들어 있는 아버지를 깨워야겠다는 생각은 들지 않았다. 그렇게 나는 거의 두 시간 동안 무릎을 꿇고 앉아서 어머니의 임종을 지켜보았다. 어머니는 평소의 방식대로 조용하면서도 진지하고 용감하게 죽음을 맞이했고, 내게 훌륭한 모범을 보여 주었다.

방은 조용했고, 서서히 밝아 오는 아침노을의 붉은빛으로 가득 차기 시작했다. 마을과 집들은 아직도 잠에 빠져 있었다. 나는 이런저런 상념에 젖어 죽어 가는 사람의 영혼과 함께하면서 집과 마을, 호수와 눈 덮인 산봉우리 위를 지나, 맑은 새벽하늘의 서늘한 자유 속으로 날아 들어가는 여유로움을 누렸다. 고통 또한 거의 느낄 수 없었다. 왜냐하면 나는 놀라움과 경외심에 사로잡힌 채, 하나의 거대한 수수께끼가 어떻게 풀리는지, 삶의 둥근 고리가 잔잔한 떨림 속에서 어떻게 닫히는지를 볼 수 있었기 때문이다. 불평 없이 용감하게 삶과 이별하는 어머니는 너무나 숭고했다. 그녀의 장엄한 영광으로부터 서늘하고 맑은 한 줄기 빛이 내 영혼 안으로도 비쳐 드는 것 같았다. 아버지가 곁에서 잠자고 있다는 것, 신부님이 없다는 것, 고향으로 돌아가는 영혼을 복되게 동행해 주는 성사도, 기도도 없다는 사실을 나는 의식하지 못했다. 나는 밝아 오는 방을 통해 쏟아져 들어오는 영원의 입김이 나의 존재와 한데 뒤섞이고 있음을 감지했을 뿐이었다. 임종의 순간, 생명은 이미 꺼졌지만 나는 어머니의 싸늘하고 주름 잡힌 입에 생전 처음으로 키스를 했다. 그 접촉이 불러일으킨 기묘한 차가움이 갑작스러운 비탄과 함께 나를 엄습했다. 나는 침대 가장자리에 앉아서 내 뺨과 턱, 손 위로 눈물이 천천히 방울져 떨어져 내리는 것을 느꼈다.

곧 아버지가 깨어나 내가 거기 앉아 있는 모습을 보고 잠에 취한 목소리로 무슨 일이냐고 물었다. 나는 대답을 하려고 했지만 말을 할 수가 없었다. 방을 나와 마치 꿈속을 헤매듯 내 방으로 돌아와서는 천천히, 무의식적으로 옷을 차려입었다. 곧 아버지가 내 방에 나타났다.

"어머니가 돌아가셨어."라고 아버지가 말했다. "너는 알았지?"

나는 고개를 끄덕였다.

"왜 날 그냥 자게 내버려 뒀어? 신부님도 모셔 오지 않고! 넌 대체……." 그러고는 심한 욕설을 내뱉었다. 그때 내 머리에 뭐라고 말할 수 없는 어떤 심한 통증이 찾아와, 혈관이 터질 것 같았다. 나는 아버지에게로 다가가 양손으로 그를 꼭 붙잡고 ─ 아버지의 힘은 나에 비하면 소년 같았다. ─ 얼굴을 들여다보았다. 나는 아무 말도 할 수 없었고, 아버지도 말없이 못 박힌 듯 서 있었다. 우리가 함께 어머니에게로 건너갔을 때, 아버지 역시 죽음의 힘에 사로잡혀 비통하고 엄숙한 얼굴이 되었다. 이어서 주검 위에 엎드려 아주 나직하게, 어린애처럼, 마치 한 마리의 새처럼 가냘픈 소리로 울먹이며 한탄하기 시작했다. 나는 밖으로 나가 이웃에게 소식을 알렸다. 그들은 내 말을 듣고 아무것도 묻지 않은 채, 손을 잡아 주고는 집안일을 돕겠다고 말했다. 어떤 사람은 신부를 부르러 수도원으로 달려갔다. 내가 집으로 돌아오자 벌써 한 이웃집 여자가 우리 외양간에서 소에게 먹이를 주고 있었다.

신부가 오고, 마을 여자들도 거의 모여들었다. 모든 장례식 절차가 마치 자발적으로 이루어지듯 정확하게 착착 진행되었다. 심지어 관도 나와 아버지가 신경 쓰지 않는 사이에 준비되었다. 나는 처음으로 어려운 처지에 놓였을 때 고향에 있다는 게 얼마나 다행스러운 일인지, 작고 확고한 공동체에 속해 있다는 게 얼마나 좋은 일인지를 명백히 확인했다. 이 문제에 관해서는 아마 나중에 좀 더 깊이 생각해 봐야 할 것이다.

장례 절차와 하관식이 끝나고, 지독하게 낡아 뻣뻣해진 장례식 모자를 쓴 마을 사람들이 뿔뿔이 흩어져 버렸을 때, 아버지도 모자를 상자에 꾸려 다시 옷장 속으로 넣었다. 그러고는 의기소침해져 갑자기 신세 한탄을 하는 것이었다. 성경 구절을 인용해 가면서 기묘한 말투로 자신의 불행에 대해 '이제 마누라도 땅에 묻히고, 아들 녀석까지도 낯선 곳으로 떠나는 걸 봐야 하는군.' 하며 푸념했다. 그런 푸념은 끝이 없었다. 듣고 있던 내가 가슴이 저려 하마터면 곁에 머물겠노라고 약속할 뻔했다.

내가 막 대답을 입 밖으로 꺼내려는 순간, 무엇인가 내게 이상한 일이 일어났다. 아주 짧은 찰나에 갑자기, 내가 어렸을 때부터 생각하고 바라고 간절히 희망했던 것들이 내 눈앞에 물밀듯이 한꺼번에 떠올랐다. 위대하고 아름다운 일들, 읽어야 할 책이라든가 써야 할 책들이 나를 기다리고 있는 것 같았다. 나는 퀸이 부는 소리를 들었고, 멀리 고요한 호수와 언덕이 남국의 색채로 푸르게 빛나는 것을 보았다. 현명하고 지적인 얼굴의 남자들, 아름답고 고상한 여인들이 거니는 모습을 보았고, 도로와 작은 오솔길들이 알프스를 넘어 뻗어 있는 풍경, 기차가 온 나라를 달리는 광경이 눈앞에 펼쳐졌다. 이 모든 것 하나하나가 선명하게 떠올랐으며, 그 뒤로는 구름이 떠가는 지평선의 끝없는 아득함이 자리 잡고 있었다. 배우고 창작하고 보고 방랑한다. 이런 삶의 충만함이 내 눈앞에서 화려한 은빛으로 빛나고 있었다. 소년 시절에 느꼈던 것처럼 이 넓은 세상으로 나가고자 하는 알 수 없는 거센 충동이 나의 내부에서 다시 부르르 떨고 있었다.

나는 입을 꾹 다물고 아버지의 말을 계속 들었다. 고개만 옆으로 흔들었을 뿐, 아버지의 흥분이 가라앉기를 기다렸다. 아버지는 저녁때가 되어서야 진정했다. 그제야 나는 계속 공부를 할 것이고 내 미래의 고향을 정신세계에서 찾을 것이며, 아버지에게서는 아무런 도움도 바라지 않는다고 내 확고한 결심을 설명했다. 아버지는 더 이상 나에게 하소연하지 않았다. 그저 머리를 흔들며 상심한 모습으로 나를 바라볼 따름이었다. 아버지도 이제는 내가 나 자신의 길을 갈 것이며, 자신의 삶에서는 곧 완전히 멀어지리라는 사실을 알았기 때문이었다. 오늘 내가 당시의 일을 돌이켜 보면서 이 글을 쓰고 있노라니, 그날 저녁 아버지가 창가의 의자에 앉아 있던 모습이 삼삼하게 떠오른다. 날카롭고 현명한 농부의 머리는 가느다란 목 위에 우뚝 얹혀 있었고, 짧은 머리카락은 이미 희끗희끗해지기 시작했었다. 엄격하고 완고한 모습에서는 고통과 늙어 가는 나이에 대항하는 남자로서의 끈기가 엿보이는 듯싶었다.

아버지와 한 지붕 아래서 지낼 당시에 일어났던 어느 작은, 하지만 상당히 중요한 사건을 이야기해야겠다. 내가 떠나기 일주일 전 어느 날 저녁, 아버지는 모자를 쓰고 문손잡이를 잡았다. "어디 가세요?"라고 나는 물었다. "너와 상관있는 일이냐?" 아버지가 대답했다. "별일 아니면 좀 얘기해 주셔도 되잖아요?" 나는 말했다. 그러자 아버지는 웃으며 큰 소리로 말했다. "너도 이제 어린애는 아니니까 같이 가도 좋다." 그래서 나는 아버지와 함께 집을 나섰다. 동행한 곳은 술집이었다. 농부 몇 명이 할라우어 술병을 앞에 두고 앉아 있었고, 두 나그네가 압생트를 마시고 있었다. 한 탁자에는 젊은 친구들이 둘러앉아 카드놀이를 하며 야단법석을 떨고 있었다.

간간이 포도주 한 잔 마시는 일에는 익숙해져 있었지만, 특별한 이유 없이 술집에 들어온 것은 이번이 처음이었다. 아버지가 대단한 술꾼이라는 건 들어서 알고 있었다. 아버지는 많이 마시고, 즐겨 마셨다. 아버지가 술만 마시고 집안일을 소홀히 하는 사람은 아니었지만, 우리 가족은 그것 때문에 항상 불안한 근심에 휩싸여 있었다. 술집 주인과 손님들이 얼마나 아버지를 반갑게 맞이하는지 나는 놀랐다. 아버지는 바틀란트 술 일 리터를 주문하고서는 나에게 따르라 이르고, 어떻게 따르는지도 가르쳐 주었다. 처음에는 낮춰서 따르고, 다음에는 콸콸 나오도록, 그리고 마지막에는 가급적 병을 깊숙이 기울여 따르라고 했다. 이어서 아버지는 이제까지 마셨던 술들과 드물기 했지만 도시나 이탈리아에 나갈 기회가 있을 때마다 맛보았던 술들에 대해 이야기하기 시작했다. 아버지는 새빨간 벨트린 술에 지대한 존경을 표하면서, 그것을 세 종류로 나누어 설명하였다. 그런 뒤 나지막하고 은근한 목소리로 바틀란트 술에 대해 말했다. 그리고 마지막으로 거의 속삭이듯, 마치 동화를 이야기하는 사람처럼, 뇌샤텔 포도주에 대해 가르쳐 주었다. 그중 오래된 어떤 술을 잔에 따르면 마치 별 모양 같은 거품이 생긴다는 것이었다. 이런 설명을 하면서 집게손가락을 물에 적시더니 탁자 위에 별 모양을 그려 보였다. 그러고는 한 번도 마셔 본 적은 없지만, 한 병만 마셔도 두 사람쯤은 간단히 취해 떨어지게 만든다고 여겨지는 샴페인과 그 맛에 대한 달콤한 상상 속으로 빠져 들어갔다.

아버지는 말없이 생각에 잠겨 파이프에 불을 붙였다. 이때 내게는 피울 것이 없다는 점을 알아차리고, 시가를 사 오라

며 10라펜을 주었다. 우리는 마주 앉아 서로의 얼굴에 연기를
내뿜으며 천천히, 첫 일 리터의 술이 바닥나도록 따라 마셨다.
노란색의 자극적인 바틀란트 술은 꽤나 맛이 좋았다. 옆자리
의 농부들이 차츰 우리 대화에 껴들다가 차례차례 헛기침을
하며 조심스럽게 우리 자리로 건너왔다. 곧 내가 화제의 중심
이 되었는데, 등산가로서의 내 명성이 아직도 잊히지 않는다
고 했다. 신비로운 안개로 채워진 온갖 무모한 등산과 대담한
하산에 관한 이야기가 좌중을 오갔고, 이에 대해 갑론을박했
다. 그러는 동안 우리는 이 리터째 술을 바닥내고 있었고, 내
눈은 벌겋게 충혈되었다. 본심과는 달리, 나는 큰 소리로 떠들
어 대기 시작했다. 심지어는 뢰지 기르타너를 위해 알프스 들
장미를 꺾으러 젠알프스 절벽 위쪽으로 용감하게 올라갔던
일까지도 이야기하고 말았다. 사람들은 믿지 않았다. 나는 맹
세까지 했으나 그들은 여전히 웃기만 했다. 나는 분노를 터뜨
렸다. 나를 믿지 않는 사람은 누구든 나오라고 외치면서, 경우
에 따라서는 그들 모두를 상대할 수도 있다고 으름장을 놓았
다. 그러자 한 구부정하고 늙은 농부가 진열장으로 가서는 커
다란 사기 술병을 가져와 식탁 위에 늘어놓았다.

　"내가 한마디 해 주지." 그는 웃으며 말했다. "자네가 그
렇게 힘이 세다면, 이 병을 주먹으로 깨뜨려 보게. 그러면 우
리가 그만큼 술을 사겠네. 하지만 못 할 때에는 자네가 사야
하네." 아버지는 즉시 찬성했다. 그래서 나는 자리에서 일어
나 손에 손수건을 감고 내리쳤다. 처음 두 번은 아무 효과도
없었다. 세 번째에 술병이 산산조각 났다. "자, 술을 사!" 아버
지가 신이 나서 외쳤다. 노인은 수긍하는 듯싶었다. "좋아."
하고 그는 말했다. "술병에 담기는 만큼 사는 거네. 그리 많지

는 않을 거야." 깨진 술병에는 4분의 1리터도 채 들어가지 않을 것 같았다. 나는 팔이 아픈 데다가 놀림까지 받았다. 아버지까지도 웃음을 터뜨렸다.

"좋아요, 당신이 이겼어요." 나는 소리치고 깨진 병에 우리 술병의 술을 가득 따라 노인의 머리 위로 부어 버렸다. 우리는 다시 승리자가 되어 손님들의 박수갈채를 받았다.

그런 심한 장난은 좀 더 계속되었다. 한참 뒤에 나는 아버지에게 질질 끌려 집으로 돌아왔고, 우리 부자는 어머니의 관이 놓여 있은 지 삼 주도 지나지 않은 방에서 언짢음과 흥분에 젖어 마구 소란을 피웠다. 나는 죽은 듯이 잠들었고, 다음 날 아침 일어났을 때에는 완전히 녹초가 되었다. 아버지는 왕성하고 쾌활했는데, 자신이 나보다 우월하다는 사실에 기뻐하는 모습이었다. 그러나 나는 절대로 과음하지 않으리라 마음속으로 맹세하고는, 떠나는 날만을 간절히 기다렸다.

마침내 그날이 왔고, 나는 고향을 떠났다. 그러나 술에 대한 맹세는 지키지 못했다. 노란 바틀란트, 새빨간 벨트린, 노이엔부르크의 별표가 붙은 술, 그 외에도 많은 포도주들이 그 뒤로 나와 친근하게 지내는 좋은 친구가 되었다.

3장

지루하고 답답한 고향의 공기에서 벗어나, 나는 환희와 자유의 날개를 펼쳤다. 나는 인생을 늘 불충분하게 살았지만, 젊은 시절의 독특하고 꿈같은 분위기만큼은 풍족하고 순수하게 누렸다. 마치 꽃핀 초원에서 쉬는 젊은 전사(戰士)처럼, 나는 싸움과 휴식 사이의 행복한 불안 속에서 살았던 것이다. 그러면서 나는 예감에 가득 찬 예언자처럼 어두운 심연, 거대한 폭풍과 홍수가 몰아치는 곳 근처에 서서, 만물의 결합과 모든 삶의 조화를 위해 영혼을 무장했다. 나는 젊음으로 가득 찬 술잔을 마음껏 행복하게 들이켰다. 아름답고 기품 있는 여성에 대한 애정 탓에 달콤한 고통을 겪기도 하고, 남자답게 순수하고 기쁨으로 넘치는 우정의 고귀한 행복을 맛보기도 했다.

나는 새 양모 옷으로 차려입고, 책이 가득 든 조그만 상자와 그 밖의 필요한 물건을 가지고 길을 떠났다. 세계의 한 부분을 정복하여 가능한 한 빨리 고향의 촌놈들에게 내가 다른 카멘친트와 다르다는 점을 입증할 준비가 되어 있었다. 그 후로 보낸 멋진 삼 년 동안 나는 전망 좋고 바람이 잘 통하는 지붕 밑 방에 계속 거주하면서 공부도 하고 시도 썼다. 그러면서 나를 훈훈한 애정으로 감싸 주는 지상의 모든 아름다움을 만끽했다. 매일 따뜻한 음식을 먹은 건 아니었다. 그러나 매일 낮과 매일 밤, 그리고 매시간 나는 노래하고 웃고 벅찬 환희에 울면서 그 사랑스러운 삶을 뜨겁고 애절하게 끌어안았다.

취리히는 촌뜨기인 내가 만나 볼 수 있었던 최초의 대도시였다. 몇 주 동안 나는 놀라움에 눈이 휘둥그레졌다. 그렇다고 도시 생활을 경탄한다든가 부러워한 것은 아니었다. 왜냐하면 누가 뭐라 해도 나는 농부 출신이었기 때문이다. 단지 갖가지 길이라든가 건물, 이런저런 사람이 흥미로웠다. 나는 차량들이 붐비는 거리와 부두, 광장, 정원, 화려한 건물, 교회 등을 구경했다. 부지런한 사람들이 무리 지어 일하러 가는 모습을 본다든가, 학생들이 거리를 쏘다니는 것, 귀족들이 나들이 가는 것, 멋쟁이들이 뽐내는 것, 외국인들이 유람하는 것을 보기도 했다. 유행하는 의상을 고상하게 차려입은 부잣집 귀부인들이 마치 새장 속의 공작처럼 맵시 있고 교만한 모습으로, 약간은 우스꽝스럽게 내 곁을 스쳐 지나가기도 했다. 나는 본래 수줍음을 타지 않았고, 단지 좀 뻣뻣하고 고집스러울 따름이었다. 나는 내가 이 도시의 활발한 생활을 깊이 알게 되고, 또 나중에는 여기서 확고한 위치도 차지하게 될 그런 인물이라는 사실을 전혀 의심치 않았다. 청춘의 길목에서 내게 다가온 것은, 이 도시의 대학에서 공부하면서 우리 집 2층에 멋진 방 두 개를 세내어 살던 청년이었다. 나는 매일 그가 아래층에서 피아노 치는 소리를 들었고, 그러면서 음악이라는 지극히 여성적이고 달콤한 예술의 매력을 처음으로 느꼈다. 그도 그럴 것이 나는 그가 왼손에는 책이나 노트를 들고, 오른손에는 담배를 든 채 가벼운 발걸음 뒤로 연기를 날리며 집을 나서는 모습을 더러 목격했기 때문이다. 그에게 수줍은 호감이 일어나기는 했지만, 나는 홀로 떨어져 지냈다. 나는 가볍고 자유로우며 부유한 사람과 사귀는 일을 두려워했다. 그런 사람 곁에 있으면 나의 가난하고 빈곤한 생활이, 단지 나를 우울하게 만들 것 같았기 때문이다. 이런 중에 그가 나를 찾아왔다. 어느 날 저녁 내 방문을 두드리는 소리가 들려왔던 것이다. 그때까지 나는 어느 누구의 방문도 받은 적이 없었기에 약간 놀랐다. 그 멋진 친구가 방으로 들어와 악수를 청하고는 자신의 이름을 말했다. 우리가 진작부터 알고 지내던 사이라도 되듯이 그는 스스럼없이 유쾌한 태도를 취했다.

"나와 함께 연주를 할 생각이 없는지 묻고 싶어서 왔습니다."라고 그는 친근하게 말했다. 그러나 나는 내 생전에 악기라고는 만져 본 적이 없었다. 나는 그에게 이런 점을 밝히면서 요들 외에는 어떤 종류의 음악도 이해하지 못하지만, 그의 피아노 연주가 종종 아름답고 매혹적으로 들리더라는 말을 덧붙였다.

"꽤나 착각했군요!"라고 그가 유쾌한 음성으로 소리쳤다. "정말이지 겉모습으로는 틀림없이 음악가이리라고 생각했죠. 이상하군요! 하지만 요들을 한번 불러 보시죠! 꼭 듣고 싶습니다."

나는 몹시 당황해서는, 이렇게 갑자기 요청을 받은 데다가 방 안에서는 도저히 요들을 부를 수 없다고 설명했다. 요들이란 산 위나 적어도 야외에서, 그것도 흥이 나야 부를 수 있는 것이었다.

"그러면 산 위에서 요들을 불러 보시죠! 내일은 어떻겠습니까? 정말 부탁합니다. 저녁 무렵이면 함께 나갈 수 있을 테지요. 거리를 쏘다니며 얘기도 나누고, 산에서 요들도 불러 주시면 어떻겠습니까? 그러다 밤이 이슥해지면 어떤 마을에라도 가서 저녁을 먹도록 하죠. 그런데 시간이 있으신지요?"

물론 시간이야 충분했다. 나는 얼른 승낙했다. 그러고는 뭐든지 연주해 달라고 그에게 부탁하고는 그의 크고 멋진 방으로 내려갔다. 몇 개의 현대식 액자 속의 그림들, 피아노, 상당히 어수선한 장식물들, 좋은 담배 냄새가 그 멋진 공간에서 어떤 자유롭고 쾌적한 우아함과 아늑한 분위기를 자아내고 있었다. 내게는 아주 새로운 분위기였다. 리하르트는 피아노 앞에 앉아 건반을 몇 번 두드렸다.

"이 곡 아시겠죠?" 그가 피아노를 치면서 아름다운 머리를 들고 빛나는 눈으로 나를 바라보는 모습은 정말 멋있어 보였다.

"아뇨, 나는 전혀 몰라요." 나는 대답했다.

"바그너 곡이에요." 그가 다시 말했다. "「뉘른베르크의 명가수」에 나오는 곡이랍니다." 그러고는 계속 곡을 연주했다. 가볍지만 힘차고, 동경을 자극하지만 쾌활한 곡이 흘러나왔다. 그것은 마치 미지근하면서도 자극적인 목욕물처럼 나를 감싸 안았다. 동시에 나는 연주자의 날씬한 목과 등, 음악가에 걸맞은 하얀 손을 향수에 젖어 드는 기분으로 바라보았는데, 예전에 그 검은 머리카락의 학생을 보았을 때처럼, 수줍고 놀라운 애정과 존경의 감정에 사로잡혔다. 이 아름답고 우아한 인간이 이제는 내 친구가 될 테지, 그리하여 이런 우정을 갈망하는 내 오랜, 잊지 못할 소망을 실현시켜 줄 테지, 하는 어딘가 부끄러운 예감이 찾아들었다.

다음 날 나는 그를 데리러 갔다. 우리는 담소하며 작은 언덕으로 천천히 올라가 도시와 호수, 정원들을 내려다보면서 초저녁의 풍성한 아름다움을 감상했다.

"자, 이제는 요들을 불러야죠!" 리하르트가 외쳤다. "아직도 쑥스럽다면 뒤로 돌아서서 불러요. 그러나 큰 소리로!"

그는 아마 만족스러웠을 터다. 나는 열심히, 흥겹게 붉게 물든 저녁 하늘을 향해서, 고저장단을 맞춰 가며 요들을 불렀다. 내가 노래를 끝냈을 때 그가 무엇인가 말하려 했지만, 그는 곧 멈추고는 산 쪽으로 귀를 기울이며 손가락으로 그곳을 가리켰다. 멀리 높은 곳에서 응답이 들려왔다. 양치기나 어느 방랑자의 소리인 듯한 인사가 나지막하게 오래 이어지며 메아리쳤다. 우리는 기쁨에 넘쳐 잠자코 듣고만 있었다. 이렇게 함께 서서 귀를 기울이는 동안, 처음에는 친구 곁에 서서 둘이 함께 아름답고 불그스레한 구름이 가득한 삶의 넓은 지평을 바라보고 있다는 소중한 느낌이 나를 스쳐 지나갔다. 저녁 호수는 부드러운 색채의 유희를 시작했다. 일몰 직전에 나는 더러운 안개 사이로 몇 개의 당당하고 위압적인 톱날 모양의 알프스 산봉우리가 떠오르는 광경을 보았다.

"저기에 내 고향이 있습니다." 나는 말했다. "가운데 있는 절벽이 로테 플루이고 오른쪽이 가이스호른, 왼쪽 멀리 있는 것이 둥그런 젠알프스 봉우리죠. 나는 열 살하고 삼 주일 되던 때 처음으로 저 널찍한 봉우리에 올라갔었습니다."

나는 더 남쪽에 있는 산봉우리를 찾으려고 눈에 힘을 주었다. 얼마 뒤 리하르트가 뭐라고 말을 했지만, 나는 알아듣지 못했다.

"뭐라고 말했죠?" 내가 다시 물었다.

"어떤 예술을 하는지 알겠다고 말했죠."

"어떤 것이라고 생각하세요?"

"당신은 시인입니다."

그러자 나는 얼굴을 붉히며 화난 듯한 표정을 지었고, 동시에 그가 어떻게 알아챘을까 하고 놀라워했다.

"아니에요, 시인이 아닙니다." 나는 외쳤다. "학교 다닐 때 시를 써 본 적은 있지만, 다 지나간 일인데요."

"내가 한번 봐도 될까요?"

"태워 없앴어요. 그러나 지금 있다고 해도 보여 주지는 못하겠어요."

"니체적인 요소가 들어 있는 현대적 시겠군요?"

"그게 뭐지요?"

"니체를 모른다고요? 이런 맙소사, 니체를 모른단 말입니까?"

"몰라요. 내가 그를 어떻게 알겠어요?"

그는 내가 니체를 모른다는 사실에 아주 어리둥절해했다. 그러나 나는 화를 내며 그에게 빙하에 몇 번이나 올라가 보았느냐고 반문했다. 그가 한 번도 올라가 본 일이 없다고 대답하자, 나는 그가 내게 했듯이 놀랍다는 듯한 표정으로 그를 비웃었다. 그러자 그는 내 팔을 두 손으로 꼭 잡고 아주 진지하게 말했다. "당신은 예민하군요. 하지만 당신은 자신이 얼마나 남이 부러워할 정도로 때 묻지 않은 사람인지, 또 그런 사람이 얼마나 드문지 전혀 모르고 있어요. 아마 일이 년이 지나면 당신은 니체나 다른 예술가들에 대해 나보다 더 잘 알게 될 것입니다. 당신은 나보다 훨씬 철저하고 지혜로우니 말입니다. 그렇지만 지금 그대로가 내 마음에 듭니다. 당신은 니체나 바그

너도 모르지만, 눈 덮인 산에 많이 올라가 봤고, 건강한 산악 지방 사람의 얼굴을 갖고 있습니다. 그리고 당신은 분명히 시인이기도 합니다. 당신의 눈빛과 이마를 보면 알 수 있어요."

그가 이토록 솔직하고 꾸밈없이 나를 관찰하고 자기 견해를 피력하는 바람에 나는 깜짝 놀랐고 기분이 이상해졌다.

그러나 내가 더 놀라고 행복했던 일은 따로 있다. 일주일 뒤, 그는 손님 가득한 맥주 집에서 나와 의형제를 맺고는 벌떡 일어나더니 사람들 앞에서 나를 껴안고 키스했다. 그러고는 나를 붙잡고 미친 듯이 탁자 주위를 돌며 춤을 추었다.

"사람들이 어떻게 생각하겠어?" 나는 쑥스러워하면서 그에게 주의를 주었다.

"이렇게 생각하겠지. 저 두 친구는 굉장히 행복하거나 굉장히 취한 모양이군. 하지만 대부분은 그런 일에 전혀 개의치도 않을 거야."

리하르트는 나보다 나이도 많고 지혜롭고 좋은 가정에서 자라고, 모든 일에 능숙하고 세련되었지만, 때로는 나에 비하면 아주 천진한 어린애처럼 보였다. 길거리에서 어린 여학생들에게 장난스러운 농담을 하며 치근덕거리기도 하고, 진지하게 피아노를 치다가도 갑자기 멈추더니 느닷없이 유치한 농담을 하기도 했다. 언젠가는 반쯤 장난으로 교회에 간 적이 있었다. 설교가 이뤄지는 동안 그는 갑자기 신중하고 진지하게 "저 목사는 늙은 토끼 같지 않아?"라고 내게 말을 했다. 그 비유는 아주 적절했다. 그러나 나는 그에게 그런 말은 나중에 해도 될 것 같다고 대꾸했다.

그는 얼굴을 찡그리며 "네 말이 맞아. 하지만 좀 지나면 틀림없이 잊어버린단 말이야."라고 대답했다. 그의 농담은 항상 정신적이지만은 않았다. 게다가 그는 자주 부슈의 시까지 인용하곤 했다. 그렇다고 해서 그가 나와 다른 사람을 곤란하게 하는 일은 없었다. 우리가 그에게 경탄하고 그를 사랑하는 것은 그의 농담과 지성 때문이 아니라, 밝고 천진한 성품에서 자연스럽게 우러나오는 명랑함 때문이었다. 그 명랑함은 매 순간 튀어나와 그를 경쾌하고 즐거운 분위기로 둘러쌌다. 그것은 나지막한 웃음이나 유쾌한 눈빛으로 위장하기도 했지만, 오래 감출 수는 없었다. 나는 그가 잠자는 동안에도 간간이 웃거나 명랑한 제스처를 취하리라고 확신했다.

리하르트는 나를 종종 학생이나 음악가, 화가, 작가, 온갖 외국 사람들이 모여 있는 곳에 데려갔다. 그 도시의 유쾌한 예술 애호가들과 특수한 계층의 사람들은 모두 그와 교제를 했다. 그중에는 철학자, 미학자, 사회주의자 같은 진지하고 열띤 논쟁을 벌이는 사상가들도 있어서, 나는 그들로부터 상당히 많은 것을 배울 수 있었다. 그런 다양한 단체들을 통해 얻은 지식 외에도 나는 열심히 독서를 해서 모자라는 부분을 보충했다. 그리하여 나는 점차 그 시대의 활발한 지성인들이 열중하는 문제가 무엇인지 어렴풋이 알게 되었다. 그 밖에 국제적으로 명망 있는 지성인들에 대한 유익하고도 고무적인 관점을 갖게 되었다. 나는 찬성 또는 반대로 논쟁을 벌일 필요 없이 그들의 희망과 예감, 일상과 이상에 매혹되었고, 또한 그들을 이해하게 되었다. 그들 대부분이 모든 사상과 정열의 힘을 사회와 국가, 학문과 예술, 교육 방법의 연구와 실천에 쏟아붓고 있다는 점을 발견했다. 그러나 그런 외적인 목표가 아닌, 즉 자기 자신을 정립하고 시간과 영원에 대한 자기 개인의 관계를 설명해야 할 필요를 아는 사람은 얼마 되지 않는 것 같았다. 이런 욕구는 나의 내면에서도 아직 반쯤 잠자는 상태였다.

나는 친구를 더 이상 만들지 않았다. 리하르트만을 전적으로, 질투심까지 느끼며 좋아했기 때문이다. 심지어 그가 깊이 사귀는 여자들까지도 그에게서 떼어 놓으려 했다. 그와 만나는 약속은 아무리 사소하더라도 틀림없이 지켰으며, 그가 나를 기다리게 하면 마음이 아팠다. 언젠가 그가 배를 타러 가자며, 어느 시간에 자기를 데리러 오라고 말한 적이 있었다. 나는 그 시간에 갔지만 웬일인지 그가 집에 없었다. 세 시간을 기다렸지만 결국은 허사였다. 다음 날 나는 그의 태만함을 심하게 질책했다.

"왜 혼자라도 배를 타러 가지 않고?" 그는 놀란 표정을 지으며 웃었다. "나는 정말 까맣게 잊고 있었어. 하지만 뭐 대단한 일은 아니잖아."

"나는 항상 약속을 정확히 지켜." 나는 감정이 격해져서 대답했다. "어디선가 내가 너를 기다린다는 것을 알면서도 네가 그것을 전혀 개의치 않는다는 사실에도 익숙하지. 하긴 너처럼 친구가 많은 사람이라면!"

그는 정말 놀라서 나를 쳐다보았다.

"아니, 그런 사소한 일을 정말 그렇게 심각하게 받아들인단 말이야?"

"내게 우정은 사소한 일이 아냐."

이에 대해 리하르트는 "그 말이 그의 심금을 울려, 그는 즉시 다시는 잘못을 하지 않기로 맹세했도다……"라고 유쾌하게 시를 인용했다. 그러면서 내 머리를 감싸 안고, 동양의 애정 표현법을 흉내 내어 자기 코끝을 내 코끝에 비비대는 것이었다. 나는 화를 내다가는 결국 웃음을 터트리며 그를 내게서 밀어냈다. 결국 우정은 다시 회복되었다.

내 다락방에는 도서관에서 빌려 온 근대 철학자나 시인, 비평가들의 저서, 독일이나 프랑스의 문학잡지, 최근의 연극 작품, 파리의 예술 신문, 빈의 유행 미학에 대한 서적들, 종종 값비싼 책들도 쌓여 있었다. 이런 책들은 대강 훑어보고 말았지만, 옛날 이탈리아의 단편 작가들과 역사 공부에는 훨씬 더 진지하고 열렬하게 매달렸다. 내 소망은 가능하면 빨리 문헌학을 해치우고 역사 공부에만 매진하는 것이었다. 역사 일반과 역사학 방법에 대한 책들 외에도 나는 이탈리아와 프랑스의 후기 중세에 관한 자료와 논문을 읽었다. 그러면서 나는 처음으로 여러 성인들 가운데서도 가장 거룩하고 성스러운 아시시의 성 프란체스코에 대해 더 자세히 알게 되었다. 나의 꿈들은 매일매일 실제가 되었고, 그 꿈속에서 나는 내 앞에 펼쳐진 삶과 정신의 풍부함을 보았다. 자랑과 기쁨과 젊음은 내 마음을 따뜻하게 해 주었다. 교실에서 진지하고도 뭔가 까다로운, 때로는 좀 지루한 강의를 받아야 하는 일은 성가셨다. 그러나 집으로 돌아오면 나는 중세의 그 낯익고 성스러운 이야기, 또는 무서운 이야기로 되돌아가곤 했다. 그 아름답고 기분 좋은 세계는 마치 어둑어둑한 그림자가 드리워진 동화 속의 방처럼 내 주위를 둘러싸는 듯했다. 한편 나는 근대 세계의 이상과 정열이 불러일으킨 거친 파도가 내 위로 물결쳐 지나가는 것도 느꼈다. 그런 가운데서도 나는 음악을 듣고, 리하르트와 함께 웃었다. 그의 친구들과도 함께 어울렸고, 프랑스인이나 독일인, 러시아인들과도 교제했다. 나는 사람들이 최근에 나온 이상한 책을 낭독하는 것도 들었고, 여기저기 화가들의 모임에 참석하거나 저녁 모임에 얼굴을 내밀기도 했다. 그런 곳에 참석하면 한 무리의 열광적이고 정체불명인 젊은이들이 모여 있어서, 나는 마치 환상적인 카니발에 휩쓸린 것만 같았다.

어느 일요일, 나와 리하르트는 현대적인 그림을 전시한 작은 미술 전시회에 갔다. 나와 친구는 어느 그림 앞에 멈춰 섰는데, 그것은 염소 몇 마리가 있는 고산의 목장 그림이었다. 열심히, 꼼꼼하게 그리긴 했지만 약간 구식인 듯했고, 참다운 예술가적 진수는 보이지 않았다. 예쁘지만 별 의미 없는 그런 그림은 어느 전람회에서나 흔히 볼 수 있었다. 어쨌든 그 그림이 내 고향 알프스의 목장을 제법 충실히 묘사해서 마음에 들긴 했다. 나는 리하르트에게, 이 그림에서 어떤 점이 그렇게 마음에 드느냐고 물었다.

"여기, 이곳이 마음에 들어." 그는 귀퉁이의 화가 서명을 가리키며 말했다. 나는 그 적갈색 글씨를 알아볼 수가 없었다. 그는 다음과 같이 말했다. "이 그림은 걸작이 아냐. 더 아름다운 그림도 많지. 하지만 이걸 그린 여자보다 더 아름다운 화가는 없어. 에르미니아 알리에티라고 하지. 자네가 원한다면, 내일 그녀에게 갈 수 있어. 가서 그녀에게 당신은 아주 훌륭한 화가입니다, 라고 말해 주는 거야."

"그녀를 알아?"

"물론 알지. 그림이 그 여자 자신만큼 아름답다면, 벌써 오래전에 부자가 되어 그림 따위는 그리지 않았을 테지. 그림을 그리고 싶어 하지 않는데, 먹고살 방법이라곤 이것밖에 없으니 어떡하겠어."

리하르트는 그 일을 잊어버렸다. 그리고 몇 주가 지나서야 다시 그 일을 생각해 냈다.

"어제 그 알리에티를 만났어. 우리 그녀를 찾아가기로 했었지? 자, 가세! 그런데 자네 칼라는 깨끗한가? 그 여자는 그 것을 관심 있게 보거든."

칼라는 깨끗했다. 우리는 함께 알리에티의 집으로 갔다. 하지만 나는 속으로 약간의 갈등을 겪고 있었다. 리하르트와 그 친구들이 여성 화가들이나 여학생들과 자유롭게, 약간은 방종하게 사귀는 것이 마음에 들지 않았기 때문이다. 남자들은 좀 경솔하고 거칠며, 다른 한편으로는 아이러니했다. 반면에 여자들은 현실적이고 영리하며 약아빠졌다. 내가 좋아하고 존경했던, 여인의 순수한 향기 같은 것은 어디에서도 찾아볼 수 없었다.

나는 좀 머뭇거리며 화실로 들어갔다. 화실의 분위기에는 대체로 익숙해져 있었지만, 여자의 아틀리에에 들어가는 것은 처음이었다. 아틀리에는 몹시 깔끔하고 질서 정연해 보였다. 완성된 그림 서너 점이 액자에 걸려 있었고, 이젤에는 밑그림도 마무리되지 않은 그림이 하나 세워져 있었다. 나머지 벽은 몹시 깨끗해 보이는 연필 스케치와 반쯤 빈 책장으로 채워져 있었다. 화가는 우리 인사에 냉정한 태도로 대답했다. 그녀는 붓을 놓고 앞치마를 입은 채 벽장 쪽으로 기대섰는데, 우리 때문에 시간을 낭비하고 싶지 않다는 듯한 태도였다.

리하르트는 그 화가에게 전람회에서 본 그림에 대해 굉장한 칭찬을 퍼부었다. 그녀는 웃음을 터뜨리며 제발 그러지 말라고 부탁했다.

"하지만 나는 그 그림을 간절히 사고 싶었다고요. 게다가 그 소들은 실물 같아서……."

"그건 염소예요."라고 그녀가 조용히 말했다.

"염소요? 물론 염소지요! 나는 날 깜짝 놀라게 한 작품에 대해 말하려고 했던 겁니다. 그건 살아 있는 염소 바로 그 자체였습니다. 내 친구 카멘친트에게 물어보세요. 이 친구는 산의 아들이라고 해도 좋을 사람이니까요."

나는 당황스러운 와중에도 그들의 대화를 재미있게 듣고 있었는데, 그때 나를 자세히 살피는 화가의 시선이 느껴졌다. 그녀는 나를 오랫동안, 주저하는 기색도 없이 쳐다보았다.

"고산 지대에서 오셨어요?"

"네, 그렇습니다."

"그렇게 보이는군요. 당신은 내 염소에 대해서 어떻게 생각하죠?"

"아, 정말 좋았습니다. 적어도 리하르트처럼 소로 착각하지는 않았으니까요."

"아주 착한 분이군요. 당신은 음악가인가요?"

"아뇨, 대학에 다닙니다."

그녀는 더 이상 나와 말을 나누지 않았고, 그래서 나는 그녀를 자세히 바라볼 여유를 가질 수 있었다. 기다란 앞치마를 두르고 있던 터라 몸매는 잘 볼 수 없었지만, 일단 얼굴은 그리 예뻐 보이지 않았다. 얼굴형은 날카롭고 좁았으며, 눈매는 약간 엄격해 보였다. 검은 머리카락은 숱이 많고 부드러웠다. 내게 곤혹감과 거의 거부감까지 준 것은 그녀의 안색이었다. 그것은 완전히 고르곤졸라 치즈 빛깔을 떠오르게 했는데, 거기서 녹색의 균열을 보았다 해도 나는 아마 놀라지 않았을 터다. 그렇게 창백한 얼굴을 나는 본 적이 없었다. 공교롭게도 때마침 아틀리에로 들어오는 아침 햇살 속에 선 그녀의 모습은 돌조각처럼 으스스해 보였다. 대리석이 아니라, 풍화되어 하얗게 빛바랜 돌 말이다. 나는 여자의 얼굴을 형태 자체로 보기보다는 아직도 소년 같은 방식으로, 즉 얼굴의 윤기와 장밋빛 뺨, 애교스러운 분위기를 찾아내곤 했다.

리하르트에게도 그날의 방문은 어딘가 빗나간 것 같았다. 얼마 뒤 그가 나에게 알리에티가 나를 그렸으면 한다고 말했을 때, 나는 몹시 놀랐다. 아니 거의 충격을 받을 정도였다. 그저 스케치 몇 장이면 좋겠다는 것이었다. 얼굴은 필요 없고, 내 넓은 체형이, 뭔가 전형적인 모델이라는 것이었다.

이 얘기를 하기 전에, 내 인생 전체를 바꿔 놓고 내 미래를 확정 지은 작은 사건이 하나 발생했다. 어느 날 아침 일어나 보니, 나는 작가가 되어 있었다.

리하르트의 독촉에 못 이겨 나는 그저 문체 연습을 하듯 주변 사람들, 작은 체험들, 대화와 다른 잡다한 일들을 가능한 사실적으로 묘사해 보았고, 문학과 역사에 대해서도 몇 편의 에세이를 써 보았다. 그런데 어느 날 아침 내가 아직 침대에 누워 있는데, 리하르트가 들어오더니 내 침대 이불 위에 35 프랑을 올려놓는 것이었다. "이건 네 것이야." 그는 아주 사무적으로 말했다. 내가 머리를 짜내 온갖 추측을 다 하며 질문을 퍼붓자, 그는 비로소 주머니에서 신문을 꺼내어 내 짧은 단편 중 하나가 인쇄되어 있는 지면을 보여 주었다. 그는 내 원고 중 여러 개를 베껴서 그중 하나를 잘 아는 편집자에게 가져가서는 온갖 방법을 동원해 팔아먹었다고 한다. 나는 처음으로 인쇄된 내 글과 그에 대한 고료를 손에 받아 쥐었다.

기분이 그리 썩 좋지는 않았다. 오히려 리하르트의 지나친 배려에 화가 났다. 그러나 등단 작가로서의 달콤한 자랑스러움, 요긴한 돈, 문학가로서의 어떤 조그만 명성에 대한 기대감 따위가 더 강했기에, 결국 그것이 모든 것을 억눌렀다.

내 친구는 그 편집인과 나를 어느 카페에서 만나게 해 주었다. 그는 리하르트가 보여 준 다른 원고들을 가져도 되겠느냐고 묻고, 매번 새로 쓰는 원고들도 보내 달라고 부탁했다. 내 글, 특히 역사에 관한 글에는 뭔가 독특한 어조가 있는데, 그런 글들을 더 받고 싶다는 것이었다. 물론 고료는 정확하게 해 준다고 했다. 나는 이 일의 중요성을 그제야 깨달았다. 그것은 내가 매일 규칙적으로 먹을 수 있다는 것, 약간의 부채도 갚을 수 있다는 것일 뿐만 아니라, 학업의 강압도 팽개치고 아마도 머지않아 내가 좋아하는 분야만 공부하면서 전적으로 내 수입에 의존해서 살아갈 수 있다는 것을 의미했다. 한번은 그 편집인이 서평을 써 달라며 집으로 보낸 여러 권의 새 책을 받았다. 나는 탐욕스럽게 책을 읽어 댔고, 일주일 동안 일에 매달렸다. 그런데 원고료는 석 달 후에나 지불된다는 것이었다. 이 원고료를 믿고 전보다 좀 풍족하게 돈을 써 버렸기 때문에, 어느 날은 동전 한 푼까지 바닥나 버려서 또다시 굶주림과 맞닥뜨려야 했다. 며칠 동안은 내 방에서 빵과 커피로 때웠지만, 드디어 배고픔이 나를 식당으로 달려가게 했다. 나는 밥값 대신 담보로 잡힐 서평용 책 중 세 권을 들고 갔다. 전당포에도 이미 갔었지만, 소용없었다. 먹을 때는 좋았지만, 커피를 마시면서 나는 마음을 졸였다. 나는 주저하면서 계산하는 여자에게, 돈이 없으니 책을 두고 가겠다고 말했다. 그녀는 그중에서 시집 한 권을 집어 들더니 호기심에 차서 책장을 넘겼다. 그러면서 책을 읽어도 되겠느냐고 물었다. 읽는 것을 좋아하지만 책을 사서 볼 처지가 아니라는 것이었다. 나는 구원받은 느낌이 들어, 밥값 대신에 책 세 권을 맡기겠다고 제안했다. 그녀는 이 제안에 동의했고, 이런 식으로 15프랑어치의 책을 맡아 주었다. 작은 시집은 치즈와 빵 값으로, 소설책은 포도주 값으로, 단편 소설집은 커피 한 잔과 빵 값으로 계산되었다. 내가 기억하는 바로는 대체로 그 책들은 경련에 가까운 최신 유행 문체로 쓰인 하찮은 작품이었는데, 이 착한 아가씨는 현대 독일 문학으로부터 아주 특별한 인상을 받은 것 같았다. 점심때까지는 일을 끝마치고 그걸 식비로 바꾸기 위해 오전에는 얼굴에 땀을 줄줄 흘리며 책 한 권을 급히 읽어 치웠다. 그래도 그렇게 몇 줄 쓰던 일을 회상하면 아직도 기분이 좋다. 리하르트 앞에서는 내 궁핍한 재정 상태를 감추려고 애를 썼다. 왜냐하면 나는 그것을 지나치게 부끄럽게 여겼고, 또 그의 도움을 받는 건 별로 좋지 않을뿐더러 돈을 빌려도 짧은 시일 내에 갚아야 할 것 같았기 때문이다.

나는 나 자신을 작가로는 여기지 않았다. 내가 때때로 썼던 것은 신문에나 기고하는 잡문일 뿐 문학 작품이 아니었다. 그러나 어느 날엔가는, 동경과 삶을 표현하는 위대하고 대담한 시를 창작하리라는 비밀스러운 희망을 늘 은밀하게 품고 있었다.

내 영혼의 맑고 명랑한 거울에는 때때로 일종의 우수의 그림자가 드리워지기도 했지만, 대체로 그럭저럭 순탄하게 넘어갔다. 그 그림자는 어느 날 낮 또는 밤에 몽환이나 은자(隱者)와 같은 슬픔으로 나타났다가 흔적도 없이 사라지곤 했다. 경우에 따라서는 몇 주나 몇 달 뒤에 같은 일이 반복되기도 했다. 나는 점차 그 슬픔에, 마치 친숙한 여자 친구와의 관계처럼 익숙해졌다. 그것은 나에게 고통이 아니라, 독특한 달콤함을 지닌, 불안한 피로감 같은 것이었다. 한밤중에 그런 우수가 갑자기 찾아오면, 나는 오랫동안 자지 않고 몇 시간이고 창가에 서서 검은 호수와 회색 하늘 아래 어른거리는 산들의 모습, 그 위로 아름답게 빛나는 별들을 바라보았다. 그러면 마치 그 아름다운 밤의 풍경이 나를 질책하는 듯한, 불안스럽게 감미로우면서도 강렬한 감정에 사로잡혔다. 별과 산, 호수는 말 없는 자신들의 아름다움과 고통을 이해하고 표현해 줄 어떤 사람을 찾고 있는 것 같았고, 내가 바로 그런 사람인 듯싶었다. 그리하여 말 없는 자연을 문학으로 표현하는 것이야말로 내 참된 사명이라고 여기게 됐다. 어떻게 해야 그것이 가능할지에 대해서는 생각해 본 적이 없었다. 그저 그 아름답고 진지한 밤이 침묵으로 독촉하면서 나를 기다린다는 점만을 느낄 따름이었다. 나는 그런 기분에 빠져서 무엇인가를 쓴 일이 없었다. 하지만 나는 그 어두운 목소리에 책임감을 느끼고, 그런 밤이 지나면 여러 날 동안 걸어서 여행을 하곤 했다. 그렇게 함으로써 말없이 탄원하는 대지에 대해 약간의 사랑을 증명해 보인 것처럼 생각되었다. 그러나 그런 상상을 하고 나서는 그렇게 생각하는 자신을 비웃곤 했다. 이런 방랑은 장차 내 삶의 근간이 되었다. 그때부터 삶의 대부분을 방랑자로 지내면서 몇 주 또는 몇 달간 여러 나라를 여행했다. 나는 주머니에 약간의 돈과 빵 한 조각을 넣고 정처 없이 여행하며 하루 종일 고독하게 길 위에서 시간을 보내고, 번번이 들판에서 밤을 지새우곤 했다.

글 쓰는 작업 때문에 나는 그 화가를 완전히 잊고 있었다. 그러던 어느 날 그녀가 보낸 작은 쪽지를 받았다. '목요일에 몇몇 남녀 친구들이 차를 마시러 올 것입니다. 당신도 와 주셨으면 합니다. 친구분과 함께 오세요.'

우리는 그곳에 가서 작은 예술가 집단에 동참했다. 참석자들은 무명이거나 잊히고 실패한 사람들이었다. 모두가 꽤나 만족스럽고 명랑해 보였음에도, 내게는 어떤 동정심 같은 것이 생겼다. 우리는 차와 버터빵, 햄, 샐러드를 대접받았다. 나는 아는 사람도 없고 대화를 나눌 생각도 없어서 굶주린 배만 마냥 채웠다. 다른 사람들이 차나 홀짝거리며 잡담을 하는 동안, 나는 조용히 앉아서 삼십 분 동안이나 혼자 계속 음식만 먹었다. 그래서 그들이 잇따라 뭔가 먹을 것을 찾기 시작했을 때에는, 내가 거기 있던 햄을 혼자서 거의 먹어 치운 뒤였다. 나는 적어도 한 쟁반쯤은 더 준비되어 있으리라는 막연한 믿음을 갖고 있었다. 나는 약간의 조롱과 비웃는 듯한 눈길을 받고는, 화가 치밀어 이탈리아 화가와 그녀의 햄을 저주했다. 나는 자리에서 일어나 그녀에게 짧게 미안하다고 말했다. 그리고 다음에는 내 저녁 식사를 직접 가져오겠노라고 덧붙였다. 그러고는 내 모자를 집어 들었다.

그러자 알리에티는 내 손에서 모자를 빼앗았다. 그녀는 놀란 눈으로 조용히 나를 응시하면서 제발 자리에 머물러 달라고 부탁했다. 그녀의 얼굴 위로 스탠드 불빛이 등갓을 통해 엷게 비쳤다. 이때 나는 화가 나 있었지만, 돌연 이 여자의 놀라울 만큼 성숙한 아름다움을 발견해 냈다. 나는 스스로를 매우 버릇없고 바보스럽다고 여기며 벌을 받는 학생처럼 사람들과 동떨어진 구석 자리에 가서 앉았다. 그러고는 거기서 코머 호수를 담은 사진첩을 뒤적였다. 다른 사람들은 차를 마시거나 이리저리 돌아다니며 일행과 뒤섞여 대화를 나누었다. 이때 어디선가 뒤쪽에서 바이올린과 첼로의 현을 맞추는 소리가 들려왔다. 커튼이 열리더니 네 명의 젊은이가 즉석에서 현악 사중주를 연주할 준비를 하고 있었다. 이 순간 화가가 내 옆으로 와서는, 탁자에 차를 올려놓고 상냥하게 고개를 끄덕이며 옆에 앉는 것이었다. 현악 사중주가 시작되어 오랫동안 계속되었으나, 나는 듣지 않았다. 그저 둥근 눈으로 그 날씬하고 섬세하며, 아름답게 차려입은 여자만을, 한때는 그 아름다움을 의심했었고, 조금 전에는 내게 음식을 마련해 준 그 여자만을 바라보았다. 나는 기쁨과 불안한 마음으로 그녀가 나를 그리고 싶어 했던 일을 다시 떠올렸다. 그런 뒤 뢰지 기르타너와의 사건, 알프스 들장미가 피어 있던 절벽을 올라간 일과 눈의 여왕 이야기를 생각해 냈다. 내게는 그 모든 것들이 오늘 이 순간을 위한 준비로만 여겨졌다.

음악이 끝났을 때, 내가 염려했던 바와는 달리 화가는 내 곁을 떠나지 않고 가만히 앉아 내게 말을 걸기 시작했다. 그녀는 내 단편 소설이 최근 신문에 실린 일을 축하하고는, 리하르트에게도 몇 마디 농담을 건넸다. 그는 젊은 아가씨 몇 명에 둘러싸인 채, 때때로 다른 소리들이 다 묻힐 정도로 큰 웃음을 터뜨렸다. 이때 화가는 다시 나를 그리게 해 달라고 청했다. 그때 기발한 생각이 떠올랐다. 나는 갑자기 이탈리아어로 말하기 시작했고, 그리하여 활기 넘치는 남국 여인의 눈에서 즐겁고 놀라워하는 빛을 얻어 낼 수 있었다. 더욱이 그녀가 자신의 모국어로 말하는 소리를 듣는 값진 즐거움도 누렸다. 그 언어는 그녀의 입과 눈, 아름다운 자태와 잘 어울렸다. 그녀의 쾌활한 발음, 우아하고 빠르게 비상하는 토스카나어에는 약간의 매력적인 북부 사투리가 가볍게 섞여 있었다. 내가 멋지고 유창하게 이탈리아어를 말한 것은 아니었지만, 그것은 내게 어떻든 상관없었다. 그녀가 나를 그릴 수 있도록 다음에 다시 오기로 했다.

나는 "아 리베데를라.(안녕.)"라고 작별 인사를 하면서 최대한 깊이 고개를 숙였다.

"아 리베데르치 도마니.(안녕, 내일 만나요.)" 그녀는 웃으며 고개를 끄덕였다.

나는 그녀의 집을 떠나 마냥 걸었다. 어느덧 길이 끝나고 조그만 언덕에 도달했다. 갑자기 어두운 대지가 아름다운 밤의 모습으로 내 앞에 우람하게 나타났다. 빨간 등을 단 배 한 척이 호수를 스쳐 지나며 검은 물 위에 불타는 진홍색 줄무늬 몇 개를 던졌다. 그 밖에는 여기저기서 좁은 물살이 하나씩 옅은 은빛 윤곽을 드러낼 따름이었다. 하늘은 거의 절반쯤 어둠의 장막으로 덮여 있었다. 언덕 위로는 강한 훈풍이 불었다.

바람이 과일나무 가지와 밤나무의 거무스레한 화관을 어루만지고 쓰다듬고 구부려서 신음을 내고 웃고 떨게 하듯, 뜨겁게 솟구치는 열정이 나를 그렇게 만들었다. 언덕 위에서 나는 무릎을 땅에 대고 누웠다가는 벌떡 일어나 신음을 내고, 땅바닥을 발로 쾅쾅 구르고, 모자를 던지고, 얼굴을 풀 속에 집어넣고, 나무를 흔들어 대고, 울고 웃고, 미쳐 날뛰고, 수치스러워하고, 행복해하고, 죽고 싶도록 괴로워했다. 한 시간이 지나자 모든 것이 진정되면서 불안이 엄습했다. 나는 아무것도 생각하지 않았고, 아무것도 결정하지 않았고, 아무것도 느끼지 않았다. 몽유병에 걸린 듯 비틀대며 언덕을 내려와 시내 절반을 쏘다니다가, 늦게까지 문을 연 변두리의 작은 술집을 발견하고는 무의식적으로 그 안에 들어갔다. 그러고는 바틀란트 술 이 리터를 마신 뒤, 아침 무렵에야 곤드레가 되어서 집으로 돌아왔다.

알리에티는 오후에 방문한 나를 보고는 놀라서 기겁했다.

"무슨 일 있었어요? 어디 아프세요? 이렇게 엉망이 되다니."

"별일 아닙니다. 어젯밤에 아주 취했지요. 그뿐입니다. 자, 시작할까요?"

그녀는 나를 의자에 앉히고는 움직이지 말라고 부탁했다. 나는 시키는 대로 했다. 나는 졸음을 참지 못하고 곧 잠에 빠졌다. 그날 오후 내내 나는 아틀리에에서 세상모르고 잠을 자면서 꿈도 꾸었다. 꿈을 꾼 것은 아마 화실의 테레빈유 때문인 것 같았다. 고향의 나룻배는 새로 칠을 하는 중이었다. 나는 그 옆 자갈밭에 누워 아버지가 페인트 통과 붓을 다루는 모습을 보았다. 어머니도 함께 있었다. 내가 어머니에게 돌아가시지 않았느냐고 묻자, 어머니는 나직한 음성으로 "아니야, 내가 없으면, 너도 결국 네 아버지처럼 주정뱅이가 될 테니 말이다."라고 말하는 것이었다.

꿈에서 깨어나면서 나는 의자에서 굴러떨어졌다. 불현듯 내가 지금 알리에티의 화실에 있다는 사실을 깨닫고 놀랐다. 그녀의 모습은 보이지 않았지만, 옆방에서 컵과 그릇들이 덜그럭거리는 소리가 들렸다. 이로 미루어 저녁 식사 때가 되었다는 걸 분명히 알 수 있었다.

"깨어났어요?" 그녀가 내 쪽으로 소리쳤다.

"예, 내가 오래 잤습니까?"

"네 시간 동안요. 창피하지도 않아요?"

"창피합니다. 그러나 아주 아름다운 꿈을 꿨죠."

"얘기해 보세요!"

"그러죠. 거기서 나와서 나를 용서해 주신다면요."

그녀는 나왔지만, 내가 꿈 얘기를 하기 전에는 용서하고 싶지 않다고 말했다. 그래서 나는 꿈 얘기를 하기 시작했고, 그러면서 점점 잃어버린 어린 시절 속으로 빠져 들어갔다. 나는 그녀에게 내 어린 시절 이야기를 모두 털어놓고는 입을 다물었다. 그러자 날은 벌써 완전히 어두워져 있었다. 그녀는 나와 악수를 하고, 내 구겨진 옷을 펴 주더니, 내일 다시 모델이 되어 달라고 청했다. 나는 그녀가 오늘의 내 실례를 용서해 준 것 같다고 느꼈다.

그 후 며칠 동안 나는 몇 시간씩 그녀 앞에 앉아 있었다. 말은 거의 나누지 않았다. 나는 앉거나 서 있었는데, 마치 마술에 걸린 듯했다. 부드러운 목탄이 내는 소리를 듣거나 유유히 유화 물감 냄새를 맡으면서, 사랑하는 여인이 내 곁에 있고 그녀의 눈길이 끊임없이 내게 머무른다는 사실을 느낄 따름이었다. 화실의 하얀 불빛이 벽을 타고 흐르고, 졸린 듯한 파리들이 유리 위에서 윙윙거리고, 옆방에서는 알코올램프가 타는 소리가 들려왔다. 그렇게 앉아 있다가 커피 한 잔을 대접받곤 했다.

집에서도 종종 나는 에르미니아에 대해 깊이 생각했다. 내가 그녀의 예술을 높이 평가할 수 없다는 점이 나의 열정을 꺼뜨리거나 감소시키지는 않았다. 그녀 자신이 그렇게 아름답고 선량하고, 맑고 성실한데 그녀의 그림이 어떻든 무슨 상관이라는 말인가? 나는 그녀의 부지런한 작업에서 오히려 어떤 대단한 면을 보았다. 그녀는 삶을 위해 투쟁하는 여인, 조용하고 인내심 있고 용감한 여장부 같았다. 그런데 자신이 사랑하는 누군가를 자꾸 생각하는 것만큼 부질없는 짓은 없을 터다. 그런 생각들은 수천 가지의 노랫말이 나오는데도 전혀 어울리지 않는 후렴이 고집스럽게 반복되는 민요나 군가 같았다.

내가 기억하는 그 이탈리아 여인의 모습도 그렇다. 친한 사람들보다는 처음 보는 사람들에게서 더 잘 발견되는 수많은 미세한 윤곽과 특징들이, 내 기억엔 하나도 명료하게 남아 있지 않다. 나는 그녀의 머리 모양이 어떠했는지, 작았는지 알 수가 없다. 그녀를 생각할 때면, 검은 머리카락에 우아한 머리 모양, 그리 크지 않지만 날카롭게 주시하는 눈, 창백하지만 생기 넘치는 얼굴, 몹시 성숙한 느낌의 작고 아름다운 입만이 떠오를 뿐이다. 그녀와 그녀를 사랑했던 그 시절을 생각하면, 따뜻한 바람이 호수 위로 불어오던 그날 저녁, 내가 울고 환호하고 날뛰던 그 언덕에서의 저녁이 떠오른다. 그리고 내가 지금 이야기하고자 하는 어느 날 저녁의 일도 함께 떠오른다.

이제 내게 분명해진 것은 그 화가에게 어떻게든 고백을 하고 그녀의 사랑을 구해야 한다는 사실이었다. 그녀와 멀리 떨어져 있었다면 난 그저 그녀를 흠모하면서 입을 다문 채 고통만 맛보았을 터다. 그러나 거의 매일 그녀를 보고, 함께 이야기하고, 악수도 하고, 그녀의 집에 드나들면서 언제나 심장이 가시에 찔린 듯한 고통을 느껴야 한다는 것을 나는 더 이상 참을 수가 없었다.

예술가와 그 친구 들이 주최하는 조촐한 여름 축제가 열리던 날이었다. 부드럽고 나른한 한여름 저녁, 호숫가의 어느 아름다운 정원에서 축제가 열렸다. 우리는 포도주와 얼음물을 마셨고, 음악도 들으면서 나무에 걸린, 긴 화환으로 장식된 붉은 종이 등불을 감상했다. 우리는 잡담을 나누고, 농담도 던지고, 웃고, 마침내는 노래까지 불렀다. 어떤 초라한 화가는 낭만적인 분위기에 빠져서 납작한 모자를 쓰고 난간 옆에 드러누워 목이 긴 기타를 쳤다. 몇몇 중요한 예술가들은 오지 않았거나 왔더라도 노인들 곁에서 눈에 띄지 않게 앉아 있었다. 몇몇 나이든 부인들이 가벼운 여름옷 차림으로 무리 지어 나타났고, 다른 여자들은 평상복 차림으로 돌아다녔다. 좀 나이들고 못생긴 여대생 하나가 내 눈에 거슬렸다. 그녀는 짧게 자른 머리 위에 남자용 밀짚모자를 쓰고는 시가를 피우며 독한 포도주를 마셨다. 그러면서 계속 큰 소리로 떠들어 댔다. 리하르트는 여느 때처럼 젊은 아가씨들 곁에 있었다. 이런 흥분된 분위기 속에서도 나는 평온을 유지하며 술을 거의 마시지 않고 알리에티를 기다렸다. 그녀는 그날 나와 배를 타겠다고 약속했다. 그녀는 정말 내게로 와서 꽃 몇 송이를 선사했고, 작은 배에 함께 올라탔다. 호수는 기름을 부은 듯 매끄러웠고, 초저녁의 어둠 속에서 아무 빛깔도 띠지 않았다. 나는 가벼운 배를 빨리 저어 호수 저 멀리로 나아갔다. 그러면서 내 건너편에 날씬한 여인이 뱃머리에 편안하고 기분 좋게 기대앉은 모습을 줄곧 바라보았다. 높은 하늘은 아직 푸른빛을 띠고 있었고, 희미한 별들이 차례차례 떠오르기 시작했다. 호숫가 여기저기서 음악과 가든파티의 떠들썩한 소리가 들려왔다. 다른 배들이 어둠 속에 여기저기 떠 있을 뿐, 고요한 물 위에는 아무것도 보이지 않았다. 그러나 나는 그런 것들엔 전혀 신경 쓰지 않았다. 그저 시선을 뱃머리에 앉은 여자에게만 고정시키고, 무거운 쇳덩이처럼 마음을 짓누르는 사랑의 고백만을 생각하고 있었을 뿐이었다. 아름답고 시적인 그날 저녁의 풍경, 작은 배 위에 앉아 있다는 것, 하늘에 떠 있는 별들, 나른하고 고요한 호수와 다른 모든 것들이 내 가슴을 조여 왔다. 이런 것들이 마치 아름다운 무대 장면처럼 내 앞에 펼쳐져 있었고,

나는 그 한가운데서 감상적인 장면을 연출해야 했다. 둘 다 입을 다물고 있었던 참이라, 나는 그 깊은 고요에 불안하고 답답해져 힘차게 노를 저어 나갔다.

"참 튼튼하군요!" 화가가 신중하게 물었다.

"뚱뚱하단 말씀입니까?" 나는 물었다.

"아뇨, 나는 근육을 말하는 거예요." 그녀는 웃었다.

이는 별로 그럴듯한 시작이 아니었다. 나는 우울해지고 화도 나서 계속 노를 저었다. 잠시 후 나는 그녀에게 뭔가, 그녀의 인생 얘기를 들려 달라고 청했다.

"도대체 무슨 얘기를 듣고 싶으세요?"

"모두 다요."라고 나는 대답했다. "연애 얘기라면 제일 좋겠지요. 그러면 뒤에 나의 얘기, 내 단 한 번의 연애 얘기를 들려 드리죠. 아주 짧고도 아름다워서 틀림없이 즐거울 것입니다."

"그렇겠네요! 그 얘기를 해 주세요!"

"아니오, 당신 먼저요! 내가 당신에 대해 아는 것보다, 당신이 나에 대해 아는 것이 더 많지 않습니까. 당신이 한 번이라도 진정으로 사랑에 빠진 적이 있는지, 아니면 내가 걱정하는 대로 그러기에는 너무 현명하고 자존심이 강한 인물인지 알고 싶군요."

에르미니아는 잠시 생각에 잠겼다.

"그것도 당신의 낭만적인 생각 가운데 하나로군요."라고 그녀가 말했다. "이런 밤 이렇게 어두운 물 위에서 여자에게 이야기를 시키다니 말이에요. 하지만 유감스럽게도 말할 수 없군요. 당신네 시인들은 무엇이든 아름다운 말로 표현하면서, 자신의 감정을 잘 말하지 않는 사람들을 가리켜서는 그런 마음이 하나도 없으리라고 즉시 단정해 버리곤 하죠. 그러나 나에 대해서 그런 착각은 하지 마세요. 세상에 나보다 더 열렬히 사랑할 수 있는 사람은 아마 없을 테니까요. 나는 이미 결혼한 남자를 사랑하고 있어요. 그 남자의 나에 대한 사랑도 이에 못지않을 거예요. 그렇지만 우리가 결합할 수 있을지는 모르겠어요. 우리는 편지를 쓰고, 또 가끔 만나기도 하고…….”

“그런 사랑이 당신을 행복하게 하는지 아니면 비참하게 하는지 물어도 될까요? 아니면 그 둘 다입니까?”

“아, 사랑이란 우리를 행복하게 해 주기 위해 존재하는 게 아니에요. 그것은 우리가 고통과 인내 속에서 얼마나 견딜 수 있는지를 알려 주기 위해 있는 것 같아요.”

나는 그 말을 이해했다. 그리고 대답 대신 입에서 나지막한 신음이 흘러나오는 것을 막을 수가 없었다. 그녀는 그 소리를 들었다.

“아.” 하고 그녀가 말문을 열었다. “당신도 벌써 그것을 알고 있나요? 아직 이렇게 젊은데! 지금 내게 고백해 보시겠어요? 원한다면 말이죠.”

“다음 기회에는 아마 그렇게 되겠죠, 알리에티 양. 나는 오늘 기분이 좋지 않습니다. 당신까지 그런 기분으로 만들고 싶지 않습니다. 이제 돌아갈까요?”

“좋으실 대로요. 우리가 도대체 얼마나 멀리 왔죠?”

나는 더 이상 대답하지 않고, 철썩 소리가 나도록 노를 물에 처넣어 방향을 돌렸다. 북동풍을 몸에 안은 듯 배는 급히 선회했다. 배가 수면을 급히 가르며 나아갔다. 비참함과 수치심의 소용돌이가 끓어오르는 가운데, 내 얼굴엔 굵은 땀방울이 솟아나다가 그 즉시 얼어붙는 듯했다. 하마터면 무릎을 꿇고 고백하다가 모성적인 우정마저 거절당하는 구애자 노릇을 할 뻔했다는 생각이 들자 등골이 오싹해졌다. 적어도 그런 비참한 꼴은 모면한 셈이었다. 나는 미친 듯이 노를 저어 호숫가로 돌아갔다.

나는 호숫가에서 짤막하게 작별 인사를 하고 그녀를 혼자 남겨 둔 채 떠났다. 그러자 그 아름다운 여자는 꽤 놀라는 것 같았다. 호수는 여전히 잔잔하고 음악은 경쾌했으며, 종이 등불은 여전히 축제 분위기를 자아내는 붉은색이었다. 그러나 내게 이 모든 것들은 바보스럽고 우스꽝스럽게 여겨졌다. 특히 음악이 그랬다. 넓은 비단 띠가 달린 기타를 아직도 뽐내듯이 메고 연주하는, 벨벳 옷을 입은 녀석을 곤죽이 되도록 두들겨 패고 싶었다. 불꽃놀이가 시작될 시간이 임박했다. 이 얼마나 유치한가!

나는 리하르트에게 몇 프랑을 빌린 뒤 모자를 깊이 눌러쓴 채 도시를 벗어나 계속 걸어가기 시작했다. 몇 시간이고 졸음이 찾아올 때까지 마냥 걸었다. 그러다가 나는 어떤 풀밭에 드러누웠지만, 몇 시간 후에 이슬에 젖고 얼어붙은 채로 깨어났다. 나는 가까운 마을로 향했다. 이른 아침이었다. 토끼풀 베는 사람들이 먼지 자욱한 오솔길 사이를 지나갔다. 잠에서 덜 깬 일꾼들이 외양간 너머로 깜짝 놀라 바라보았다. 곳곳에서 농부들의 분주한 여름철 일이 시작되고 있음을 알렸다. 너는 농부가 되었어야 했는데, 라고 나는 자신에게 뇌까렸다. 나는 수치스러운 기분으로 마을을 지나 녹초가 되도록 떠돌아다니다가 햇빛이 뜨거워진 뒤에야 휴식할 마음을 가졌다. 나는 어린 너도밤나무 근처의 시든 잔디밭 위에 몸을 던지고 따뜻한 햇볕 아래서 오후로 접어들 무렵까지 깊은 낮잠에 빠졌다. 깨어났을 때는 머리가 온통 풀 냄새로 가득했고, 사랑스러운 신의 대지에 오랫동안 누워 있었던 사지는 기분 좋게 나른했다. 그 축제와 뱃놀이, 그 밖에 다른 모든 것들이 마치 몇 달 전에 읽었던 소설처럼 슬프고 희미한 여운을 남겼다.

나는 사흘간 계속 밖에서 머물며 햇볕에 피부를 태웠다. 그러면서 이대로 고향으로 돌아가 아버지의 농사일이나 도와드려야 하지 않을까, 신중히 생각해 보았다.

물론 그 뒤로도 고통은 사라지지 않고 계속되었다. 도시로 돌아온 후 처음에는 그 화가의 눈초리가 페스트라도 되는 양 피했다. 그러나 그것도 오래가지는 못했다. 이후에 그녀가 내게 말을 걸어올 때면, 내 목구멍에서는 비참한 감정이 불쑥 치밀어 오르곤 했다.

4장

아버지가 내게 못 했던 일을 이제 사랑의 슬픔이 해냈다. 사랑의 슬픔이 나를 술고래로 만들었다.

술은 지금까지 내가 이야기했던 것 가운데 그 어느 것보다 더 내 삶과 존재에 중요했다. 그 강렬하고 달콤한 술의 신은 내 충실한 친구였으며, 지금도 역시 그렇다. 누가 그렇게 강렬하고, 누가 그렇게 아름답고 환상적이며, 열광적이고, 유쾌하고, 우울할 것인가? 그는 영웅이자 마법사다. 그는 에로스의 인도자이자 형제다. 그는 불가능한 일도 할 수 있다. 가난한 인간의 마음을 아름답고 놀라운 시로 가득 채워 준다. 그는 은자고 농부인 나를 왕, 시인, 현자로 만들어 주었다. 텅 비어 버린 인생의 조각배에 새로운 운명의 짐을 싣고, 조난자를 위대한 삶의 급한 물결 속으로 되돌려 보내 준다.

바로 술이 그렇다. 그런데 술은 또 귀한 선물이나 예술 같다. 그것은 누군가에게 사랑과 요구, 이해를 받고자 하고, 또 애써 소유물이 되려고 한다. 그렇게 할 수 있는 사람은 많지 않다. 그래서 술이 수많은 사람을 멸망시킨다. 술은 그들을 늙게 하고, 그들을 죽이거나 그들 정신의 불꽃을 꺼 버린다. 그러나 그는 사랑하는 사람들을 축제로 초대하고, 축복의 섬으로 통하는 무지개다리를 만들어 준다. 그들이 피곤할 때 머리 밑에 베개를 놓아 주고, 슬픔에 사로잡혀 있을 때 친구처럼, 위로하는 어머니처럼 그들을 꼭 껴안아 준다. 술은 삶의 혼란을 위대한 신화로 바꾸어 놓고, 힘찬 하프 선율로 창조의 노래를 연주한다.

게다가 술은 어린애 같다. 비단 같은 긴 곱슬머리와 좁은 어깨, 섬세한 다리를 지니고 있다. 술은 당신의 가슴에 기대어 조그만 얼굴을 당신 얼굴에 마주 대고는, 그 사랑스럽고 큰 눈으로 놀란 듯, 꿈꾸듯 당신을 바라본다. 그 눈 안에서는 천국의 기억과 잃어버릴 수 없는 신의 천진성이 숲 속에서 솟아나는 샘물처럼 촉촉하게 빛나며 물결친다.

그 달콤한 술의 신은 봄밤에 깊은 산에서 졸졸 흐르는 물줄기와 같다. 또한 그것은 태양과 폭풍을 거센 파도 위에 놓고 흔드는 바다와 같다.

술은 자신이 사랑하는 사람과 대화할 때면, 비밀과 추억, 시와 예감의 바다가 쏟아지듯, 아니 엄습하듯 그들을 감싼다. 그러면 낯익은 세계가 줄어들고 사라져 버리며, 영혼은 불안한 환희에 잠겨 모르는 세계의 길 없는 지평으로 내던져진다. 그곳은 모든 것이 낯설면서 친숙한 곳, 음악과 시인과 꿈의 언어가 표현되는 곳이다.

자, 그럼 이야기를 시작하자.

나는 몇 시간이고 나 자신을 잊은 채 명랑하게 지내며 공부를 하거나 글을 쓰거나 음악을 들을 수 있게 되었다. 그럼에도 고통 없이 지나간 날은 단 하루도 없었다. 고통은 종종 밤에 침대 속에서도 나를 엄습하고 한숨짓게 하거나 뒤척이게 했으며, 결국에는 울다 잠들게 했다. 또한 알리에티를 만나고 있을 때 불쑥 찾아오기도 했다. 그러나 대부분 늦은 오후, 아름답고 나른하고 사람을 피곤하게 하는 여름 저녁에 그런 고통이 일어났다. 그러면 호수로 가서 배에 올라타 온몸에 열이 나고 완전히 지칠 때까지 노를 젓다가, 그 상태로는 집에 갈 수 없음을 느끼곤 했다. 그래서 나는 술집이나 음식점에 들어 갔다. 거기서 여러 가지 포도주를 마시며 골똘히 생각에 빠지 곤 했고, 다음 날에는 반쯤 병자가 되기 일쑤였다. 그럴 때마 다 참담함과 혐오감에 휩싸여 다시 나가 또 술을 마셨다. 차츰 나는 포도주의 맛과 효과를 구별하게 되었으며, 여전히 미숙 하기는 해도 일종의 지각을 가지고 그것을 즐기게 되었다. 마침내 나는 진홍빛 벨트린을 내 단골 술로 삼았다. 그 술의 첫 잔은 씁쓸하고 자극적이지만, 곧 내 생각을 흐릿하게 만들어 조용하고 시종 몽환적인 세계로 끌고 간다. 그 술은 마술을 부리고, 창조하고, 스스로 시를 쓰기 시작한다. 그러면 이제껏 내가 좋아했던 모든 전원 풍경이 화려한 조명을 받아 나를 둘러싸는 것처럼 여겨졌다. 나 자신은 그 안에서 방랑하며 노래하고, 따뜻하고 흥겨운 삶이 내 안에서 솟아오르는 것을 느꼈다. 하지만 언제나 끝에는 바이올린으로 연주되는 민요를 듣는 듯한 상태에서, 이리저리 방황하다가 커다란 행복을 놓쳐버렸다는 묘한 슬픔으로 술기운이 마무리됐다.

혼자서 술을 홀짝거리며 마시는 일이 점차 자연스럽게 줄 어들면서 내게는 온갖 술친구들이 생겼다. 사람들에게 둘러 싸이자 술은 즉시 내게서 다른 효과를 드러냈다. 나는 말이 많 아졌지만 흥분하지는 않았고, 오히려 묘하게도 서늘한 열기를 느꼈다. 내 본성 가운데 그때까지 거의 드러나지 않았던 측면이 하룻밤 사이에 꽃피었는데, 그것은 정원용 화초나 관상용 꽃이 아니라 오히려 엉겅퀴나 가시쐐기풀 같은 것이었다. 그런 달변과 함께 날카롭고 냉정한 정신이 생겨나 나를 확실하고 사려 깊고 비판적이며 냉소적인 존재로 만들었다. 내 면전에서 날 거슬리게 하는 사람이 있으면 나는 세밀하고 교활하게, 이어서 거칠고 집요하게 그에게 계속 야유를 퍼붓고 화나게 해서는 가 버리도록 만들었다. 어렸을 때부터 내게 인간은 도대체 그리 사랑스럽거나 필요한 존재가 아니었는데, 이제는 인간을 비판과 조롱의 눈으로 바라보기 시작한 것이다. 나는 특히 인간의 상호 관계를 마치 사물을 묘사하듯 자세하게, 풍자적으로 묘사하면서 조롱하는 작은 이야기들을 고안하거나 쓰는 일을 즐겼다. 인간을 경멸하는 이런 음조가 나의 본질 어디에서 나오는지 나는 알지 못했다. 그것은 짓무른 종기처럼 내 존재 안에서 솟아 나와 오랜 세월 동안 없어지지 않았다.

그러던 어느 날 저녁, 나는 홀로 앉아 있다가 다시 산과 별, 슬픈 음악에 대한 꿈을 꾸었다.

이런 몇 주 사이에 나는 술집에서 나눈 대화를 기초로 하여 우리 시대의 사회와 문화, 예술에 대한 일련의 관찰 결과를 독설적인 한 권의 작은 책으로 담아냈다. 상당히 열심히 공부했던 역사에서도 갖가지 자료를 취했는데, 그것은 내 풍자에 일종의 탄탄한 배경을 제공했다.

이 작업 덕분에 나는 큰 신문에 고정란을 얻게 되었고, 그 수입으로 먹고살 수 있었다. 이와 동시에 전에 써 두었던 단상도 단행본으로 출판하여 제법 성공을 거두었다. 나는 이제 문헌학 공부를 팽개쳐 버렸다. 이미 졸업 학기를 맞이했을 때 《독일 신문》과 인연이 닿았는데, 나는 이제 무명작가와 가난 뱅이의 신세에서 벗어나 저명인사의 대열로 올라서게 되었다. 내 빵을 스스로 벌어서 먹게 되자, 나는 부담스러운 장학금을 포기했으며, 돛을 활짝 펴고 하찮은 직업 작가로서의 경멸스러운 삶을 향해 항해를 시작했다.

성공과 내 자만심에도 불구하고, 풍자와 내 사랑의 아픔에도 불구하고, 청춘의 따뜻한 광채가 내 기쁨과 우울함의 그늘 위에서 반짝거렸다. 그 모든 아이러니와 이런저런 사소한 권태에도 불구하고 나는 늘 꿈속에서 어떤 목표와 행복과 완성을 눈앞에 두고 있었다. 그것이 과연 어떤 것인지는 알지 못했다. 그저 인생이 내게 언젠가 한 번은 특별히 웃음을 머금은 행복과 명성, 어쩌면 사랑을 발아래 가져다주고, 내 그리움을 채워 주고, 내 존재를 향상시켜 주리라고 느꼈을 따름이었다. 나는 아직도 귀부인이나 결투하는 기사, 큰 명예를 꿈꾸는 어린아이였던 것이다.

나는 내가 이제 상승의 길목에 있다고 믿었다. 나는 지금까지 겪었던 모든 일들이 우연에 지나지 않으며, 내 존재와 인생에는 아직도 자신만의 깊숙한 토대가 세워져 있지 않다는 사실을 몰랐다. 그리고 나는 사랑이나 명성으로도 채워질 수 없는 어떤 동경 탓에 내가 괴로워한다는 사실 또한 몰랐다.

그래서 나는 사소한, 조금은 불쾌한 명성을 청춘의 모든 욕망과 더불어 즐겼다. 좋은 술과 영리한 사람들에게 둘러싸여 앉아 있는 것, 내가 이야기하기 시작할 때 그들의 얼굴이 진지하고 주의 깊게 내게로 향하는 모습을 보는 것은 즐거운 일이었다.

때때로 이 모든 사람들이 오늘날 얼마나 큰 동경에 사로잡혀 구원을 갈망하는지, 그 동경이 그들을 얼마나 기이한 길로 인도하는지, 나를 놀라게 하였다. 신을 믿는다는 것은 그들에게 어리석고 바보스럽게까지 여겨졌지만, 그래도 그들은 갖가지 성자의 이름과 그들의 가르침을 믿고 있었다. 쇼펜하우어, 부처, 차라투스트라 등이 그랬다. 세련된 건물 안의 조각이나 그림 앞에서 정중하게 예배를 올리는 젊은 무명 시인들도 있었다. 그들은 신 앞에서 머리 숙이는 것은 수치스러워했지만, 오트리콜리의 제우스 상 앞에서는 기꺼이 무릎을 꿇었다. 금욕을 함으로써 자신을 괴롭히고 하늘의 별을 자청하는 고행자들도 있었다. 그들의 신은 톨스토이나 부처였다. 멋들어지고 조화로운 벽지, 음악, 음식, 술, 향수, 담배 같은 것들을 통해 우쭐한 기분을 느끼고 싶어 하는 예술가들도 있었다. 그들은 음악의 선율이나 색채의 조화 따위에 대해 근사한 말로 떠들고 자신을 과시하면서 언제나 '개성적인 색깔'을 노리곤 했다. 그러나 이 색깔도 대부분은 사소하고 하찮은 자기기만이나 광기로 얼룩져 있었다. 그 모든 발작적인 광대놀음이 내게는 근본적으로 재미있고 웃기는 것이었으나, 때때로 그 안에서 얼마나 진지한 동경과 순수한 영혼의 힘이 불타오르고 꺼져 갔는가를 생각하고 기묘한 전율을 느낄 때도 있었다.

당시 내가 놀람과 기쁨을 가지고 사귀던 환상적이고 허풍스러운 유명 시인과 예술가, 철학자 가운데 어딘가 주목할 만한 사람을 나는 하나도 알지 못했다. 그 가운데 나와 동갑인 북독 사람이 있었다. 작은 체구에 부드럽고 온순하며, 호감을 주는 인물이었는데, 예술적인 문제에 대해서는 상당히 섬세하고 날카로운 면을 지닌 사람이었다. 그는 앞으로 위대한 시인이 될 재목으로 주목을 받았고, 나도 몇 번 그의 시 낭독을 들어 보았다. 내 기억으로 그의 시에는 뭔가 진귀한 향기와 영적인 아름다움이 떠돌아서, 정말 그는 훌륭한 시인이 될 유일한 사람이었는지 모른다. 나는 후에 우연히 그에 대한 짤막한 이야기를 듣게 되었다. 이 지나치게 민감한 남자는 문학적 실패 한 번에 의기소침하여 사람들 앞에 나서기를 꺼려 했고, 어느 돈 많은 예술 애호가의 보호 아래로 들어갔다. 이 예술 애호가는 그를 격려하고 이성을 되찾게 하기는커녕, 그의 신세를 빨리 망쳐 놓고 말았다. 시인은 이 부자의 별장에서 그의 신경질적인 마누라와 함께 미학에 대한 얼빠진 허풍이나 떨면서 자신이 인정받지 못하는 영웅이라는 환상에 빠져 버렸다. 그러고는 비참하게도 순수한 쇼팽의 음악과 라파엘전파의 황홀경 같은 것에 미혹되어 이성의 균형을 상실하고 말았다. 괴상한 옷차림과 머리 모양을 한 시인들과 아름다운 영혼을 가졌다는 미숙한 사람들을 생각할 때면 나는 연민과 혐오밖에 느낄 수가 없다. 이런 부류에 속하는 것의 위험성을 나중에야 깨달았다. 내 고산 지역의 농부 기질이 그런 소동에 뛰어드는 일을 막아 준 바 있다.

그러나 명예와 술, 사랑과 지혜보다도 더 고귀하고, 행복을 주었던 것은 나의 우정이었다. 인생을 어렵게만 살아가도록 타고난 나의 짐을 덜어 준 것이나 내 젊은 날을 싱싱하게, 새벽 여명처럼 밝게 지탱해 준 것도 결국 우정이었다. 나는 오늘날에도 이 세계에서 남자들 사이의 명예롭고 두터운 우정보다 더 값진 것은 없다고 생각한다. 내가 어느 날 사색에 잠겨 젊은 날의 향수에 휩싸인다면, 그것은 오로지 내 대학 시절의 우정 때문이리라.

에르미니아에게 빠진 뒤로 나는 리하르트에게 약간 소홀했다. 처음에는 그것을 의식하지도 못했는데, 몇 주가 지난 뒤에 갑자기 양심의 가책을 받았다. 나는 그에게 고백했다. 그는 내 불행을 짐작하고 마음 아파하며 지켜보았노라고 실토했다. 나는 다시 그와 진심 어린 관계, 질투도 하는 관계를 새롭게 이어 나갔다. 당시 내가 명랑하고 자유로운 처세술을 가졌다면, 그것은 전적으로 그의 덕분이다. 그는 육체와 영혼이 모두 아름답고 밝았다. 삶은 그에게 어떤 그늘도 드리우지 못했다. 그 시대의 걸음걸이, 그의 말, 그의 존재 전체가 유연하고 쾌활했으며 사랑스러웠다. 아, 그의 웃는 모습은 또 어떠했는가!

내가 술에 열중하는 것을 그는 거의 이해하지 못했다. 그는 때때로 나와 함께 술집에 갔다. 그렇지만 두 잔만 마시면 그만이었고, 내가 마구 퍼마시는 모습을 놀란 눈으로 바라볼 따름이었다. 하지만 내가 고통과 우울에 빠져 어쩌지 못하는 상태를 보면, 그는 내게 음악을 들려주거나 책을 읽어 주고, 산책하러 데리고 나갔다. 우리는 가벼운 산책을 나가면 종종 어린 소년들처럼 유쾌하게 농담하고 장난질도 했다. 언젠가 어느 따뜻한 오후, 숲이 우거진 계곡에 누워 솔방울을 서로 던지며 「경건한 헬레네」의 시 구절에 다정다감한 멜로디를 붙여 노래했다. 물살이 빠르고 맑은 개울물이 우리 귓가에 유혹하는 듯한 소리를 내며 오래도록 활활 흘렀다. 우리는 결국 옷을 벗고 차가운 물속에 몸을 담갔다. 그때 그는 희극을 연기해 보자는 착상을 떠올렸다. 그는 이끼 낀 바위 위에 앉아 로렐라이 역을 하고, 내가 뱃사공이 되어 작은 배를 저어 가는 것이었다. 그가 정말 젊은 처녀처럼 부끄러워하는 표정을 지으며 이맛살을 찌푸렸기 때문에, 깊은 시름에 젖은 표정을 지어야 했던 나는 도무지 웃음을 그칠 수 없었다. 그때 갑자기 목소리 가 들리고 오솔길에 여행객들이 나타났다. 그래서 우리는 벌 거벗은 채 일어나 수풀이 무성한 개울가로 급히 몸을 숨겨야 했다. 무슨 일이 벌어졌는지 알지 못하는 여행객들이 우리 곁 을 지날 때, 리하르트는 꿀꿀, 찍찍, 야옹 따위의 온갖 기묘한 소리를 냈다. 사람들이 깜짝 놀라 자리에서 일어나, 사방을 두 리번거리고 물속까지 들여다보는 바람에, 우리의 행적이 곧 들통날 처지에 놓이고 말았다. 그때 내 친구가 은신처에서 몸 을 반쯤 들어 올리고는, 분개한 사람들을 응시하며 성직자 같 은 나직한 목소리로 "주님의 평화가 여러분에게 있기를!" 하 고 말하는 것이었다. 그러고는 즉시 다시 몸을 감춘 그는 내 팔을 꼬집으며 말했다.

"이것도 일종의 수수께끼 놀이야."

"어떤 수수께끼 놀이?" 하고 내가 물었다.

"목양신이 목자들을 놀라게 하는 거지." 하고 그는 웃었 다. "그런데 유감스럽게도 아가씨들도 있더군."

그는 내 역사 공부에 별로 관심을 표명하지 않았다. 그러 나 내가 아시시의 성 프란체스코를 거의 무작정 좋아하는 데 에는 곧 공감하였다. 그가 가끔 그 성자에 대해 농담을 던져 나를 분개하게 하기도 했지만, 우리는 그 복된 고행자가 사랑 스러운 어린애처럼 감동적이고 명랑한 모습으로 움브리아 지 방을 방황하며 경건하게, 겸허한 사랑에 가득 차서 모든 사람 에게 그의 하느님을 전파하는 모습을 눈앞에 그려 보았다. 우 리는 그가 쓴 불멸의 '태양 송가'를 함께 읽어서 거의 외울 정 도가 되었다. 언젠가 우리가 호수의 증기선을 타고 뱃놀이에서 돌아올 때, 저녁 바람이 금빛 호수 위로 물결을 일으키는 광경을 보고 그가 나직이 물었다. "그 성자가 여기서는 뭐라고 말할 것 같아?" 나는 그 성자의 말을 이탈리아어로 인용했다. "주여, 찬미하나이다. 이 상쾌한 바람과 하늘 그리고 구름이 끼었거나 날이 개었거나 우리가 여기 있음을!"

우리가 싸움을 하게 되어 서로 모욕적인 말을 주고받기라도 하면, 그는 학교에 다니는 아이들처럼 반쯤은 농담조로 온갖 기묘한 별명을 내게 던져서, 나로 하여금 웃게 하고 화를 풀지 않을 수 없게 했다. 내 사랑스러운 친구는 그가 좋아하는 음악을 듣거나 연주할 때에만 비교적 진지해졌다. 그러나 그때조차도 그는 어떤 농담을 하기 위해 연주마저 중단할 수 있는 여유를 갖고 있었다. 그렇지만 예술에 대한 그의 사랑은 순수하고 진실한 헌신으로 가득 차 있었다. 순수하고 의미 있는 것에 대한 그의 감정은 내게는 거짓이 없어 보였다.

놀랍게도 그는 친구 중 하나가 곤경에 빠지면 위로해 주고, 함께 고민을 나누고, 기분을 북돋아 주는 섬세하고 부드러운 기술을 체득하고 있었다. 내가 기분이 나빠 보이면, 그는 수많은 여러 가지 이야기를 기이하리만큼 친절하게 들려주었는데, 그의 어조에는 마음을 진정시키고 기분을 상쾌하게 해 주는 어떤 힘이 깃들어 있어서, 나는 좀처럼 저항할 수가 없었다.

그는 내게 약간의 존경심을 갖고 있었다. 내가 그보다 진지한 탓도 있었지만, 그보다는 내 육체적인 힘이 그를 감탄시켰다. 자기 같은 사람을 한 손으로 눌러 죽일 수 있는 친구가 있다는 사실을, 그는 다른 사람들 앞에서 허풍을 떨며 자랑했다. 그는 육체의 힘과 민첩성을 중요하게 여겼다. 그래서 그는 내게 테니스를 가르치고, 함께 노를 젓고 수영도 했으며, 나를 승마장에 데려갔다. 당구는 내가 거의 자기만큼 잘할 수 있을 때까지 쉬지 않고 상대해 주었다. 당구는 그가 가장 좋아하는 놀이였다. 그는 당구를 칠 때면 기술적으로 노련하고, 대가다운 솜씨를 보였을 뿐만 아니라 유난히 쾌활해지고 농담을 잘했다. 그는 번번이 세 개의 당구공에 우리가 아는 사람들의 이름을 붙인 뒤, 공이 굴러오고 멀어질 때마다 재치와 빈정거림, 회화적인 비유로 가득 찬 황당한 이야기를 고안해 냈다. 그러면서도 그는 조용히 가볍게, 무엇보다 우아하게 당구를 즐겼고, 그런 그를 바라보는 일은 큰 즐거움이었다.

그는 내 저술 행위를 나 자신보다 더 높게 평가하지 않았다. 어느 날 그는 내게 말했다. "이봐, 난 자네를 언제나 시인으로 여겨 왔고, 지금도 그렇게 생각해. 하지만 그건 자네의 잡문 때문이 아니라, 자네 내부에 아름답고 심오한 어떤 것이 있고, 그것이 조만간 터져 나오리라는 점을 느끼고 있기 때문이야. 그때는 정말 진정한 작품이 탄생할 거야."

그러는 동안 몇 학기가 마치 손가락 사이로 동전이 빠져 나가듯 우리에게서 흘러가 버렸다. 리하르트가 싫어도 집으로 돌아가야만 하는 시간이 찾아왔다. 어느 정도는 방종함을 가장하면서 우리는 줄어드는 날들을 즐겼다. 마침내 그 슬픈 이별에 앞서 어떤 빛나고 기념할 만한 일을 계획해, 이 아름다웠던 몇 해를 즐겁고 의미 있게 끝내야겠다는 데 서로 의견을 모았다. 내가 베른의 알프스 산맥으로 여행을 가자고 제안했으나, 때는 아직 초봄이라서 산을 오르기에는 너무 일렀다. 내가 다른 제안거리를 찾느라고 머리를 쥐어짜는 동안, 리하르트는 그의 아버지에게 편지를 보내 나를 깜짝 놀래고 기쁘게 할 계획을 준비했다. 어느 날 그는 거액의 수표를 쥐고 와서는, 자신의 안내자로서 북부 이탈리아 지방으로 함께 여행을 떠나자고 했다.

내 심장은 근심과 기쁨의 유혹으로 뛰었다. 소년 시절부터 품어 왔고 수천 번이나 줄곧 꿈꾸던 그 애틋한 소망이 실현되려는 참이었다. 나는 열기에 들뜬 듯 흥분하여 여러 가지 물건들을 준비하고, 내 친구에게 이탈리아어 몇 마디도 가르치면서, 마지막 날까지 혹시 이 모든 것이 수포로 돌아갈지도 모른다는 걱정에 사로잡혀 있었다.

우리는 짐을 먼저 부치고 차에 올라탔다. 푸른 들판과 언덕이 흔들리며 지나갔고, 우른 호수와 고트하르트 산이 나타나더니 테신 지방의 산간 오두막과 개울, 석회암 언덕과 눈 덮인 산봉우리가 보였다. 이윽고 평평한 포도원들과 그 안에 축조된 검은 돌집들이 나타나기 시작했다. 이 기대에 찬 여행은 호수를 지나 풍요로운 롬바르디아 평원을 거쳐 소란하고 활기에 찬, 기묘하게 매혹적이면서도 거부감을 주는 밀라노로 이어졌다.

리하르트는 밀라노의 대성당에 대해 아무것도 몰랐다. 다만 그것이 유명한 대형 건축물이라는 사실을 알 뿐이었다. 그가 화를 내며 실망하는 모습을 보는 것은 유쾌했다. 그는 놀라움에서 벗어나 유머 감각을 되찾았다. 그러자 그는 지붕 위에 올라가 거기에 혼잡스럽게 서 있는 석상들 가운데로 걸어 다녀 보자고 제의했다. 우리는 고딕식 첨탑 위에 세워진 수백 개의 불행한 성자상이 그렇게 엉터리는 아니라고, 어느 정도는 만족스럽게 평가했는데, 왜냐하면 그것들 대부분, 적어도 새로 만들어 세운 것은 공장에서 나온 평범한 물건이었기 때문이다. 우리 둘은 4월 오후의 햇살에 따뜻하게 데워진 널찍하고 비스듬한 대리석 위에 거의 두 시간이나 누워 있었다. 리하르트는 내게 기분 좋게 고백했다. "자넨, 알고 있어? 나는 근본적으로 이런 실망을 겪는 데에 반대하지는 않아. 이 얼빠진 대성당 같은 것에 말이야. 나는 여행하는 동안 줄곧 우리가 보고 압도당하게 될 어떤 위대한 것에 대해 은근히 걱정하고 있었어. 그런데 이제 그 일이 친근하면서도 인간적으로, 우스꽝스럽게 시작되고 있어!" 이렇게 말하고 그는 우리를 둘러싼 인물 석상들을 통해 바로크적 공상에 빠져들었다.

그는 말을 이었다. "아마 저기 저 제일 높은 꼭대기, 본 탑 위에 있는 것이 최고로 격이 높은, 가장 고귀한 성자일 거야. 그런데 저 첨탑 위에서, 마치 돌로 만들어진 줄광대처럼 영원히 균형을 잡아야 한다면 결코 만족스럽지는 않을 테지. 그러니 때때로 제일 높은 성자를 구원해서, 하늘나라로 올려 보내는 게 공정한 처사라는 말이야. 그럴 때마다 얼마나 굉장한 구경거리가 생길지 상상해 봐! 그렇게 되면 나머지 성자들도 자연스럽게, 정확히 격에 따라 한 자리씩 올라간다는 말이야. 저마다 모두 앞의 성자가 있던 첨탑 위로 껑충 뛰어오를 테지. 모두들 부리나케 서두르며, 여전히 자신을 앞지르는 다른 성자들을 몹시 부러워할 거야."

그 뒤로 나는 밀라노에 갈 때면 그날 오후의 일이 생각나서, 수백 개의 대리석 성자들이 한꺼번에 껑충 뛰는 모습을 눈앞에 그려 보고 씁쓸하게 웃곤 했다.

제노바에 갔을 때 나는 크나큰 사랑으로 더욱 풍부해지는 느낌이었다. 밝고 바람 부는 날, 정오가 바로 지난 무렵이었다. 나는 널찍한 성벽에 팔을 짚고 서 있었다. 내 뒤로는 다채로운 도시 제노바가 펼쳐져 있었고, 내 밑에서는 거대하고 푸른 물결이 밀려들었다. 바다였다. 이 영원하고 변함없는 바다는 어두운 울부짖음과 알 수 없는 동경을 내게 던졌다. 나는 내 자신의 내부에서 무엇인가가 이 푸르고, 거품을 일으키는 물질과 영원히 맺어지고 있음을 느꼈다.

넓은 수평선 또한 나를 강렬하게 사로잡았다. 나는 다시 어린 시절처럼 파랗게 가물거리는 수평선이 문을 열고 나를 기다리고 있는 광경을 보았다. 나는 인간과 도시, 건물 안에서가 아니라 낯선 지방으로의 방랑과 바다로의 거친 항해 속에서 살아가도록 태어났다는 느낌을 다시금 감지했다. 어두운 충동과 더불어 나 자신을 신의 품안에 던져 내 작은 생명을 무한하고 영원한 것과 결합시키고자 하는 나의 오랜 슬픈 갈망이 나의 내부에서 솟아올랐다.

라팔로에서 생전 처음 수영을 하면서 물결을 헤쳐 나가 보았고, 소금물을 맛보았으며, 파도의 위력도 느꼈다. 사방 어디에나 푸르고 맑은 물결, 누르스름한 바닷가의 암석, 깊고 고요한 하늘, 영원하고 거대한 파도 소리가 있었다. 멀리서 미끄러져 가는 배, 검은 대와 하얀 돛, 또는 먼 곳으로 항해하는 기선의 가느다란 연기도 항상 나를 사로잡았다. 내가 가장 좋아하는, 쉴 줄 모르는 구름은 물론이고, 나는 점점 작아지다가 열려 있는 수평선 안으로 스며드는, 까마득히 먼 곳으로 항해하는 그런 배보다 동경과 방랑을 더 아름답고 엄숙하게 나타내는 그림을 알지 못했다.

우리는 피렌체로 갔다. 피렌체는 내가 수백 가지 그림을 통해 보고 수백 번 꿈에서 보았던 그 모습으로 거기 있었다. 밝고, 널찍하고, 친근하고, 다리 아래로는 푸른 강이 흐르고, 형태도 선명한 언덕들에 둘러싸여 있었다. 베키오 궁전의 거대한 첨탑이 밝은 하늘을 날카롭게 찌르며 서 있었고, 아름다운 피에솔레는 높은 곳에서 따뜻한 햇볕을 받으며 하얀 광채를 내뿜고 있었다. 그런가 하면 언덕마다 과일나무 꽃들이 희고 붉게 피어 있었다. 활발하고 친밀한 토스카나풍의 삶은 내게는 거의 기적 같았다. 나는 곧 집에 있는 것보다 더욱 고향에 있는 듯한 기분을 느꼈다. 낮 동안에는 성당이나 광장, 좁다란 길들, 화랑, 시장 따위에서 어슬렁거리다가, 저녁이 되면 이미 레몬이 열린 언덕 위 정원에서 공상에 잠기거나 작고 소박한 술집에서 술을 마시고 흥청거리며 시간을 보냈다. 그런 와중에도 화랑이나 박물관, 수도원, 성납실 등에서 행복에 가득 찬 시간을 보냈고, 오후에는 피에솔레, 산미니아토, 세티냐노, 프라토 등지도 돌아다녔다.

집에서 이미 해 두었던 약속대로 나는 리하르트를 일주일 동안 홀로 남겨 놓고 풍요롭고 푸르른 움브리아 구릉지를 돌아다니며 내 젊은 시절의 가장 고귀하고 값진 방랑을 즐겼다. 나는 성 프란체스코 거리를 지나며 오랜 시간 그가 내 곁에서 함께 방랑하는 것을 느꼈다. 나는 이때 깊이를 알 수 없는 사랑의 감정에 사로잡혀 눈에 띄는 모든 새와 샘물, 들장미에게 감사와 기쁨의 마음으로 인사했다. 나는 햇빛 찬란한 산비탈에서 레몬을 따서 먹고, 작은 마을들에 묵으면서 노래하거나 흥겹게 시도 지었다. 부활절에는 내가 좋아하는 성자의 성당이 있는 아시시에서 미사를 보기도 했다.

지금 돌이켜보면 움브리아를 돌아다녔던 일주일이 내 청춘기의 황금기이자 아름다운 저녁놀처럼 여겨진다. 매일 나의 내부에서는 샘물이 솟아올랐고, 밝고 찬란한 봄날의 풍경에서 하느님의 자비로운 눈빛을 보는 것 같았다.

나는 '하느님의 악사'인 성 프란체스코를 존경하여 움브리아에서 그의 흔적을 뒤쫓았다. 피렌체에서는 15세기의 생활에 대해 상상하는 일을 끊임없이 즐겼다. 나는 이미 집에서 현대적 삶을 풍자한 바 있다. 하지만 나는 피렌체에서 처음으로 현대 문화의 초라하고 우스꽝스러운 성격을 비로소 느꼈다. 그리고 이곳에서 나는 처음으로 내가 우리 사회의 영원한 이방인이 되리라는 걸 예감했다. 또 이곳에서 나는 처음으로 내 삶을 내가 소속된 사회가 아니라 가능하면 먼 남쪽 지방에서 꾸려 나가고 싶다는 소망을 싹 틔웠다. 여기서 나는 사람들과 교류할 수 있었고, 솔직한 삶의 자연스러움이 언제나 나를 기쁘게 해 주었다. 이런 토양 위에 고전적 문화와 역사의 전통이 고상하고 세련되게 자리 잡고 있었다.

아름다운 몇 주가 찬란하고 행복하게 지나갔다. 나는 리하르트가 그렇게 황홀감에 젖어 들떠 있는 모습을 본 적이 없었다. 우리는 쾌활하고 즐겁게 그 아름다움과 향락의 잔을 남김없이 비웠다. 우리는 멀리 떨어진, 양지바른 언덕 위의 마을들을 돌아다녔고, 술집 주인이나 수도사, 시골 처녀들, 작고 편안한 시골의 신부들과도 만났다. 그들의 소박한 잡담에 귀를 기울이고, 햇볕에 그을린 귀여운 아이들에게 빵과 과일을 먹도록 나누어 주고, 봄의 광영 속에서 빛나는 토스카나의 높은 산과 멀리서 반짝이는 리구리아 바다를 바라보았다. 우리 두 사람은 그 행복이 어떤 새롭고 풍요로운 삶을 맞이하기 위한 전조라는 느낌을 강하게 받았다. 일과 투쟁, 즐거움과 명성이 우리 앞에 너무도 가까이, 화려하게 빛나고 있었기에 우리는 그 행복한 날들을 느긋하게 즐길 수 있었다. 곧 다가올 이별도 가볍고 일시적인 일로만 여겨졌다. 우리는 어느 때보다도 서로가 서로에게 필요한 존재며, 그것이 평생 변함없으리라는 사실을 더욱 확실히 믿었기 때문이다.

이것이 내 젊은 날의 이야기다. 이때를 뒤돌아보면, 마치 어느 여름밤처럼 짧게만 느껴진다. 약간의 음악과 약간의 정신, 약간의 사랑과 약간의 허영, 그러나 그것은 엘레우시스 축제[1]처럼 아름답고 풍부하고 다채로웠다.

그런데 그것은 바람 속의 촛불처럼 돌연 가련하게 꺼졌다.

취리히에서 나는 리하르트와 작별했다. 그는 나에게 키스하기 위해 두 번이나 기차에서 내렸고, 기차가 떠날 때에도 창문 밖으로 내다보며 내게 오랫동안이나 고개를 끄덕여 보였다.

그로부터 이 주일 뒤, 그는 남독의 개울만큼이나 작은 강에서 수영을 하다가 터무니없이 익사했다. 나는 그를 보지도 못했고, 그가 묻힐 때 가 보지도 못했다. 며칠 뒤, 그가 이미 관에 들어가 땅에 파묻히고 나서야 모든 사정을 들었다. 그 소식을 들었을 때, 나는 방바닥에 온몸을 내던지고 온갖 모욕적인 욕설로 하느님과 삶을 저주하고, 울음을 터뜨리며 미쳐 날뛰었다. 나는 그제야 비로소 지난 몇 년 동안 나의 유일하고 확실한 소유물이 우정이었다는 사실을 깨달았다. 이제 그것은 사라져 버렸다.

매일 수많은 추억이 나를 쫓아다니며 숨 막히게 하는 그 도시에 더 이상 머물 수가 없었다. 앞으로 무슨 일이 생기든 내게는 마찬가지였다. 나는 영혼의 뿌리까지 병들었고, 살아간다는 것이 두려웠다. 내 찢긴 존재를 다시 바르게 세우고,

---

1   여신 데메테르 제전의 신비 의식.

새로 돛을 달고 남자로서 더욱 혹독한 운명에 맞서 나아갈 전망 따위는 당분간 희박해 보였다. 신은 내가 내 존재의 가장 훌륭한 부분을 순수하고 즐거운 우정에 바치기를 바랐던 것 같다. 마치 두 척의 빠른 배처럼 우리는 서로서로 협력하며 물결을 헤치고 나아갔었다. 리하르트의 배는 화려하고 가볍고 행복하고 사랑스러운 존재로서 내 눈에 비쳤다. 나는 그가 나를 아름다운 목적지로 데려가 주리라고 믿었다. 그러나 그는 외마디 비명을 지르며 물속으로 가라앉았고, 나는 갑자기 어두워진 물 위에서 방향을 잃은 채 떠다니게 됐다.

나는 그 혹독한 시련을 이기고 별을 향해, 방향을 돌려 인생의 월계관을 얻기 위해 새로운 항해를 시작해야 하는, 다시 싸우고 방황해야 하는 운명의 전환점에 서 있었는지 모른다. 나는 우정과 여인의 사랑, 청춘을 믿었다. 그러나 그것은 차례차례 나를 버리고 떠나갔다. 나는 왜 신을 믿거나 그의 강한 손에 나를 맡기지 않았던가? 그러나 나는 평생 어린애처럼 소심하고 고집스러웠다. 언제나 특별한 삶이 폭풍처럼 덮쳐 와서 나를 지혜롭고 풍부하게 만들어 주고, 그 커다란 날개 위로 무르익은 행복을 가져다주기만을 기대했다.

그러나 현명하고 검소한 삶은 말없이 나를 몰아붙였다. 그것은 내게 폭풍도 별도 보내지 않았으며, 내가 다시 초라해지고 인내심이 강해져 나 스스로 고집을 꺾기만을 기다렸다. 삶은 거만하고 잘난 척하는 광대놀이를 계속하도록 내버려 두었고, 길을 잃은 어린애가 어머니를 다시 찾을 때까지 묵묵히 기다렸다.

5장

아마 얄팍한 통속 소설 한 권은 낼 수 있을 만큼, 겉으로는 지금까지보다 더 활기차고 다채로워 보이는 시기가 찾아왔다. 우선 내가 어떻게 《독일 신문》의 편집 주간으로 초빙되었는지 설명할 필요가 있다. 그와 더불어 내가 내 펜과 내 험한 입에 너무 많은 자유를 허락하여, 뭇사람의 비방과 욕설을 듣게 된 까닭도 알려야 할 터다. 내가 술고래라는 소리를 듣고, 결국에는 음모에 의해 그 자리에서 쫓겨나 특파원이라는 명목으로 파리에 보내졌다는 사실도 알려야 할 것이다. 그 저주스러운 곳에서 집시처럼 방황하고 빈둥거리며 아무 곳에서나 담배를 피워 대곤 했다는 것도 고백해야 할 터다.

만약 내가 그 기간에 대해 독자들에게 입을 다물고 모른 척하고 지나간다면, 그것은 내가 비겁해서가 아니다. 나는 내가 연거푸 잘못된 길로 들어, 온갖 더러운 일을 목격했고 거기로 뛰어들었다는 사실도 인정한다. 보헤미안의 낭만이라는 의미는 그 이후 내게서 없어졌다. 그렇지만 여러분은 내가 아직까지 내 삶에 남아 있던 순수하고 선한 것을 지켰다는 사실,

저 잃어버린 시간을 잃어버린 대로 놔두었다는 것을 양해해
야 할 것이다.

어느 날 저녁, 나는 부아의 숲에 혼자 앉아, 내가 지금 파
리를 떠나야 할지, 또는 아예 인생살이를 끝내야 할지를 곰곰
이 생각했다. 그러면서 나는 참으로 오랜만에 내 삶 전체를 돌
아보고, 내가 별로 잃을 만한 것도 가지고 있지 않다는 결론에
도달했다.

그러나 그때 갑자기 어떤 기억이 날카롭게 떠오르면서 오
래전에 지나간, 오래도록 잊고 있던 어떤 날의 기억이 떠올랐
다. 어느 이른 여름 아침에 산으로 둘러싸인 집에서 나는 침대
옆에 무릎을 꿇고 있었고, 어머니는 침대 위에 누워 죽음의 고
통을 겪고 있었다.

나는 내가 그토록 오랫동안 그날의 일을 잊고 있었다는
데에 놀라고 부끄러웠다. 바보 같은 자살 생각은 사라졌다. 진
지하고 완전히 탈선하지 않은 사람이라면, 건강하고 선한 생
명이 죽어 가는 모습을 눈앞에서 본 적이 한 번이라도 있는 사
람이라면, 스스로 목숨을 끊을 수는 없다고 믿었다. 나는 어머
니가 숨을 거두는 순간을 다시 한 번 보았다. 나는 그 장면에
서 어머니의 얼굴을 고귀하게 하는 죽음의 진지하고 고요한
작업을 다시 한 번 보았다. 죽음은 냉정했지만, 뛰쳐나간 아이
를 집으로 맞아들이는 인자한 아버지처럼 다정하고 자비롭기
도 했다.

나는 갑자기 죽음이 우리의 현명하고 착한 형제라는 사실
을 다시 깨달았다. 죽음은 올바른 때를 알고 있으니, 우리는
확신을 가지고 그를 기다려도 좋을 것이다. 나는 또한 고통과
실망과 우울은 우리를 망치고 쓸모없게 만들기 위해서가 아

니라, 우리를 성숙시키고 새로운 모습으로 탄생시키기 위해 존재하는 것이라는 사실을 이해하기 시작했다.

일주일 뒤 나는 짐을 바젤로 부치고 아름다운 남불 지방을 걸어서 여행했다. 하루하루 시간이 지나자, 그 비참했던 파리에서의 날들, 그때의 추억들이 무슨 악취처럼 나를 따라오다가 점점 흐려지더니 안개처럼 흩어지고 말았다. 나는 성에서 밤을 지새우기도 하고, 물방앗간이나 헛간 안에서 자기도 하고, 검게 탄 말 많은 시골 청년들과 함께 따뜻한 포도주를 마시기도 했다.

초췌하고, 수척해지고, 검게 그을고, 내면적으로도 많은 변화를 겪은 나는 두 달 후 바젤에 도착했다. 그것은 내 숱한 여행 중에서도 가장 긴 여행이었다. 로카르노와 베로나, 바젤과 브리크, 피렌체와 페루자에 이르기까지 내가 먼지 쌓인 장화를 신고 두세 번씩 돌아다니지 않은 길은 거의 없었다. 나는 그때 많은 꿈을 품었으나, 그 가운데 실현된 것은 하나도 없다.

나는 바젤 교외에 방을 하나 빌리고, 짐을 푼 뒤에 일을 시작했다. 나를 아는 사람이 하나도 없는 조용한 도시에 산다는 점이 즐거웠다. 몇몇 신문과 잡지와는 계속 관계를 맺고 있었기에 일할 것, 먹을 것은 있는 셈이었다. 처음 몇 주는 기분 좋게 조용히 지나갔지만, 그 후로는 점차 옛날의 슬픔이 되살아나 며칠, 몇 주일 동안 가슴에 남았다. 그것은 일하는 중에도 사라지지 않았다. 우울증이 뭔지 직접 겪어 보지 않은 사람은 이해하지 못한다. 그걸 어떻게 형용한단 말인가? 나는 무서운 고독감에 사로잡혔다. 나와 사람들, 그 밖에 도시의 삶, 광장이나 집, 길거리 사이에는 지속적으로 크고 넓은 심연이 놓여 있었다. 몹시 불행한 일이 일어나고, 아주 중요한 사건이 신문에 실린다. ── 이런 것들은 나하고는 전혀 상관이 없었다. 축제가 열리고, 죽은 사람이 묻히고, 시장이 서고, 연주회가 개최된다. ── 그러나 무엇 때문에? 무엇을 위해서 그런 일이 있는가? 나는 밖으로 뛰쳐나가 숲과 언덕, 시골길을 여기저기 헤매고 다녔다. 내 주변의 침묵한 초원과 나무, 밭들은 아무 불평도 없이 슬픔 속에서 나를 말없이 애원하듯 바라보았다. 그들은 내게 말을 걸고, 나를 반기며 인사하기를 원했다. 그러나 그들은 거기 그대로 서서 아무 말도 할 수 없었다. 나는 그들의 고통을 느끼며 그들을 구원해 줄 수 없어서 함께 고통스러워했다.

나는 이에 대해 상세히 적은 기록들을 가지고 의사를 찾아갔다. 나는 의사에게 나의 생활을 설명하려 했던 것이다. 그는 그것을 읽어 보더니 내게 질문을 하고, 나를 진찰했다.

"당신은 부러울 정도로 건강합니다." 의사는 나를 칭찬했다. "육체적으로 아무 문제가 없어요. 책을 읽거나 음악을 들으면서 기분을 전환해 보시죠."

"나는 직업상 매일 새로운 책들을 많이 읽고 있습니다."

"어쨌든 야외로 나가서 좀 운동을 하는 것이 좋겠군요."

"나는 매일 서너 시간씩 걷습니다. 여유가 있으면 적어도 그 두 배는 걷습니다."

"그렇다면 억지로라도 사람들하고 어울려야 합니다. 당신은 인간을 꺼리게 될 위험이 있습니다."

"무슨 상관이 있습니까?"

"상관이 있지요. 사람들과 교제하는 게 싫어질수록, 사람들을 억지로라도 더 봐야 할 필요가 있습니다. 현재 상태는 아직 병적이라고 볼 수 없고, 내게도 그리 심각해 보이지는 않습니다. 하지만 그렇게 소극적으로 배회하는 일을 그만두지 않는다면, 결국 언젠가는 균형을 잃을지도 모릅니다."

의사는 이해심이 많고 친절한 사람이었다. 나는 그의 동정심을 불러일으켰다. 그는 내게 교수 한 사람을 소개시켜 주었다. 그 교수는 상당히 지성적이고 문학적인 생활을 했는데, 그의 집에는 사람들이 많이 모여들었다. 나는 그의 집으로 갔다. 사람들은 내 이름을 알았으며, 모두 사랑스럽고 따뜻했다. 나는 거기에 자주 들르곤 했다.

어느 서늘한 늦가을 저녁, 나는 그 집으로 갔다. 어느 젊은 역사학자와 아주 날씬하고 피부가 거무스레한 아가씨가 벌써 와 있었다. 그들 외에는 손님이 없었다. 아가씨는 차 끓이는 기계를 다루면서 말을 많이 했는데, 그 역사학자에게는 냉소적이었다. 그런 뒤 그녀는 얼마간 피아노를 쳤다. 그러고 나서 그녀는 내 풍자 소설을 읽었지만 전혀 재미있지 않았다고 내게 말했다. 그녀는 영리해 보였지만, 지나치게 그런 티를 내는 것 같았다. 나는 곧 집으로 돌아왔다.

그러는 동안 내가 술집에 자주 드나들며, 본래 주정뱅이라는 소문이 사람들 사이에 퍼졌다. 나는 전혀 놀라지 않았다. 누군가를 흉보는 말은 지식인 사회의 남녀 사이에서 즉시, 무성하게 퍼져 나가게 마련이었기 때문이다. 이 수치스러운 소문은 내 교제에 전혀 해를 끼치지 않았을 뿐 아니라 오히려 인기를 더해 주었다. 당시에는 마침 사람들이 금주 운동에 열중해 있었고, 또 신사 숙녀들은 모두 '금주 연합 위원회'에 소속되어 있어서, 자신들의 수중에 떨어진 죄인을 보고 즐거워했던 것이다. 어느 날 드디어 은근한 공격이 시작되었다. 술집 생활의 불명예, 알코올 중독의 저주스러움 그리고 위생적, 윤리적, 사회적 위치를 고려하라는 설득이 자행되었고, 한 금주 연합의 모임에 가입하라는 권유가 이어졌다. 나는 대단히 놀랐다. 도대체 그런 연합이나 그런 운동이 있는지 그때까지 알지 못했기 때문이다. 그 모임은 음악과 종교적 의식까지 갖춘, 지독히 웃기는 무리였다. 나는 그런 인상을 감추려 하지 않았다. 몇 주 동안 나는 끈덕지게 달라붙는 호의에 시달렸다. 이런 일이 내게는 지극히 따분했다. 어느 날 저녁, 사람들은 다시 똑같은 소리를 흥얼거리며 내가 개심하기를 간절히 바랐다. 하지만 나는 될 대로 되라는 심정에서 제발 나를 들볶지 말아 달라고 큰 소리로 요청했다. 그 젊은 아가씨가 거기 있었다. 그녀는 내 말을 주의 깊게 듣더니 진심으로 말했다. "브라보!" 그러나 나는 그 말에 주의를 기울이기에는 너무나 비위가 상해 있었다.

나는 금주 연합의 떠들썩한 대축제에서 일어났던 사소하고 우스꽝스러운 사건을 더욱더 즐겁게 지켜보았다. 이 거대한 연합의 수많은 회원들은 잔치를 벌이고 집회도 개최했다. 그들은 연설을 하고, 서로 우정을 맺고, 합창단이 노래하는 가운데 이 훌륭한 행사가 발전하기를 환호성으로 축하했다. 그런데 술도 없는 연설이 너무 오래 지속되자, 기수로 고용된 사람이 근처의 선술집으로 몰래 들어가 버리고 말았다. 그리하여 축제의 시위 행렬이 막 길거리로 들어섰을 때, 우리처럼 술 마시는 죄인들은 거나하게 취한 기수가 이끄는 이 감동적인 행렬의 우스꽝스러운 광경을 기분 좋게 즐길 수 있었다. 기수의 손에 들린 푸른 십자가가 그려진 깃발은 마치 난파선의 돛

대처럼 크게 흔들리고 있었다.

술을 퍼마신 그 고용인은 곧 대열에서 쫓겨났다. 그러나 각 경쟁 단체나 위원회에서 생겨나 늘 무성하게 퍼지던 인간들의 허영심이나 질투심, 음모 같은 것들은 결코 쫓겨나지 않았다. 금주 운동은 와해되었다. 실은 공명심에 불타는 몇몇 사람들이 모든 명성을 혼자 누리고자 자신들의 이름으로 개종하지 않은 모든 주정뱅이들에게 욕설을 퍼부었던 것이다. 명성 따위는 바라지 않는, 고상하고 사심 없는 동료들 또한 모욕적으로 이용당했다. 그야말로 이상적인 표어 아래에도 더러운 인간성의 악취가 얼마나 하늘을 찌를 듯 진동할 수 있는지를, 관련자들이 곧 깨닫게 된 좋은 기회였다. 나는 이 모든 희극을 나중에야, 제삼자를 통해 전해 들었다. 나는 은근히 기분이 좋아져서 술을 마시고 밤늦게 집으로 돌아오면서 여러 번 이런 생각을 하곤 했다. 봐라, 우리 미개인들이 훨씬 더 나은 인간이라는 말이다.

라인 강이 내려다보이는, 전망 좋은 작은 방에서 나는 열심히 연구하고 생각에 골몰했다. 삶이 나를 스쳐 지나간다는 것, 어떤 격렬한 물살도 나를 그 안에 끌어넣을 수 없다는 것, 어떤 열정이나 관심도 나를 뜨겁게 달궈 몽롱한 꿈에서 깨어나게 할 수 없다는 데에 나는 좌절했다. 나는 물론 하루하루 살아가기 위한 일을 하는 것 외에도, 초기 프란체스코 교단 수도사들의 삶을 표현한 작품을 준비했다. 그럼에도 불구하고 그것은 창작이 아니라 지속적인 자료 수집에 불과하여, 내 동경이 요구하는 충동을 만족시키기에는 역부족했다. 나는 취리히와 베를린과 파리를 회상하면서 동시대 사람들의 본질적인 소망과 열정, 이상을 밝히는 일을 시작했다. 어떤 사람은,

지금까지의 가구나 벽지, 의상을 다 폐기하고 인간을 자유롭고 더 아름다운 환경에서 살게 해야 한다고 주장했다. 어떤 사람은 헤겔의 일원론을 대중적인 책과 강연을 통해 전파하느라 애썼다. 또 어떤 사람들은 세계의 영원한 평화를 창조하는 것을 노력할 가치가 있는 일이라고 여겼다. 또 어떤 사람들은 굶어 죽는 하층민들을 위해 싸우거나 민중을 위한 극장이나 박물관을 세워야 한다고 저마다 모여서 연설했다. 그런데 여기 바젤에서는 알코올이 투쟁의 대상이었다.

이 모든 노력들에는 삶과 충동, 움직임이 내재해 있었다. 그러나 그중 어느 하나도 내게 중요하고 필요한 것은 없었다. 설령 그 모든 목적이 오늘 이루어졌다 해도, 나와 내 삶에는 전혀 감흥이 없었을 터다. 나는 희망 없이 의자에 파묻혀 책과 잡지들을 밀쳐놓은 채 계속 생각에 빠져들었다. 그러면서 창문 밖으로 라인 강이 흐르는 소리와 바람이 술렁이는 소리를 듣고, 사방 어디에나 숨어 있는 커다란 우울과 동경의 언어에 귀를 기울였다. 나는 밤하늘의 하얀 구름이 놀란 새들처럼 푸드득거리며 무리 지어 사라지는 모습을 보았고, 라인 강이 정처 없이 흐르는 소리를 들었다. 나는 문득 내 어머니의 죽음과 성 프란체스코와 눈 덮인 산에 둘러싸인 내 고향, 익사한 리하르트를 생각했다. 나는 내가 뢰지 기르타너를 위해 알프스 들장미를 꺾으러 바위 절벽을 기어오르거나 취리히에서 책과 음악과 대화에 흥분하는 모습을 떠올렸다. 그 밖에도 알리에티와 함께 어두운 밤 호수를 노 저어 가거나 리하르트의 죽음에 절망하던 일, 여행을 떠나고 다시 돌아오고, 기분이 좋아졌다가 다시 비참해졌던 일 따위를 생각했다. 무엇 때문에? 무엇을 위해서? 아, 하느님, 그 모든 것이 그저 하나의 연극이자 우연, 한 폭의 채색화에 불과했다는 말입니까? 나는 고통스럽게 싸워 왔고, 그 고통은 정신과 우정, 아름다움, 진리와 사랑을 향하지 않았던가? 나의 내부에서는 늘 동경과 사랑의 어두운 파도가 샘솟지 않았던가? 그 모든 것이 부질없었다! 나에게는 고통이었으며, 그 누구에게도 즐거움을 주지 못했다!

그리하여 나는 다시 술집을 찾는 일이 많아졌다. 나는 방 안의 램프를 끄고, 가파르고 낡은 나선형 층계를 손으로 더듬어 내려와 벨트린 술이나 바틀란트 포도주를 파는 술집으로 찾아갔다. 술집에서 나는 대체로 무뚝뚝하고 때로는 거칠었음에도 불구하고, 사람들은 나를 좋은 손님으로서 존경을 표하며 환대했다. 나는 거기서 늘 화나게 하는《짐플리치스무스》[2]를 읽고, 포도주를 마시며, 술이 나를 위로해 줄 때까지 기다렸다. 그러면 달콤한 술의 신은 나를 여자처럼 부드러운 손길로 어루만지고, 온몸을 기분 좋고 나른하게 하며, 길을 잃고 방황하는 나의 영혼을 아름다운 꿈나라의 손님으로 초대했다.

때때로 나는 내가 사람들을 퉁명스럽게 대하고, 그들에게 호통을 치는 일에 일종의 통쾌함을 느낀다는 사실에 놀랐다. 내가 종종 찾아가는 술집에서는 여자 종업원들이 나를 거친 사람, 항상 불평만 늘어놓는 촌놈이라며 두려워하고 멀리했다. 나는 다른 손님들과 대화를 할 때, 빈정대고 무뚝뚝하게 굴어서 상대들도 나를 그렇게 대했다. 그럼에도 불구하고 소수의 몇몇 사람들과 술친구가 되었는데, 그들은 대부분 꽤나 늙은 사람이거나 구제 불능의 죄인들이었다. 나는 종종 그들

2　17세기 악한 소설의 주인공 이름을 따서 만든 정치 풍자 잡지.

과 저녁 내내 같이 앉아 시간을 보냈으며, 그런대로 우호적인 관계를 맺기도 했다. 그들 가운데에는 특히 나이가 든 난폭자가 하나 있었다. 그의 직업은 도안가였다. 그는 여자를 싫어하고 음담패설을 잘했으며, 그야말로 최고 수준의 주정뱅이였다. 저녁에 내가 술집에서 그와 만나기라도 하면, 그때마다 굉장한 폭음이 시작되었다. 우선은 실컷 떠들고 농담하고, 그러면서 붉은 포도주 한 병을 해치웠다. 그런 다음, 차츰 마시는 일만이 남아 말은 온데간데없이 사라지고, 서로 입을 다문 채 쪼그리고 마주 앉아, 담배를 빨며 각자의 술병을 비울 따름이었다. 이와 동시에 우리는 서로 각축하듯 술병을 얼른 새로 채우고, 반쯤은 존경과 반쯤은 악의 어린 쾌감을 맛보며 상대를 주시하곤 했다. 늦가을 새 술이 나올 때면, 우리는 함께 바덴 산 백포도주가 나는 포도원을 몇 군데 돌아다녔다. 키르헨의 술집 히르셴에서 그는 내게 그동안 자기가 살아온 이야기를 털어놓았다. 재미있고 기괴했던 듯싶은데, 유감스럽게도 깡그리 잊어버렸다. 기억에 남아 있는 것은 이미 나이 든 다음에 부렸던 어떤 술주정에 관한 이야기뿐이다. 그것은 어느 시골 마을 축제 때 생긴 일화였다. 그는 손님으로 초대되었는데, 그때 귀빈석에 있던 그 마을 신부와 읍장에게 녹초가 될 정도로 술을 퍼먹였다고 한다. 그런 신부에게 교리를 설교해야 할 차례가 왔다. 사람들이 가까스로 그를 연단에 올려놓았지만 그는 거기서 횡설수설하다가 결국 끌려 내려와야 했다. 잇따라 읍장이 그 틈을 타서 연단으로 뛰어올라 갔다. 그는 술기운으로 즉석에서 일장 연설을 시작했지만, 그 힘찬 동작 때문에 돌연 속이 거북해져서, 그의 연설은 괴상하고 불쾌한 방법으로 끝나고 말았다는 것이다.

나는 후에 그 이야기와 다른 이야기들도 부디 다시 들려 달라고 부탁할 생각이었다. 그러나 사격 대회가 있던 저녁, 우리 둘 사이에 싸움이 벌어졌다. 서로가 턱수염을 잡아 뜯다가 화가 잔뜩 나서 제각기 헤어져 돌아가 버렸다. 그 후로 우리는 몇 번, 한 술집에서 만났지만 원수처럼 앉아 있었다. 물론 다른 탁자에 따로따로 있었다. 그러나 오랜 습관에 따라 우리는 침묵한 채 서로를 노려보며 같은 속도로 마셔 댔고, 마지막 손님이 떠나고 마침내 쫓겨날 때까지 앉아 있었다. 화해는 결국 이루어지지 않았다.

내 슬픔과 무력감의 원인이 무엇인지에 대한 끝없는 숙고는 별다른 성과 없이 피곤하기만 했다. 그러나 내가 탈진하고 쓸모없어졌다는 생각은 하지 않았다. 오히려 나는 어두운 충동에 가득 차서 언젠가 때가 오면 뭔가 깊이 있고 선한 것을 창조하리라며, 이 메마른 인생에서 적어도 한 움큼의 행복을 차지할 수 있으리라고 믿었다. 그러나 과연 그런 때가 적절한 시기에 올 것인가? 내게는 물론 강렬한 힘들이 쓰이지 못한 채로 남아 있었다. 그런 한편 나는 수없는 인위적 자극을 통해 무리하게 예술 활동을 전개하는, 현대의 저 신경질적인 예술가들을 서글프게 생각했다. 그리고 또다시, 대체 어떤 장애와 악마가 내 힘차고 강한 육체로부터 영혼을 제압하여 점점 더 무겁게 하는지, 골똘히 생각해 보았다. 그러면서 나는 나 자신을 특수하고 뭔가 결함이 많은 사람으로 간주하고, 내 고통을 그 누구도 이해하지 못하며, 또한 함께 나누지도 못하리라는, 괴상한 생각만 했다. 그런 장애와 악마는 사람들을 병들게 할 뿐 아니라, 망상적이고 근시안적인 존재로 만들며, 그래서 사람들을 거의 교만하게 했다. 다른 사람은 고통을 감수하거나

미로를 헤매지 않는데, 자신은 마치 과대망상적인 하이네의 아틀라스처럼 이 세계의 온갖 고통과 수수께끼를 홀로 어깨에 짊어지고 있는 듯 착각한다. 내 특성과 개성의 대부분이 나 자신의 것이라기보다는, 카멘친트 가문의 혈통이나 악습이라는 사실을 고향에서 멀리 떨어져 혼자 지내던 나는 전혀 생각해 내지 못했다.

나는 몇 주에 한 번, 손님이 많이 모이는 그 교수의 집에 다시 드나들었다. 그러면서 점차 거기서 만나는 모든 사람들과 잘 알고 지내게 되었다. 대부분 여러 전공 분야의 젊은 학자들이 그 집에 모였는데, 그중에는 독일 사람들도 많았고, 그 외에도 몇 명의 화가와 음악가, 부인과 딸을 동반한 일반 시민도 몇 있었다. 나는 종종 나를 귀한 손님으로 맞이해 주는 이 사람들이 일주일에도 서로 몇 번씩이나 이렇게 만난다는 데 놀라워하며 그들을 바라보았다. 그들은 항상 뭘 그렇게 얘기하며 지내는 것일까? 그들 대부분은 상투적인 사교 방식을 지녔고, 내게는 서로 조금씩 닮아 보였다. 이렇게 해 나가는 데에 필요한 힘은 사교성과 균형 감각으로, 오직 나만이 그것을 소유하지 못했다. 그들 중에는 모임에 계속 참석하면서도 신선함과 개성적인 힘을 전혀, 또는 거의 잃지 않는, 세련되고 훌륭한 인사들도 있었다. 나는 그들과 개별적으로 오랫동안 재미있게 대화를 나눌 수 있었다. 그러나 이 사람 저 사람에게 옮겨 다니며 일 분씩 머무르거나 여자들에게 어떻든 찬사를 건네며 차 한 잔, 둘 사이의 대화, 피아노 연주로 함께 시간을 보내며 흥미롭고 기분 좋은 척하는 일은 내게 있을 수 없었다. 문학이나 예술에 대해 이야기하는 것도 끔찍했다. 나는 사람들이 그 분야에 대해 거의 생각하지도 않으면서 허풍을 떨고,

이런저런 수다를 늘어놓는 모습을 많이 보아 왔다. 나도 함께 허풍을 떨어 보았지만, 전혀 즐겁지 않았다. 이런 쓸데없는 잡담은 지루하고 천박하다고 생각했다. 차라리 어떤 부인에게 그 집 아이들의 이야기를 듣거나 내 여행 및 사소한 체험, 다른 현실적인 일들을 지껄이는 편이 훨씬 나았다. 물론 가끔은 친밀감과 만족감을 느끼기도 했다. 그러나 대부분, 그런 저녁의 끝 무렵에는 술집을 찾아가 벨트린 술로 목구멍의 갈증과 나른한 권태를 씻어 버리곤 했다.

그런 사교 모임의 한 군데에서 나는 그 검은 머리카락의 젊은 아가씨를 다시 보았다. 많은 사람이 모인 가운데 음악이 연주되었고, 다른 때처럼 와글거렸다. 나는 따로 떨어진 구석의 불빛 아래서 그림책을 들고 앉아 있었다. 그 책에는 토스카나의 풍경화가 실려 있었다. 그것은 수없이 보아 온 흔한 광고 그림이 아니라 더 친근하고 개성적으로 그려진 풍경화였다. 대부분 집주인이 여행 동료나 친구들로부터 받은 선물이었다. 나는 산클레멘테의 외로운 계곡에 있는 돌집과 작은 창문 그림을 발견했다. 나는 그 집을 알아볼 수 있었다. 그곳으로 여러 번 산책을 나갔기 때문이다. 계곡은 피에솔레에서 아주 가까웠지만, 대부분의 여행객들은 거기에 유적이 없다는 이유로 찾지 않았다. 그곳은 험하고 기묘한 아름다움을 지닌 계곡이었으며, 풍토가 건조하여 사람은 거의 살지 않았다. 그뿐만 아니라 높고 황량하고 험준한 산맥으로 둘러싸여 있었다. 그야말로 세상에서 멀리 떨어진, 우수가 깃들고 어떤 사람의 발길도 닿지 않는 고독한 장소였다.

그 아가씨가 다가와 내 어깨 너머로 그림책을 바라보았다.

"왜 그렇게 늘 혼자 앉아 계세요, 카멘친트 씨?"

나는 짜증이 났다. 딴 남자들에게 무시당하니까 내게 왔
군, 하고 생각했다.

"아니, 대답도 안 하세요?"

"죄송합니다, 아가씨. 하지만 어떤 대답을 바라시죠? 나
는 이러고 있는 게 좋아서 혼자 앉아 있습니다만."

"그러면 제가 방해를 했나요?"

"당신은 참 우습군요."

"고마워요, 하지만 우습기는 당신도 마찬가지죠."

그녀는 앉았다. 나는 보던 책장에 손가락을 꼭 끼워 놓고
있었다.

"산악 지대에서 오셨다면서요." 그녀는 말했다. "언젠가
는 그곳 이야기를 당신에게 듣고 싶어요. 오빠 말로는 당신 마
을에는 카멘친트라는 한 가지 성밖에 없다면서요. 정말이에
요?"

"그렇다고 할 수 있죠." 나는 투덜거리듯 대답했다. "그러
나 퓌슬리라는 성을 가진 빵집 주인도 있습니다. 니데거라는
술집 주인도."

"그 밖에는 전부 카멘친트고요! 그럼 모두 친척인가요?"

"멀든 가깝든 그런 셈입니다."

나는 그림책을 그녀에게 건넸다. 그녀는 내가 보던 책장
을 꼭 잡았는데, 그녀가 뭔가 실마리를 잘 풀어 가는 여자라고
느꼈다. 이런 생각을 그녀에게 말했다.

"칭찬인가 보죠." 그녀는 웃었다. "하지만 꼭 학교 선생님
같아요."

"그 그림을 안 보실 겁니까?" 나는 퉁명스럽게 말했다.
"아니라면 치워 놓죠."

"뭐가 그려져 있는데요?"

"산클레멘테죠."

"어디요?"

"피에솔레 근처입니다."

"거기 가 보셨어요?"

"예, 여러 번."

"계곡은 어떤 모습인가요? 여기 이것은 단면도에 불과하군요."

나는 생각을 더듬었다. 엄숙하고 험하면서도 아름다운 풍경이 눈앞에 떠올랐다. 나는 그 풍경을 놓치지 않으려고 눈을 반쯤 감았다. 내가 말문을 열기까지 한참이 걸렸다. 그녀가 조용히 기다려 줘서 기분 좋았다. 내가 생각에 잠겨 있다는 사실을 그녀도 깨닫고 있었다.

나는 산클레멘테가 여름날 오후의 폭염 속에서 얼마나 묵묵히, 메말라 있으면서도 웅장하게 서 있는가를 설명했다. 근처 피에솔레에는 공장이 들어섰고, 그곳 사람들은 밀짚모자나 바구니를 짜면서 기념품과 오렌지를 팔며 여행객들을 속이기도 하고 구걸하기도 했다. 그 아래 먼 곳에는 낡은 삶과 새로운 삶이 뒤섞여 물결치는 피렌체가 있었다. 그러나 산클레멘테에서는 그 두 곳이 다 보이지 않았다. 거기서는 어떤 화가도 그림을 그리지 않았고, 로마식 건물도 없었으며, 역사는 그 황량한 계곡을 잊고 있었다. 그러나 그곳에서는 태양과 비가 대지와 싸움을 벌였고, 기울어진 소나무가 힘겹게 삶을 유지했으며, 전나무 몇 그루가 행여 무시무시한 폭풍이 몰아닥치지나 않을까 하며 앙상한 나뭇가지의 끝을 공중으로 곤두세우고 있었다. 빈약한 뿌리로 지탱하고 서 있는 이 나무들의 생명은, 폭풍이 닥쳐오면 더욱 짧아졌다. 때때로 가까운 데에 사는 소작농의 황소가 끄는 달구지가 지나가거나 어느 농부 가족이 피에솔레 쪽으로 나들이를 오기도 했다. 그러나 그들은 우연히 들르는 손님이었다. 다른 곳에서는 그토록 경쾌하고 유쾌해 보이는 농부 아내의 붉은 치마도 여기서는 방해가 될 뿐이었다. 이곳 사람들은 그 붉은 치마를 오해하기 일쑤였다.

나는 젊었을 때 한 친구와 그곳을 돌아다니며 전나무 발치에 누워 그 메마른 줄기에 기댔던 얘기를 그녀에게 해 주었다. 그 기묘하게 생긴 계곡의 슬프고 아름다운 고독의 마력이 내 고향의 골짜기를 생각나게 한다는 것도 말했다.

우리는 한동안 침묵했다.

"당신은 시인이군요." 그녀가 말문을 열었다.

나는 얼굴을 찌푸렸다.

"나는 다른 뜻이었어요." 그녀는 말을 계속했다. "당신이 소설이라든가 또는 그와 비슷한 걸 쓰기 때문이 아니에요. 그보다는 당신이 자연을 이해하고 사랑하기 때문이랍니다. 나무가 소곤거리든 산이 햇빛을 받아 빛나든, 그게 다른 사람에게 무슨 상관이겠어요? 하지만 당신에겐 삶이 그런 것 속에서 이루어지고, 당신은 그런 것과 더불어 살아갈 사람이니까요."

나는 아무도 '자연을 이해한다.'라고 말할 수 없으며, 사람들이 아무리 찾고 구해도 거기에서 단지 수수께끼만을 발견하고 슬퍼하게 되리라고 대답했다. 햇빛 속에 서 있는 나무, 풍화된 돌, 동물, 산 — 그것들은 저마다 생명과 역사를 가지고서 살아가다가 고통받고, 반항하고, 죽어간다. 그러나 우리는 그것을 이해하지 못한다.

이야기를 하던 중에 그녀가 참을성 있게 조용히 나를 주목했다는 데 기뻐하면서 나는 그녀를 자세히 뜯어보기 시작했다. 그녀의 눈은 내 얼굴에 고정되어 있었고, 내 시선을 피하지도 않았다. 얼굴은 무척 고요하고 열중하는 기색을 띠었으며, 열심히 귀를 기울이느라 약간 긴장되어 있었다. 마치 어린애가 내 얘기에 귀를 기울이는 모습이었다. 아니, 어른이 이야기에 빠져서 자신도 모르는 사이에 어린애의 눈을 갖게 된 것 같았다. 관찰 도중에 나는 그녀가 보면 볼수록 매우 아름답다는 사실을 깨달았다.

내가 말을 중단하자 아가씨도 잠자코 있었다. 그러다가 놀란 듯 벌떡 일어나 램프의 불빛이 너무 밝다는 듯 눈을 껌벅거렸다.

"그런데 이름이 뭡니까?" 나는 아무 생각 없이 물었다.

"엘리자베트입니다."

그녀는 자리를 떴다. 그리고 즉시 피아노를 쳐 달라는 요청을 받았다. 그녀의 연주는 좋았다. 그러나 내가 그녀에게 다가섰을 때, 나는 그녀가 그다지 아름답지 않다고 새삼 느꼈다.

내가 집으로 돌아가고자 기분 좋게 낡은 계단을 내려왔을 때, 현관에서 외투를 걸치던 두 화가의 대화가 내 귀에 들려왔다.

"거참, 그 친구 저녁 내내 귀여운 리스베트에게 붙어 있더군."

한 화가가 웃으면서 말했다.

"잔뜩 딴생각을 품고는 말이야!" 다른 하나가 대꾸했다. "잘못 짚지는 않았는데."

이 원숭이 같은 녀석들이 벌써 그 얘기를 하고 있었다. 이 낯선 젊은 아가씨에게 내 다정한 추억과 내면의 삶의 한 부분을 공연히 내맡겼다는 생각이 갑자기 들었다. 어쩌자고 그랬을까? 더군다나 벌써부터 남의 험담이나 나불거리는 녀석들의 입에 오르다니! 저런 형편없는 녀석들!

나는 떠나 버렸고, 몇 달 동안이나 그 집에 발을 들여놓지 않았다. 그 두 화가 중 한 사람을 길에서 우연히 만났을 때, 마침 그 얘기가 나오기도 했다.

"왜 거기로 안 가십니까?"

"지겹게 쑥덕거리는 꼴을 도무지 참을 수가 없어서요."라고 나는 대답했다.

"그래요, 여자들이란!" 그 녀석이 웃었다.

나는 대꾸했다. "아니요, 저는 남자들을 말하는 겁니다. 특히 화가 양반들 말입니다."

그 후로 몇 달 사이에 나는 엘리자베트를 상점에서 한 번, 다른 한 번은 미술 전람회장에서 본 적이 있었다. 그녀는 대체로 귀여운 편이었으나 아름답지는 않았다. 그녀의 지나치게 마른 몸매는 장신구나 화장과 어울려 어떤 특이한 매력을 발산했다. 하지만 그런 모습은 종종 좀 과장되고 가짜처럼 보일 수 있었다. 이때만큼은 그녀가 아주 아름다운 모습으로 전람회장에 와 있었다. 그러나 그녀는 나를 보지 못했다. 나는 조용히 한쪽 구석에 앉아서 카탈로그를 넘기고 있었다. 그녀는 내 가까운 곳, 세간티니[3]의 커다란 그림 앞에서 완전히 몰입해 있었다. 그림에는 척박한 풀밭에서 일하는 시골 처녀 몇 명

---

3 세간티니(Segantini, 1858~1899): 이탈리아 아르코 출생. 그는 문명의 구속을
   싫어하여 순수한 자연 속에서 생명의 빛을 표현하려고 했다. 한편 정치적으로
   는 사회주의 사상에 공감했다.

과 그 뒤로는 슈톡호른 봉우리들을 연상시키는 톱날 모양의 가파른 산들이 있었다. 그 위로는 밝고 서늘해 보이는 하늘과 형용하기 어려울 만큼 천재적으로 그려진 상앗빛 구름이 떠 있었다. 그 기묘하게 뭉치고 서로 뒤얽힌 구름 덩어리가 첫눈에 사람을 매혹했다. 구름들은 이제 막 바람에 의해 빚어지고 손질되어 날아올라서는 천천히 흘러갈 것처럼 보였다. 엘리자베트는 그 구름들을 이해하고 있는 게 분명했다. 그런 경관에 완전히 몰입했기 때문이다. 이때 평소에는 감추어져 있던 그녀의 영혼이 얼굴에 떠오르는 듯싶었다. 그녀는 눈을 크게 뜬 채 웃음을 머금고, 조그만 입을 아이처럼 부드럽게 움직였다. 눈썹 사이에는 지나치게 영리하고 고집스러워 보이는 주름이 있었다. 위대한 예술 작품의 아름다움과 진실성이 그녀의 영혼을 불러일으켜, 그것을 저절로 아름답고 진실하게, 숨김없이 드러나도록 했다.

나는 옆에 조용히 앉아, 세간티니의 아름다운 구름과 그것에 매혹되어 서 있는 아름다운 여자를 바라보았다. 그러나 그녀가 몸을 돌려 나를 발견하고 이야기를 시작하면, 그 아름다움이 다시 사라질까 봐 두려워졌다. 나는 전시장을 급히, 조용히 빠져나왔다.

그때부터 말없이 자연에 대한 내 기쁨과 자연을 대하는 태도가 변하기 시작했다. 나는 아름답기 그지없는 도시 주변을 계속 돌아다녔는데, 무엇보다 쥐라 산맥을 오르는 일이 가장 마음에 들었다. 나는 끝없이 숲과 산, 목장과 과일나무, 관목들을 보았고 무엇인가를 기다렸다. 아마도 나 자신, 아니 사랑을 기다렸는지 모른다.

그리하여 나는 그런 것을 사랑하기 시작했다. 그 잔잔한 아름다움에의 강렬한 갈망이 나의 내부에서 생겨났다. 또한 나의 내부에서 깊은 생명과 동경이 어둡게 솟아나면서 사고와 이해, 사랑을 추구하게 되었다.

많은 사람들이 '자연을 사랑한다.'라고 말한다. 이는 그때그때 얻는 자연의 매력에 이끌리는 것을 싫어하지 않는다는 뜻이다. 그들은 야외로 나가 대지의 아름다움에 즐거워하며 초원을 짓밟고, 마구 꽃을 꺾고, 가지들을 부러뜨리고는 결국 내던져 버리거나 집에 가져가서 시들어 가는 모습을 본다. 그들은 자연을 그런 식으로 사랑한다. 그들은 이런 사랑을 날씨 좋은 일요일에 기억해 내고는, 그런 자신들의 선한 마음에 감격한다. 어쩌면 그들은 그럴 필요조차 느끼지 않을지 모른다. '인간은 자연의 왕'이라고 자부한다 그럼, 왕이고말고!

나는 점점 더 사물의 토대를 열광적으로 들여다보았다. 나는 바람이 나뭇가지 끝에서 온갖 음향을 내고, 시냇물이 협곡 사이로 졸졸 흐르는 소리를 들었다. 고요하고 조용한 강줄기가 평원을 흐르는 소리도 들었다. 나는 그런 소리들이 하느님의 말씀이고, 이 어둡고 아름다운 언어를 이해하는 것이야말로 잃어버린 낙원을 다시 찾는 일임을 깨달았다. 이런 생각을 적어 놓은 책은 거의 없었다. 단지 성경에만 '피조물의 말할 수 없는 한숨'이라는 놀라운 말이 적혀 있을 따름이었다. 그러나 나는 모든 시대에 나처럼 이 이해할 수 없는 데에 사로잡혀 일상생활을 팽개치고, 피조물의 노래를 듣기 위해, 구름의 움직임을 관찰하기 위해, 그리고 휴식 없는 갈망 속에서 영원을 향해 팔을 뻗고자 고요한 장소를 찾아다녔던 은자나 순교자, 성자가 있었다는 사실을 새삼 깨달았다.

당신은 피사에 가 본 일이 있는가? 캄포산토에는? 그곳

벽에는 이미 퇴색한 그림, 지난 세기에 그려진 벽화가 있는데, 그중 하나는 테베 사막에 살았던 은둔자의 삶을 보여 준다. 그 소박한 그림은 오늘날에 와서도 빛바랜 색채로 성스러운 평화의 마력을 분출한다. 그렇기 때문에 당신이 이 그림을 본다면 돌연 슬픔을 느끼며 어딘가 성스러운 먼 세계로 떠나, 자기 죄의 더러움을 눈물로 씻어 낸 뒤 다시는 돌아오고 싶지 않다는 열망을 품게 될 터다. 그런데 헤아릴 수 없이 많은 예술가들은 자신들의 향수를 축복에 가득 찬 그림으로 표현하고자 노력해 왔다. 루트비히 리히터[4]가 그린 작고 사랑스러운 아이 그림이 바로 그런 피사의 벽화와 같은 노래를 그대에게 불러 주리라. 현세적이고 육감적 성격을 즐기는 티치아노가 왜 그의 사실적인 그림들에, 가끔씩 가장 달콤하고 아득한 푸른빛의 배경을 설정했겠는가? 그것은 속이 들여다보일 만큼 푸르고 따뜻한 색채의 터치에 불과해서, 우리는 그것이 멀리 있는 산인지 또는 그저 무한한 공간을 의미하는지 알 수 없다. 사실주의자인 티치아노 자신도 그것을 몰랐다. 그는 미술사가들이 주장하는 대로 색채 조화를 위해 그런 것이 아니었다. 오히려 그것은 이 명랑하고 현세적인 화가의 영혼 속에서 꿈틀거리던 억제할 수 없는 무언가에 바쳐졌다. 이렇게 내게는 모든 시대의 예술이, 우리 내부에 어떤 언어로 주어진 신적인 것을 말없이 추구하려는 노력처럼 보였다.

성 프란체스코는 그것을 더욱 완숙하고 아름답게, 훨씬

4　루트비히 리히터(Ludwig Richter, 1803–1884): 독일 태생의 화가. 주로 이탈리아 풍경을 동판이나 목판에 담아 표현했다. 안데르센 동화의 삽화가로도 알려져 있다.

더 순진하게 표현했다. 나는 그제야 그를 완전히 이해할 수 있었다. 그가 모든 대지, 식물, 별, 짐승, 바람 그리고 물을 본인의 신에 대한 사랑 안에서 포괄했을 때, 그는 중세를 넘어서고 단테를 뛰어넘어서 시대를 초월한 인간의 언어를 발견한 것이다. 그는 자연의 모든 힘과 현상을 자신의 사랑하는 형제요, 자매라고 불렀다. 그가 말년에 의사들로부터 불에 달군 쇠로 이마를 지져야 한다고 선고받았을 때, 그는 고문당하는 수준의 통렬한 고통 속에서도 이 무서운 쇠를 '불, 사랑하는 나의 형제'라고 부르며 반겼다고 한다.

자연을 개인적으로 사랑하면서 그것이 속삭이는 소리를, 마치 친구나 낯선 언어를 사용하는 길벗의 목소리처럼 듣기 시작했던 때에도 내 우울증은 물론 치료되지 않았다. 하지만 어느 정도는 마음이 고귀해지고 청결해지는 느낌이었다. 내 귀와 눈은 예민해졌다. 그로써 나는 미세한 음향들과 그 차이를 파악하는 법을 배웠다. 그러면서 모든 살아 있는 것들의 심장이 뛰는 소리를 더욱더 가깝게, 선명하게 듣고 언젠가는 이해할 수 있기를 진심으로 열망했다. 그리고 언젠가는 그것을 시인의 언어로 표현하여 다른 사람들도 그것에 보다 더 가까워져서, 모든 신선함과 순결함, 천진함의 원천을 이성으로 찾아 은총이 내려질 날이 있겠지, 하고 기대했다. 그러나 그것은 당분간 하나의 소망이자 꿈이었다. 나는 그것이 이루어질 수 있을지 알 수 없었으나 보이는 모든 것을 사랑으로 받아들이고, 아무것도 사소하게 취급하거나 경멸하지 않는, 내게서 가장 가까운 일부터 착수했다.

이런 것이 내 우울해진 삶에 얼마나 새롭게 위안을 주었는지 말로는 다 설명할 수 없다! 묵묵하고 꾸준하며 잔잔한 사랑보다 세상에서 더 고귀하고 행복한 것은 없다. 나는 내 글을 읽는 사람들 가운데 단 몇 명이라도 이 깨끗하고 행복한 재주를 내 영향으로 배울 수 있기를 진심으로 바란다. 많은 사람들이 그런 재주를 갖고 태어나 살아가면서 알지 못하는 사이에 연습을 한다. 하느님이 총애하는 선한 사람들과 어린아이들이 그렇다. 아니면 많은 사람들이 힘든 삶을 사는 동안 그것을 배운다. 독자들은 혹시 불구자나 비참한 사람들 중에 신중하면서도 잔잔하게 빛나는 눈을 가진 사람을 본 적이 있는가? 여러분이 나와 내 빈약한 언어에 귀 기울이고 싶지 않다면, 욕심 없는 사랑으로 고통을 극복하고 밝게 빛나는 그런 사람들에게 가라.

나는 수많은 가난한 순교자들이 이룬 이 완성의 상태를 존경하지만, 오늘날까지도 나는 아직 거기에서 멀리 떨어져 있다. 그러나 지난 몇 해 동안, 그 경지에 이르는 올바른 길을 안다는 내 나름대로의 신념을 잃은 적은 별로 없었다.

내가 언제나 그 길로 걸어갔다고는 말할 수 없다. 그보다는 오히려 도중에 놓인 벤치라는 벤치에는 모두 앉아 보았고, 악의 길에도 들어서곤 했었다. 두 가지 만성적 습관이 내 내부에서 진실한 사랑을 방해했다. 술을 좋아하는 것과 사람을 싫어하는 것이 그러했다. 술 마시는 양은 현저히 줄었지만, 몇 주마다 한 번씩 술의 신은 나를 유혹해서 자신의 품에 나를 안곤 했다. 길거리에 눕는다거나 술주정을 부리는 일은 물론 한 번도 없었다. 술이 나를 사랑하고 유혹해도, 나는 술의 정령과 친근한 대화를 나누는 정도로만 술을 마셨기 때문이다. 그렇게 술을 마시고 나면 언제나 오랫동안 양심의 가책을 느꼈다. 그러나 결국 아버지로부터 물려받은 술에 대한 강렬한 사랑을 끊어 버릴 수는 없었다. 수년 동안 나는 이 유산을 조심스럽고 경건하게 보관했고, 철저히 내 자신의 것으로 만들었다. 그리하여 충동과 양심 사이에서 반쯤은 진지하게, 반쯤은 장난스럽게 술과 계약을 맺었다. 아시시의 성자 프란체스코의 송가에서 '술이여, 나의 형제여.'라는 구절을 번번이 인용하기도 했다.

6장

더욱 심각한 것은 또 다른 악습이었다. 나는 사람들 사이에서 기쁨을 찾지 못했고, 은둔자로 살면서 인간사를 조롱과 경멸로 대했다.

새로운 생활을 시작하면서도 나는 그런 면을 전혀 생각하지 않았다. 인간은 인간에게 맡겨 두고, 나의 부드러움과 헌신과 관심을 오로지 그 말없는 자연의 삶에 선사하는 편이 올바르다고 생각했다. 처음에는 자연이 나를 완전히 충족시켜 주었다.

밤이 되어 잠자리에 들려 하다가도, 오랫동안 찾아가 보지 못한 언덕과 숲, 내가 특히 사랑하는 나무가 갑자기 떠오르곤 했다. 그 나무는 바람 부는 밤중에도 선잠을 자며 꿈을 꾸고, 탄식하고, 가지를 떠는 듯했다. 과연 어떤 모습을 하고 있을까? 이런 생각을 하고 나면, 나는 집을 나와 어둠 속에 서 있는 그들의 어두운 형태를 보고, 놀라울 정도로 포근한 마음으로 지켜보며 그 희미한 영상을 마음속에 간직하곤 했다.

여러분은 웃을지도 모른다. 이 사랑이 착각인지도 모르겠지만, 헛된 것은 아니었다. 그러나 이로부터 어떻게 인간애로 향하는 길을 찾을 수 있었겠는가?

일단 무엇인가 시작했다면, 가장 좋은 생각이 저절로 뒤따르는 법이다. 내 위대한 시에 대한 생각이 점점 더 가까이, 가능성 있게 다가왔다. 만일 나의 사랑이 나를 시인으로서 숲과 강의 언어를 이야기하도록 한다면, 그런 일은 누구를 위한 것일까? 내가 사랑하는 것들을 위해서뿐만 아니라, 무엇보다도 인간들을 위해서, 내가 사랑을 가르쳐 주고, 사랑으로 이끌어 주고 싶은 인간들을 위해서일 터다. 그런데 나는 그 인간들에 대해서 본래 무례하고 냉소적이고, 사랑도 없었다. 나는 모순과 강박을 느꼈다. 이런 상태에서 벗어나 인간에게 형제애를 보여야 한다고 생각했다. 그러나 마음대로 되질 않았다. 나의 고독과 운명이 나로 하여금 이런 점에 완고하고 고집스럽게 집착하도록 했기 때문이다. 집이나 술집에서 좀 덜 거칠게 굴고, 길을 가다 만난 사람에게 친근하게 고개를 끄덕이려고 애쓰는 일 정도로는 불충분했다. 더욱이 내가 사람들과의 관계를 얼마나 철저히 엉망으로 망쳐 놓았던지 내가 친절하게 대하려고 노력하자 사람들은 의심스러워하거나 냉정해하며 그런 나의 태도를 조롱으로 받아들였다. 가장 심각했던 일은 내가 유일하게 알고 지냈던 그 교수의 집에도 거의 일 년 동안이나 가지 않았다는 점이다. 나는 무엇보다도 그의 집 문을 다시 두드리고, 그곳 사교 모임의 방식으로 다시 발을 들여놓을 만한 어떤 방안을 찾아야겠다고 깊이 생각했다.

여기에는 내가 깔보던 인간성이라는 것이 큰 도움이 되었다. 나는 그 집을 생각하자마자 세간티니의 구름 앞에 아름답게 서 있던 엘리자베트가 마음속에 떠올랐다. 그리고 갑자기,

그녀가 내 동경과 우울에 얼마나 많이 연관되어 있었는지를 깨달았다. 그리고 최초로 나는 한 여자와 결혼하는 일을 진지하게 생각해 보았다. 그때까지 나는 결혼 생활에는 완전히 무능하다고 굳게 믿었던 터라 결혼이라는 것을 신랄하게 비꼬곤 했었다. 나는 시인이자 방랑자, 술꾼에다가 괴짜였다! 이제 내 운명이 사랑의 지평 속에서 나와 인간 세계 사이에 다리를 놓아 주려 한다고 생각했다. 모든 것이 매혹적이었고, 확실한 듯싶었다! 엘리자베트가 내게 관심을 보인다는 점을 느끼고 확인했었다. 더욱이 그녀는 감수성이 풍부하고 고상한 성품이었다. 나는 산클레멘테에 대한 잡담이라든가 세간티니의 그림 앞에 서 있을 때, 그녀의 아름다움이 얼마나 활기차게 살아났는지를 떠올렸다. 그런데 나는 몇 년간 예술과 자연에서 풍부한 내적 재산을 모아 왔다. 그녀는 내게서 곳곳에 숨어 있는 아름다움을 찾아내는 법을 배울 것이며, 나는 그녀를 아름다움과 진실함으로 감싸 주리라. 그리하여 그녀의 얼굴과 영혼에서는 모든 혼탁함이 사라지고, 그녀의 능력 또한 꽃필 터였다. 기이하게도 나는 내 자신의 갑작스러운 변신이 얼마나 우스운 일인지 전혀 깨닫지 못했다. 고독한 기인이었던 내가 하룻밤 사이에 결혼의 행복과 나 자신의 가정을 꿈꾸는, 사랑에 빠진 청년이 되어 버렸던 것이다.

나는 서둘러 손님이 많은 교수의 집으로 찾아갔고, 우호적인 비난을 들으며 다시 손님 대접을 받았다. 나는 여러 차례 그곳에 갔고, 얼마 뒤에는 엘리자베트도 다시 만났다. 아, 그녀는 아름다웠다! 그녀는 내가 나의 연인으로서 상상했던 바로 그 모습대로 아름답고 행복해 보였다. 나는 몇 시간 동안 그녀의 모습에 나타난 행복한 아름다움을 즐겼다. 그녀는 나를 친절히, 진심에서 우러나오는 다정함으로 맞아 주었고, 그것은 나를 행복하게 했다.

여러분은 그 호수 위 배 안에서 맞이한 저녁, 빨간 종이 등불과 음악이 있었고, 미성숙한 씨앗 안에서 질식해 버린 내 사랑의 고백이 있었던 그날 저녁을 기억하는가? 그것은 사랑에 빠진 어느 청년의 슬프고도 우스꽝스러운 이야기였다.

그러나 더 우스꽝스럽고 서글픈 것은 사랑에 빠진 어른 페터 카멘친트의 이야기다.

나는 그녀가 얼마 전에 약혼했다는 사실을 우연히 알게 되었다. 나는 그녀에게 축하를 하고, 그녀를 데리러 온 약혼자를 소개받아 역시 그에게도 축하 인사를 했다. 나는 저녁 내내 얼굴에 쾌활하고 보호자 같은 기색을 띠고 있었지만, 실은 가면을 쓴 것처럼 무거웠다. 거기서 나온 후 나는 숲이나 술집으로 달려가지 않고, 내 침대에 앉아 램프가 냄새를 풍기며 꺼질 때까지 눈을 크게 뜨고 멍청히 바라보다가 마침내 제정신으로 돌아왔다. 고통과 절망의 검은 날개가 나를 덮쳐, 나는 왜소하고 무기력하고 상처받은 채 자리에 누워 어린아이처럼 흐느꼈다.

나는 즉시 배낭을 챙겨서 아침에 기차를 타고 고향 집으로 돌아갔다. 젠알프스 봉우리를 다시 올라가 내 어린 시절을 회상해 보고 싶다는 생각이 간절했고, 아버지가 아직 살아 계신지도 살펴보고 싶었다.

우리는 서먹서먹했다. 아버지는 완전히 백발인 데다 등이 약간 굽었고, 건강도 좋지 않아 보였다. 아버지는 나를 부드럽고 조심스럽게 대했다. 아무것도 묻지 않았으며, 자신의 침대를 내주려고도 했다. 내가 귀향한 데에 놀랐을 뿐 아니라 조금은 당황한 모양이었다. 집은 그대로 있었지만, 목장과 가축은 팔아 버렸고, 약간의 이자와 여기저기서 잔일을 해 주고 받는 돈으로 살아가고 있었다.

집에 혼자 남자, 나는 전에 어머니 침대가 있던 방으로 들어갔다. 지나간 일이 마치 넓고 조용한 강물처럼 내 곁으로 흘러들었다. 나는 더 이상 청년이 아니었다. 얼마나 세월이 멀리 흘러왔는지를 나는 생각했다. 나도 등이 굽고 백발이 성성한 늙은이가 될 것이고, 냉혹한 죽음을 맞이하게 될 터다. 내가 어린 시절을 보내며 라틴어를 배웠고, 어머니의 죽음을 보았던 거의 변함없이 가난한 집의 낡은 방, 거기서 떠오르는 이런 갖가지 생각들이 오히려 내 마음을 자연의 품으로 돌아와 안긴 듯 평온하게 해 주었다. 나는 감사하는 마음으로 내 젊은 날의 온갖 풍요로움을 생각했고, 그러다 보니 피렌체에서 배웠던 로렌초 메디치[5]의 시 구절이 떠올랐다.

꽃같이 아름다운 시절도
덧없이 사라져 버린다.
좋은 일이 있거든 마음껏 즐겨라,
내일을 알 수 없는 인생이니.

동시에 나는 내가 이탈리아와 역사 그리고 먼 정신세계의 기억들을 이 낡은 고향 집으로까지 가져왔다는 사실을 깨달

---

5   로렌초 메디치(Lorenzo Medici, 1449-1492): 이탈리아 르네상스 시기에 피렌체를 중심으로 문화와 예술을 보호하고 장려한 인물로, 여러 편의 탁월한 시를 남겼다.

고 경이로움을 느꼈다.

이어서 나는 아버지에게 약간의 돈을 드렸다. 저녁때 우리는 술집에 갔다. 거기서 내가 술값을 내고, 아버지는 별표 포도주와 샴페인에 대해 나와 함께 이야기했다. 내가 아버지보다 술을 더 잘 마신다는 점을 제외하고는 모든 것이 예전과 다름없었다. 나는 예전에 내가 그의 대머리에다 술을 부어 버렸던 늙은 농부에 대해 물었다. 그는 농담을 잘하고 장난치는 데에도 천재였는데, 이미 오래전에 죽었고 이제는 그의 콧수염 위로 잡초가 자라기 시작했다고 한다. 나는 바틀란트 술을 마셨고, 대화에 귀를 기울이며 간간이 이야기도 했다. 내가 아버지와 달빛을 받으며 집으로 돌아올 때, 아버지는 술에 얼근해져서는 뭐라고 계속 중얼거리며 손짓을 했다. 나는 참으로 이상하게도 전에 없이 마법에 홀린 듯 기분이 좋았다. 지난 시절들의 영상, 콘라트 외삼촌이나 뢰지 기르타너, 어머니와 리하르트, 알리에티의 모습이 끊임없이 나를 둘러쌌다. 나는 그것들을 아름다운 그림책을 보듯이 들여다보았다. 현실에서는 그 반만큼도 값지지 않았던 모든 일이 얼마나 아름답고 즐거운지 놀랄 정도였다. 그 모든 것들이 주마등처럼 나를 스쳐 지나가더니 과거사가 되어 버렸고 또 거의 잊혔지만, 지금 나의 내부에는 명료하고 순수하게 기록되어 있었다. 내 반평생이 내 의지와 상관없이 추억을 남기며 저장되었던 것이다.

집에 돌아와 아버지가 중얼거림을 멈추고 잠이 들었을 때에야, 나는 다시 엘리자베트를 생각했다. 어제까지도 그녀는 나를 반갑게 맞이했고, 나는 그녀에게 감탄하면서 그녀의 약혼자에게 행복을 빌어 주었다. 그런데 지금은 그것이 아주 오래전에 지나간 일처럼 느껴졌다. 그런데 돌연 고통이 되살아

나더니 그동안 저지되었던 기억의 물줄기와 뒤섞였다. 그것은 마치 쓰러질 듯 떠는 목장의 오두막에 불어닥친 푄처럼 내 이기적이고 편파적으로 흐르는 마음을 마구 흔들어 댔다. 나는 집에서는 그것을 참을 수 없었다. 낮은 창문을 통해 정원을 지나 호수로 가서, 버려둔 배를 타고 창백한 밤의 호수로 조용히 노 저어 나갔다. 주변에는 은빛 안개로 둘러싸인 산들이 장엄하게 침묵을 지켰고, 푸르스름한 하늘에는 둥그스름한 달이 슈바르츠 산꼭대기에 거의 닿을 듯 걸려 있었다. 사방이 너무나 고요해서, 멀리 있는 젠알프스 산의 폭포 소리가 나직하게 들려올 정도였다. 고향과 내 젊은 시절의 정령들은 창백한 날개로 나를 건드리고 내 작은 쪽배를 가득 채우며, 손을 내뻗고, 고통스럽고 이해할 수 없다는 몸짓으로 애원하는 듯했다.

내 삶은 어떤 의미이며, 무엇 때문에 그토록 수많은 기쁨과 슬픔이 나를 지나쳐 갔는가? 왜 나는 진실과 아름다움에 대한 갈망을 갖게 되어 오늘날까지도 목마른 사람으로 존재하는가? 왜 나는 그 여인들에 대한 사랑과 고통으로 눈물과 쓰라린 마음에 시달려야 했는가? 왜 그런 내가 오늘 다시 서글픈 사랑 때문에 수치심과 비탄에 빠져 있는가? 붙잡을 수 없는 신은 무엇 때문에 사랑에의 불타는 그리움을 내 심장에 심어 놓고서, 고독하고 거의 사랑받지 못하는 삶을 살도록 결정했는가?

물이 뱃머리에 부딪혀 철썩거리고, 노에서는 은빛 물방울이 뚝뚝 떨어졌다. 산은 내 주위로 가깝게 다가서서 침묵했고, 협곡에 서린 안개 위로는 차가운 달빛이 흘러내렸다. 내 젊은 시절의 정령들이 입을 다물고 내 주변에 둘러서더니 그윽한 눈길로 조용히, 무엇인가 질문을 던지듯 나를 바라보았다. 그들 가운데에서 나는 아름다운 엘리자베트의 정령도 보았다. 만약 내가 적절한 시기에 그녀에게 갔다면, 그녀도 나를 사랑하여 내 사람이 되었을 것 같았다.

이제 조용히 창백한 호수에 가라앉아 버리는 것이 가장 편안할 듯하다는 생각이 들었다. 아마 내 안부를 묻는 사람은 아무도 없을 것이다. 그럼에도 불구하고 나는 그 낡아 빠진 배에 물이 새어 드는 것을 알아차리고 재빨리 노를 저었다. 갑자기 몸이 얼어붙는 느낌이었다. 나는 집으로 가 침대에 누우려고 서둘렀다. 피곤한 탓에 누운 채로 눈을 뜨고는, 내 사람에 대해 곰곰이 생각해 보았다. 내게 무엇이 결여되었는지, 더 행복하고 진실한 삶을 살기 위해, 내 존재의 본질에 더 가까이 가기 위해 무엇이 필요한지를 발견하려고 애썼다.

나는 모든 선과 기쁨의 핵심이 사랑이라는 사실을 잘 알았고, 엘리자베트 때문에 생긴 새로운 상처에도 불구하고 진지하게 인간을 사랑하기 시작해야 한다는 점도 잘 알았다. 그러나 어떻게, 누구를 사랑한단 말인가?

그때 나의 늙은 아버지가 문득 떠올랐다. 나는 아버지를 제대로 사랑해 본 적이 전혀 없다는 사실을 처음으로 깨달았다. 소년 시절의 나는 아버지의 삶을 고달프게만 했고, 그러면서도 멀리 떠나 버렸다. 어머니가 돌아가신 후로는 아버지를 홀로 버려둔 채 자주 화를 냈으며, 결국에는 거의 잊고 있었다. 나는 아버지의 임종 때, 침대 곁에 고아처럼 홀로 서서 낯설어진 그의 영혼이 떠나가는 모습을 상상하지 않을 수 없었다. 나는 아버지의 사랑을 얻으려고 한 번도 애쓴 적이 없었다.

이렇게 나는 그 어렵고 달콤한 기술을 아름답고 감탄스러운 여인에게서가 아니라, 백발의 초라한 술꾼에게서 배우기 시작했다. 더 이상 나는 아버지에게 함부로 대답을 하지 않았고, 가능한 한 매사를 함께했다. 짤막한 이야기를 읽어 드리거나 프랑스와 이탈리아에서 마시는 숙성된 포도주 이야기도 해 드렸다. 아버지가 사소한 일을 하는 것까지는 말릴 수 없었다. 그런 일마저 없으면 오히려 몸이 쇠약해질 것 같았기 때문이다. 그러나 저녁에 술집에서 술을 마시는 대신, 나와 집에서 간단히 반주만 마시게 하는 데에는 실패했다. 며칠 저녁은 그렇게 버텼다. 나는 포도주와 담배를 가져다 놓고 노인과 시간을 보내려고 노력도 했다. 하지만 나흘째 또는 닷새째 저녁에 뭐가 부족한지를 물었을 때, 아버지는 결국 조용한 말투지만 완강한 표정으로 불평을 늘어놓았다. "너는 이 아비를 술집에 아예 가지 못하게 하려는 것 같구나."

"그렇지 않아요." 나는 말했다. "전 아버지 아들이잖아요. 어떻게 하시든 그건 아버지가 결정할 문제죠." 아버지는 나를 살피듯 눈을 깜빡이더니, 얼굴이 환해지며 모자를 집어 들었다. 우리는 함께 술집으로 향했다.

아버지가 말은 안 해도, 이제 나와 함께 지내는 상황을 꺼리는 것이 분명했다. 나 역시 어딘가 낯선 곳에서 내 분열된 상태를 진정할 필요가 있었다. "제가 며칠 내로 다시 여행을 떠난다면, 어떻겠어요?" 나는 아버지에게 물었다. 아버지는 머리를 긁적거리며 쪼그라든 어깨를 으쓱하더니, 기대한 대로 됐다는 듯 미소를 띠며 말하는 것이었다. "뭐, 너 좋을 대로 하렴!" 나는 여행을 떠나기에 앞서 이웃 사람들과 함께 수도원으로 찾아가 아버지를 돌봐 달라고 부탁했다. 그리고 마침 날씨가 화창해지자, 젠알프스 산봉우리에 올랐다. 반원형의 넓은 산봉우리에서 나는 산맥과 푸른 골짜기, 눈부시게 빛나는 시냇물과 멀리 떨어진 도시의 뿌연 연기를 내려다보았다. 이 모든 것들은 소년 시절의 나를 열망과 기대로 가득 채운 바 있었다. 나는 그 아름답고 넓은 세계를 정복하러 떠났었는데, 이제 그 세계는 예전처럼 내 앞에 그토록 아름답고 낯설게 펼쳐져 있었다. 바야흐로 나는 다시 한 번 행복의 나라를 찾아 새로운 출발을 하려고 한다.

나는 언젠가 아시시에 오랫동안 머물며 연구를 하리라고 마음먹고 있었다. 그래서 우선 바젤로 돌아가 급한 일들을 정리한 뒤, 짐을 몇 개 꾸려서 페루자로 보냈다. 그리고 직접 피렌체까지 기차로 가서는 거기서부터 천천히, 느긋하게 걸어서 남쪽으로 향했다. 여행 도중에 만나는 사람들과 친근하게 지내는 데는 어떤 기교도 필요 없었다. 이곳 사람들의 삶은 항상 표면적인 부분에만 관심을 쏟는, 단순하고 자유로우며 소박한 성격이었다. 그래서 누구나 이곳저곳의 작은 마을에서 많은 사람들과 자연스럽게 사귈 수 있었다. 나는 다시 태어난 듯싶었고 고향에 와 있는 기분이라, 장차 바젤에 돌아가면 인간적인 삶이 가져다주는 따뜻한 교감을 사교계에서가 아니라 소박한 민중 사이에서 찾겠다고 결심했다.

내 역사 작업은 페루자와 아시시에서 흥미와 활기를 되찾았다. 하루하루 이어지는 생활 역시 즐거웠기에, 상처받은 마음은 곧 건강해졌다. 이윽고 삶에 다가설 새로운 교량이 놓였다. 아시시의 내 하숙집 여주인은 말을 잘하고 신앙심 깊은 채소 장수였는데, 내가 성 프란체스코에 대해 몇 번 이야기했다는 이유로 나와 친근해졌다. 그녀는 내가 독실한 가톨릭 신자라고 소문을 퍼뜨렸다. 이 명예가 그리 달갑지는 않았지만, 그것은 내게 사람들과 더 가깝게 지낼 수 있는 계기를 가져다주었다. 왜냐하면 낯선 이에게 씌우게 마련인 이교도의 혐의로부터 벗어날 수 있었기 때문이다. 하숙집 여주인의 이름은 안눈치아타 나르디니였는데, 서른네 살 먹은 과부로서, 체격이 아주 크고 매우 선량한 여자였다. 그녀는 일요일이면 마치 즐거운 축제일처럼 밝고 색이 짙은 화려한 옷을 차려입고, 귀걸이나 가슴에 금사슬 목걸이를 늘어뜨렸는데, 거기에 달린 여러 개의 금장식이 부딪치며 번쩍거렸다. 더욱이 그녀는 은박을 입힌 무거운 성경책을 끼고 다녔는데, 그걸 실제로 사용하기는 아마 어려웠을 터다. 그 외에도 그녀는 은사슬로 엮인 아름다운 흑백의 묵주를 손으로 돌리면서 다녔다. 하루 두 번 성당에 나가고, 중간중간 난간에 앉아 기다리며 감탄사를 연발하는 이웃 여자들에게 그날 성당에 나오지 않은 친구들의 죄목을 늘어놓았다. 그럴 때면 그녀의 둥글고 경건한 얼굴에는 하느님과 조화로운 영혼의 감동적인 표정이 떠올랐다.

이곳 사람들은 내 이름을 발음할 수 없어서 그저 시뇨르 피에트로라고 불렀다. 금빛 태양으로 변하는 아름다운 저녁 무렵, 나와 이웃 사람들, 아이들과 고양이까지 한 자리씩 껴서 좁은 난간에 둘러앉거나 아니면 상점의 과일과 채소 바구니, 씨앗 상자, 매달린 훈제 소시지 사이에 옹기종기 모여 앉아서 서로의 경험을 이야기하며 수확에 대해 예상하거나 담배를 피우거나 멜론을 한 조각씩 먹기도 했다. 나는 성 프란체스코나 포르티운쿨라, 산토 교회와 성녀 클라라에 대해 이야기해 주었다. 사람들은 내 말을 진지하게 듣다가 수많은 사소한 질문을 퍼붓거나 성자들을 찬양하고, 최근에 일어난 흥미로운 사건들에 대해 담소하고 토론하기도 하였다. 그 사건 가운데 그들이 특히 좋아하는 주제는 도둑 이야기와 정치 투쟁이었다. 우리들 사이에서는 고양이와 아이들, 강아지가 펄떡거리며 뛰놀았다. 나는 내 자신의 욕구로부터 그리고 좋은 평판을 유지할 필요가 있었기 때문에 교화적이고 감동적인 전설들을 샅샅이 뒤적이기도 했는데, 그런 책 몇 권 외에 아르놀트의 『교부와 다른 성인들의 인생』을 가져와서 참으로 기뻤다. 나는 그들의 경건한 일화들을 약간 변형시켜 평이한 이탈리아어로 번역해서 들려주었다. 지나가던 사람들도 잠시 멈춰 서서 귀를 기울이다가 이야기에 끼어들었다. 이런 모임이 하루에도 서너 번씩 여기저기서 번갈아 열렸는데, 나르디니 부인과 나는 항상 그 자리에 참석했고, 한 번도 빠진 적이 없었다. 나는 늘 피아스코 병에 붉은 포도주를 담아 내 옆에 놓았다. 가난하고 근검하게 살아가는 이곳 사람들은 나의 훌륭한 술버릇을 보고는 경탄해 마지않았다. 수줍어하던 이웃 소녀들까지 점차 내게 친밀감을 갖게 되어 떠들썩한 동네잔치에 끼어들었고, 작은 그림을 선사하면서 내 신앙심을 믿기 시작했다. 내가 경박한 농담을 하지 않고 그들의 환심을 사려고 애쓰지도 않은 덕분인 듯싶다. 그들 가운데에는 페루지노의 그림에서 나온 듯 크고 꿈결처럼 아름다운 소녀들도 몇 있었다. 나는 그 아가씨들 모두를 좋아했고 그들이 천진하게 장난치는 모습을 즐겨 바라보았지만, 그 어떤 아가씨와도 사랑에 빠지지 않았다. 그들의 아름다움은 전부 유사해서 개인적인 특성이라기보다는 종족적인 유산 같았다. 때때로 빵집 아들인 마테오 스피넬리도 모습을 드러냈다. 그는 명석하고 쾌활한 아이였다. 그는 수많은 동물들의 흉내도 낼 수 있었고, 모든 스캔들에 대해서도 면밀히 알고 있었으며, 교활하고 뻔뻔스러운 꾀가 언제나 머리에 들어차 있었다. 내가 성인들의 설화를 이야기할 때면, 그는 비할 데 없이 경건하고 얌전하게 귀를 기울였지만, 나중에는 천진한 척하면서 그 성자들을 은밀히 흥보는 질문과 비교, 억측을 유쾌하게 늘어놓았다. 그래서 채소 장사를 하는 나르디니 부인을 놀라게 했을 뿐 아니라, 대부분의 다른 청중도 즐겁게 했다.

나는 또한 자주 나르디니 부인 곁에 혼자 앉아 그녀의 교훈적인 이야기에 귀를 기울이며, 그녀의 수많은 인간사를 듣고 세속적인 즐거움을 얻곤 했다. 그녀는 이웃 사람들의 실수나 허물을 놓치는 법이 없었다. 그녀는 그들이 지옥의 불길 속에서 차지하게 될 자리까지 미리 냉혹하게 짚어 냈다. 또 내게 마음을 열고 자기 체험과 관찰의 사소한 부분까지도 숨김없이 이야기하곤 했다. 내가 조그만 물건이라도 사면 얼마를 줬느냐고 물어보고는 바가지를 쓰지 않도록 주의를 주었다. 그녀는 내게 성인들의 생애에 관한 이야기를 듣고, 그 보답으로 과일을 살 때나 채소를 다듬을 때, 또는 부엌일할 때의 비결을 가르쳐 주었다. 어느 날 저녁, 우리는 낡은 홀에 앉아 있었다. 내가 스위스 노래와 요들을 부르자, 어린애들과 소녀들이 즐거워 어쩔 줄 몰라 했다. 그들은 흥에 겨워 빙글빙글 돌며 그 낯선 외국어의 소리를 흥내 내고, 나는 요들을 부를 때 목젖이 얼마나 우스꽝스럽게 오르락내리락하는지를 보여 주었다. 그때 어떤 사람이 연애 이야기를 꺼냈다. 소녀들은 킥킥거렸고, 나르디니 부인은 눈을 흘기며 처량하게 한숨을 쉬었다. 마침내 내가 연애 이야기를 할 차례가 되었다. 나는 엘리자베트에 대해서는 입을 다물었다. 다만 알리에티와 함께 배를 타며 사랑 고백도 미처 못 했던 이야기를 해 주었다. 리하르트 외에는 누구에게도, 단 한 마디도 입 밖에 내지 않았던 이야기를 붉은 금빛의 저녁 향기가 퍼지는 남국의 언덕 위 좁은 돌길에서, 저 호기심으로 가득 찬 움브리아 사람들에게 털어놓고 있는 상황이 내게도 이상했다. 나는 별로 회상에 잠기지 않고, 마치 옛날 소설에 쓰인 이야기를 읽듯 말했다. 하지만 마음속으로는 청중이 비웃으며 조롱하지 않을까 은근히 두려워했다.

그러나 이야기가 끝날 무렵, 사람들의 눈길은 연민의 정으로 가득한 슬픔을 담고서 일제히 내게로 쏠려 있었다.

"이렇게 멋진 분이!" 한 소녀가 격렬하게 외쳤다. "이렇게 멋진 분이 그런 불행한 사랑을 하다니요!"

나르디니 부인은 그녀의 부드럽고 통통한 손으로 내 머리를 조심스럽게 쓰다듬으며 "불쌍도 해라!" 하고 말했다.

또 다른 소녀 한 명이 내게 배를 주었다. 내가 그녀에게 먼저 한입 베어 물라고 하자, 그녀는 그렇게 하면서 나를 진지하게 바라보았다. 그런데 내가 다른 사람들에게도 한입씩 먹으라고 권하자, 그녀가 가로막았다. "아니에요. 혼자 다 드세요! 당신이 자기 불행을 얘기하셔서 그걸 선물로 드린 거예요."

"하지만 이제는 틀림없이 다른 여자를 사랑하게 되겠지요." 갈색으로 그을린 포도원 농부가 말했다.

"아닙니다."라고 나는 대답했다.

"아, 아직도 고약한 에르미니아를 사랑하고 있군요?"

"나는 이제 성 프란체스코를 사랑합니다. 그는 내게 모든 인간을 사랑하라고 가르쳤습니다. 당신들과 페루자 사람들과 여기에 모인 이 모든 어린애들, 심지어 에르미니아의 애인까지도요."

이 목가적인 삶에도 하나의 혼란과 위험이 닥쳐왔다. 나는 선량한 나르디니 부인이, 결국 내가 거기 머물며 자신과 결혼해 줄 것을 간절히 바란다는 사실을 발견했다. 우리 사이의 화합과 기분 좋은 우정을 망치지 않으면서 그녀의 꿈을 깨는 일은 결코 쉽지 않았기 때문에, 작은 사건조차 내게 아주 노련한 외교적 수단을 요구했다. 나는 귀향을 생각하지 않을 수 없었다. 장래에 문학 작품을 쓰겠다는 꿈과 썰물처럼 빠져나간 돈이 아니었다면, 나는 아마 거기에 머물 수도 있었을 터다. 아니면 그 돈 문제 때문에 나르디니 부인과 결혼할 수도 있었을 것이다. 그렇지만 그렇게 할 수 없도록 한 결정적인 계기는 엘리자베트 때문에 생긴 상처가 덜 아물었다는 사실과 그녀를 다시 한 번 보고 싶다는 간절한 바람이었다.

이 뚱뚱한 과부는 기대와 달리 서글프게 포기하고는 깊이 상심하면서도 내가 떠나는 것을 반대하지 않았다. 이곳을 떠날 때, 작별은 그녀에게보다 내게 더 어려웠다. 작별하면서 그토록 진심으로, 그토록 많은 사람들의 손을 잡아 본 적은 없다. 사람들은 갖가지 과일과 포도주, 단술과 빵, 소시지를 차안으로 밀어 넣었다. 그들은 가든 말든 상관없어 하는 사람들이 아니었기에, 이런 친구들과의 작별은 참으로 이상한 감정을 불러일으켰다. 안눈치아타 나르디니 부인은 헤어질 때 내양 볼에 키스하면서 눈물을 글썽거렸다.

전에 나는 사랑을 하지 않으면서 사랑을 받기만 한다면 특별한 즐거움을 느끼리라고 생각했었다. 그러나 지금은 그런 사랑이 얼마나 고통스러운지 알게 되었다. 나는 한 외국의 여인이 나를 사랑하고 남편이 되어 주기를 바랐다는 사실이 약간 자랑스러웠다. 이 조그만 허영은 이미 내가 어느 정도는 정신적으로 치유되었다는 점을 의미했다. 나르디니 부인의 일은 유감이었지만, 어쩌면 이런 일이 생겼으면 하고 바랐는지 모른다. 또 나는 행복이 외적인 희망의 실현과는 상관없는 일이며, 사랑에 빠진 젊은이의 고통이 아무리 참담할지라도 그렇게 참담하지만은 않다는 사실을 점차 깨달았다. 내가 엘리자베트를 소유할 수 없었다는 것은 물론 슬픈 일이었다. 그러나 내 생활과 자유, 일과 사고방식의 범위가 줄어들지는 않았고, 나는 멀리서 예전과 마찬가지로 내가 원하는 만큼 그녀에 대한 사랑을 품을 수 있었다. 이런 생각들, 무엇보다 움브리아에서 보낸 몇 달 동안의 소박한 즐거움이 나를 치료해 주었다. 그때부터 내게는 모든 우스운 것과 기묘한 것을 가려내는 안목이 생겼다. 이제 나는 삶의 유머에 점차 눈을 떴고, 내 운명의 별과 화해하여 삶의 식탁에서 이런저런 맛있는 음식을 즐길 수 있게 되었다.

물론 이탈리아 여행을 마치고 돌아오면 누구나 항상 다음과 같은 것을 느끼곤 한다. 예컨대 사람들은 어떤 원칙이나 편견에는 태연히 휘파람을 불면서 관대한 웃음을 흘리거나 손을 바지 주머니에 찔러 넣고, 마치 자신이 철저한 삶의 예술가라도 되는 양 행동한다. 남국의 쾌활하고 따뜻한 민중 사이에서 한동안 살다보면, 집에서도 그런 생활이 계속되리라고 생각한다. 나도 이탈리아 여행에서 돌아올 때마다 그랬고, 당시에는 특히 더 심했다. 바젤로 돌아와 그곳의 낡고 답답한 생활이 새로워지거나 달라지지 않았음을 문득 깨달으면, 나는 쾌활함의 정상으로부터 조금씩 답답하고 우울해하면서 밑바닥으로 떨어지곤 했다. 그러나 내가 얻은 것 가운데 어떤 것은 다시 싹을 틔우며 살아남았다. 그때부터 내 작은 배는 맑은 물에서든 흐린 물에서든, 적어도 현란한 색채의 작은 깃발만은 언제나 대담하고 자신 있게 펄럭거리며 흘러갔다.

그 밖에도 내 관점이 천천히 바뀌어 갔다. 나는 큰 후회 없이 청춘기에서 벗어나 새로운 성숙기로 접어들었음을 느꼈다. 왜냐하면 이제는 삶을 방랑자가 가야 하는 좁은 폭의 길이라고 생각했기 때문이다. 그 방랑자가 길을 가다가 끝내 사라지더라도 세계는 그 모습을 그리 주목하거나 놀라워하지도 않을 터다. 이런 나이의 인간은 삶의 목표와 사랑의 꿈을 내다보지만, 자기가 없어서는 안 될 사람이라고 생각하지는 않는다. 그저 도중에, 종종 양심의 가책 없이 하루 일정을 허비하면서 풀밭에 누워 시를 읊조리거나 현재를 아무 생각 없이 기뻐할 따름이다. 나는 그때까지 차라투스트라에게 기도한 적이 없었다. 하지만 본래 위압적인 인간이라 가끔 스스로를 숭배하기도, 비천한 사람들을 경멸하기도 했다. 그러나 이제 나는 어떤 것에 확고한 경계란 없고, 사소하고 억압받고 가난한 사람들의 생활도 혜택받고 호화로운 사람들만큼이나 다양할 뿐만 아니라 더 따뜻하고 진실하며 모범적이라는 사실을 더욱 잘 알게 되었다.

그런데 나는 알맞은 시기에 바젤로 돌아와, 그동안 결혼한 엘리자베트가 처음으로 집에서 주최하는 저녁 모임에 참석할 수 있었다. 나는 여행에서 얻은 활기와 그을린 얼굴로 즐거운 기색을 띠고 있었다. 더불어 수많은 즐겁고 잡다한 추억들 또한 머릿속에 간직하고 있었다. 아름다운 신부는 나를 진정한 호의로 맞아 주었다. 나는 저녁 내내 뒤늦게 구혼하는 수치를 모면했다는 사실에 기뻐했다. 이탈리아에서의 경험에도 불구하고 나는 아직 여자들에 대해 약간의 불신을 가지고 있었다. 여자들이란 분명히, 사랑에 빠진 남자들의 절망적인 고뇌를 잔인하게 즐긴다고 생각했기 때문이다. 다섯 살 된 사내

아이로부터 들은 유치원 생활의 작은 이야기는, 내게 그런 모욕적이고 고통스러운 상태의 생생한 예로 남아 있다. 사내아이가 다니던 유치원에는 기이하고 상징적인 관습이 있었다. 즉 사내아이가 지나치게 버릇없이 굴면 그에 대한 벌을 받게 되는데, 여섯 명의 여자아이들이 벤치에서 일어서려고 발버둥 치는 남자아이를 고통스러운 자세로 누른다고 한다. 이렇게 벌주는 일을 허가받는 게 대단한 명예와 즐거움으로 여겨지기 때문에, 여섯 명의 얌전한 여자아이들은 미덕의 항목에 번번이 그 잔인한 즐거움을 추가했다고 한다. 이 웃지 못할 어린애 이야기는 내게 무엇인가를 생각하도록 했고 또 여러 번 꿈속에까지 나타났다. 나는 꿈속의 경험으로도 그런 처지에 놓인다는 것이 얼마나 비참한지 알 수 있을 듯했다.

7장

나는 내 저술 활동에 대해 여전히 자부심을 느끼지 못한
다. 어쨌든 나는 그 일로 먹고살 수 있었고, 약간의 저축도 했
으며, 때때로 아버지에게 돈도 좀 보낼 수 있었다. 아버지는
그 돈을 신나게 술집으로 들고 가서는 내 칭찬을 침이 마르도
록 하고, 심지어 내게 어떤 답례까지 하려고 했다. 나는 언젠
가 아버지에게 내가 주로 신문에 기사 쓰는 일로 돈을 번다고
말한 적이 있었다. 아버지는 나를 지방 신문의 편집자나 통신
원쯤으로 여기고 세 번이나 몸소 편지를 써 보냈다. 아버지는
편지에 자신이 보기에 중요한 소식들을 알려 왔는데, 그걸 소
재로 삼아 내가 돈벌이를 할 수 있으리라고 생각했다. 첫 번째
는 헛간에 불이 났다는 것, 두 번째는 두 등반가가 추락했다는
것, 세 번째는 읍장 선거 결과에 관한 내용이었다. 이 소식은
아주 괴상한 어투의 기사였으나, 나를 몹시 기쁘게 했다. 그것
은 나와 아버지 사이의 우호적인 관계를 증명했고, 몇 년 만에
처음으로 고향에서 받아 보는 편지였다. 그것은 또 내 글쓰기
에 대한 선의의 농담 같아서, 나는 상쾌함을 느꼈다. 나는 매

달 수많은 서평을 썼지만, 그 책들은 중요성에서나 효과라는 측면에서 시골의 소식보다 훨씬 뒤떨어졌다.

이 시기에, 내가 취리히에서 일찍이 알고 지내던 바보스러운 젊은 서정 시인 두 명의 책이 막 발간되었다. 한 사람은 베를린에 살면서 대체로 대도시의 카페와 사창가의 더러운 모습을 묘사했다. 두 번째 사람은 뮌헨 교외에 호화로운 별장을 짓고 살면서 신경 쇠약증적 자기 관찰과 심령적 흥분 사이를, 경멸적이고 절망적인 상태로 방황했다. 나는 그 책들을 평해야 했는데, 물론 둘 다 가볍게 놀려 주었다. 신경 쇠약증 환자로부터는 정말 귀족적인 문체로 쓰인 조롱에 찬 편지가 날아들었다. 그리고 베를린의 시인은 어느 잡지에다 논란거리를 만들어서는 자신의 진지한 의도가 왜곡되었다고 주장했다. 나아가 그는 졸라를 앞세워 나에 대한 억지 비평뿐만 아니라 스위스인의 몽상적이고 산문적인 정신 전반에 비난을 퍼부었다. 아마 그에게는 당시 취리히에서 보낸 시간이 그의 문학 생활 가운데 유일하게 건전하고 가치 있는 시간이었을 터다. 나는 결코 대단한 애국자가 아니었지만, 그의 글은 지나치게 베를린적이었다. 그래서 나는 그 불만스러운 작가에게 긴 답장을 보내, 교만한 대도시적 현대성에 대한 나의 경멸을 은근히 드러냈다.

이 논쟁은 유쾌했고, 나로 하여금 현대 문화생활을 다시 한 번 파악하도록 생각을 가다듬어 주었다. 이런 작업은 피곤하고 지루했으며, 날마다 기력을 다 빼앗다시피 했다. 내가 이에 대해 몇 마디 거론한다면, 이 작은 책에 흠이 될지도 모르겠다.

아무튼 이런 고찰은 내가 나 자신과 오래전부터 계획해

온 내 작품에 대해 좀 더 신중하게 생각하도록 했다.

이미 알고 있듯이 내 소망은 위대한 시를 통해 오늘날의 인간을 너그럽고 말 없는 자연의 삶으로 가까이 데려가, 자연을 사랑하게 하는 것이었다. 나는 인간들에게 대지의 심장이 뛰는 소리를 듣는 법과 그 총체적 삶에 참여하는 법, 인간이 지닌 작은 운명의 충동 속에서 우리는 신도 아니고, 저절로 만들어진 존재도 아니며 대지와 그 우주적 전체의 한 부분이자 아이들이라는 사실을 잊지 않는 방법을 가르치고 싶었다. 나는 시인의 시나 꿈과 마찬가지로 우리의 밤과 강, 호수와 흐르는 구름과 폭풍들이 동경의 상징이자 버팀목이라는 사실을 상기시키고 싶었다. 이런 것들은 하늘과 모든 살아 있는 것들의 동등한 권리와 불멸성을 의심 없이 확신하게 한다. 모든 존재의 가장 내면적 핵심은 이 권리를 확신하는 것이고, 신의 아이가 되는 것이며, 두려움 없이 영원의 품속에서 쉬는 것이다. 그럼에도 불구하고 우리가 내면에 지니고 있는 모든 악과 병, 타락은 그에 대항하여 죽음을 신봉한다.

무엇보다도 나는 인간들에게 자연에 대한 형제애 속에서 기쁨의 원천과 삶의 줄기를 발견하라고, 가르치고 싶었다. 눈으로 감상하며 여행하고 즐기는 예술, 눈앞에 보이는 것에서 즐거움을 얻어 낼 수 있는 예술을 가르치고 싶었다. 산맥과 호수, 푸른 섬을 매혹적이고 힘 있는 언어로 그들에게 말해 주고 싶었고, 그들의 집과 도시 밖에서 얼마나 엄청나게 다채롭고 활력 있는 삶이 날마다 피어나고 넘쳐흐르는지를 보여 주고 싶었다. 나는 그들이 그들의 도시에서 힘차게 움터 나오는 봄, 다리 아래로 흐르는 강물, 철도가 지나는 주변 숲과 장엄한 초원보다 이웃 나라의 전쟁, 유행, 소문, 문학과 예술에 관해서 더 잘 아는 것을 부끄러워하도록 하고 싶었다. 나는 그들에게 고독하고 어렵게 살아가는 내가 이 세상에서 어떤 잊지 못할 즐거움의 금빛 사슬을 발견했는지를 이야기해 주고 싶었고, 그들이 어쩌면 더 큰 세계의 기쁨을 발견하여 나보다 더 행복하고 기뻐할 수도 있으리라는 점을 알려 주고 싶었다.

그리고 나는 무엇보다도 사랑의 아름다운 비밀을 그들 가슴에 심어 주기를 원했다. 나는 그들이 모든 살아 있는 것들과 진정한 형제가 되고 사랑으로 충만해져, 고통이나 죽음도 더 이상 두려워하지 않고, 설령 그들에게 고통과 죽음이 찾아올지라도 그것을 자매처럼 진지하고 사랑스럽게 맞이하기를 희망했다.

이 모든 것들을 나는 송가나 거룩한 노래 속에서가 아니라, 마치 고향에 돌아온 여행자가 친구들에게 바깥세상 이야기를 하듯 소박하고 진실하고 진지하게, 서로 마주 보며 재미있게 대화하듯 묘사하기를 바랐다.

나는 원했다, 소망했다, 희망했다…… 같은 말은 물론 우스꽝스럽게 들릴지 모른다. 그러나 나는 이 수많은 소원에 계획과 윤곽이 갖추어질 날을 마냥 기다렸다. 하지만 적어도 이를 위한 상당한 자료를 수집하긴 했다. 머릿속뿐만 아니라 여행할 때나 산보할 때, 주머니에 넣고 다니는 작은 수첩에도 들어 있었다. 그 수첩은 몇 주에 한 번씩 가득 찼다. 나는 수첩에, 내 눈에 보이는 이 세상 모든 것에 대해 어떤 성찰이나 생각에 관계없이 짤막하게 적어 두곤 했다. 그것은 화가의 스케치북 같은 것으로, 간단하고 사실적인 관찰을 짧은 낱말로 기록했다. 이를테면 그것은 오솔길과 시골길의 풍경, 산맥과 도시들의 윤곽, 농부나 젊은 직공 혹은 시장 여인들의 소란한 대화,

명암, 바람, 비, 돌, 풀, 동물, 새들의 비상, 파도의 형상, 호수의 색채 그리고 구름의 모양에 대한 메모였다. 때때로 나는 이로부터 자연 및 방랑을 탐구한 기록을 만들어 발표하기도 했는데, 그 모든 것들은 인간과는 관계가 없었다. 나에게는 인간의 이야기가 없더라도 나무나 동물의 이야기, 구름의 여행 같은 것들이 매우 흥미로웠다.

인간의 형상이 전혀 나타나지 않는 위대한 작품이란 당찮다는 생각이 종종 뇌리를 스치고 지나갔지만, 나는 몇 해 동안 언젠가는 위대한 영감이 떠올라 그 불가능성을 극복할 수 있으리라는 이상을 좇으며 이에 대한 어렴풋한 희망을 품고 있었다. 결국 나는 내 아름다운 경관에 인간을 살도록 해야 한다는 것, 그러나 그것이 결코 충분히 자연스럽고 충실하게 실행될 수 없으리라는 점을 통찰했다. 거기에는 보충해야 할 부분이 많았으며, 오늘날까지도 여전히 보충하고 있다. 그때까지 인간이란 전반적으로 하나의 전체로서 이해되었기에 내게는 근본적으로 낯설었다. 그제야 나는 추상적인 인간성 대신에 인간 하나하나를 알고 연구할 것, 내 수첩과 기억을 전혀 새로운 형태로 채우는 일이 얼마나 바람직한지를 배우게 되었다.

이 연구의 시작은 아주 즐거웠다. 나는 나의 모호한 무관심에서 벗어나 많은 사람들에게 흥미를 갖기 시작했다. 그러면서 수많은 자기중심적 사고가 나와 얼마나 다른지를 알게 되었지만, 그 숱한 방랑과 관찰이 얼마큼 내 눈을 열어 주고 날카롭게 다듬어 주었는가 또한 알게 되었다. 예전부터 아이들을 좋아하긴 했지만, 나는 특히 더 즐거운 마음으로 아이들과 자주 어울렸다.

그럼에도 불구하고 계속 구름과 파도를 관찰하는 일이 인간을 관찰하는 것보다 더 즐거웠다. 나는 인간이, 다른 무엇보다도 그들을 둘러싸고 보호해 주는, 끈끈한 아교풀 같은 거짓에 의해 다른 자연과 구별된다는 사실을 깨닫고 놀랍게 받아들였다. 오래지 않아 나는 내가 아는 모든 사람들에게서 그러한 현상이 나타나는 것을 관찰했다. 이것은 아무도 자신의 참된 본질을 알지 못하면서 하나의 개성, 명료한 인물로 표상되어야만 하는 상황에서 비롯되었다. 나 자신에게서도 그런 면을 발견하고는 이상한 느낌에 사로잡혔다. 그래서 나는 인간의 핵심으로 성급히 달려가려던 계획을 폐기했다. 대부분의 사람에게는 거짓이라는 아교풀이 훨씬 중요했다. 나는 그것을 어디에서나, 심지어 어린아이들에게서도 찾아낼 수 있었다. 아이들은 의식적이건 무의식적이건, 본성적으로 자기 자신을 숨김없이 드러내기보다는 오히려 어떤 역할을 흉내 냈다.

　얼마 뒤 나는 더 이상 앞으로 나아가지도 못하고, 그저 장난스러운 개별성 때문에 헤매고 있다고 생각하게 됐다. 우선 나 자신에게서 잘못을 찾아보았다. 그렇지만 내가 환멸에서 벗어나지 못한다는 것, 내 주변에 내가 찾는 그런 인간은 없다는 사실을 인정하지 않을 수 없었다. 나는 관심 있는 것이 아니라 어떤 전형을 필요로 했다. 학자들에게서나 사교계에서도 그것을 찾을 수 없었다. 나는 동경에 젖어 이탈리아를 떠났고, 내 도보 여행에서 만난 각별한 친구이자 동행자였던 직공들을 그리워했다. 나는 그런 사람들과 함께 오랫동안 여행하며, 그 가운데에서 수많은 훌륭한 청년들을 발견했었다.

　여기저기 숙박소나 여인숙을 찾아다니는 일도 소용이 없었다. 정처 없이 떠도는 숱한 사람들은 도움이 되지 않았다. 그래서 나는 한동안 다시 어찌할 바를 모른 채 아이들과 어울리거나 술집을 자주 찾았지만, 물론 거기서도 아무것도 얻지 못했다. 그렇게 몇 주를 보내면서, 나는 나 자신을 불신하게 되었다. 내 희망과 소망이 터무니없이 과장되었다는 사실 또한 발견했다. 결국 나는 다시 바깥을 떠돌며 술로 밤을 지새우게 되었다.

당시 내 책상 위에는 책 더미가 그대로 쌓여 있었다. 나는 그것을 중고 서점에 갖다 주느니 그대로 지니고 있으려 했다. 하지만 내 책장에는 더 이상 자리가 없었다. 어떻게든 정리를 해 볼 생각으로, 나는 작은 목공소를 찾아가 그곳 주인에게 책장 치수를 재러 내 집으로 와 달라고 부탁했다.

작고 느릿느릿한 사람이 찾아왔는데, 그의 태도는 신중했다. 그는 방의 크기를 재면서 바닥에 무릎을 꿇고, 자를 천장까지 뻗어 올리기도 했다. 또 아교 냄새를 약간 풍기면서 자신의 수첩에 큼직한 글씨로 치수를 하나하나 적어 나갔다. 그렇게 일을 하며 돌아다니던 그는 책이 쌓인 의자에 부딪혔다. 책 몇 권이 떨어졌고, 그는 그것을 집어 올리려고 허리를 구부렸다. 그 책 중에는 직공들이 참고하는 작은 용어 사전도 있었다. 독일의 직공 숙박소에 가면 거의 어디서나 찾아볼 수 있는 작고 두툼한 표지를 가진 책이었는데, 그것은 상당히 잘 만들어졌고 흥미로운 내용을 담고 있었다.

목공은 자신도 잘 아는 책을 발견하고는 호기심에 차서 나를 바라보았다. 그는 반쯤 흥미롭고 반쯤 이상하다는 눈빛을 하고 있었다.

"왜 그러십니까?" 내가 물었다.

"실례지만, 나도 아는 책이거든요. 이걸 정말 공부하셨습니까?"

나는 대답했다. "직공들 용어는 시골길을 다니며 공부했지요. 하지만 어떤 특수한 표현을 찾아보려면 우선 이걸 뒤적거리죠."

"그렇군요!" 그가 외쳤다. "그러면 직접 직공 일도 해 보신 적이 있습니까?"

"당신이 생각하는 그런 일은 아니죠. 그래도 꽤 많이 돌아다녔고, 여인숙에 묵은 일도 많습니다." 그러는 동안 그는 책을 다시 올려놓고 돌아가려고 했다.

"그런데 당신은 어떤 곳을 다녔습니까?" 나는 그에게 물었다.

"여기서부터 코블렌츠까지, 그리고 나중에는 제네바까지도 다녔지요. 꽤 좋은 시절이었습니다."

"교도소에 간 적도 있습니까?"

"딱 한 번, 두르라흐에서요."

"당신만 좋다면 얘기를 더 들었으면 하는데요. 언제 술집에서 만나 한잔하지 않겠습니까?"

"글쎄요, 하지만 언젠가 일이 끝날 무렵에 나를 찾아와서 '안녕하세요, 어떠십니까?' 하고 묻는다면, 괜찮겠지요. 날 놀릴 생각이 아니라면 말이죠."

며칠 후, 엘리자베트 집에서 열리는 저녁 모임에 가던 길이었다. 나는 길에 서서, 그 목공에게로 가는 게 더 좋지 않을까 하고 생각했다. 나는 발길을 돌려 외투를 집에다 두고 목공 집을 찾아갔다. 작업장은 이미 문을 닫은 터라 어두웠다. 나는 어둠 속에서 더듬더듬 복도와 좁은 마당을 지나서 집 뒤쪽 계단으로 올라갔다. 그리고 마침내 주인 이름이 적힌 문패를 찾아냈다. 나는 아주 아담한 부엌으로 걸어 들어갔다. 부엌에는 비쩍 마른 부인이 저녁 준비를 하면서, 그 좁은 공간에서 소란을 떠는 세 아이를 돌보고 있었다. 부인은 서먹서먹한 표정으로 옆방 어둑어둑한 창문 밑에 앉아 신문을 보던 목공에게로 나를 안내했다. 그는 어둠 속에서, 나를 급한 일로 찾아온 손님이라 생각하고 투덜거렸지만, 곧 나를 알아보고는 악수를 청했다.

그가 놀라고 당황해하기에 나는 아이들 쪽으로 돌아섰다. 아이들은 나를 피해 부엌으로 달아났고, 나는 부인을 따라 들어갔다. 나는 쌀 요리를 하는 부인을 보자 움브리아 파드로 나의 부엌이 생각나서 요리에 끼어들었다. 나의 고향에서는 대체로 그 맛있는 쌀을 아무렇게나 죽처럼 쑤어 망쳐 놓았는데, 전혀 맛도 없을뿐더러 입에 달라붙어서 먹기에도 역겨웠다. 여기서도 이미 그런 불행한 사태가 시작되려는 참이었지만, 나는 쌀의 맛을 살려 낼 수 있는 기회를 잡을 수 있었다. 나는 냄비와 주걱으로 달려들어, 그녀의 요리를 서둘러 거들었다. 부인은 내 말을 따르면서 놀라워했다. 그럭저럭 밥이 되어 우리는 식탁을 차리고 램프에 불을 켰다. 나도 쌀밥 한 접시를 대접받았다.

그날 저녁, 목공 부인이 계속 나를 부엌일에 대한 이야기로 끌고 간 바람에, 남편은 거의 한마디도 할 수가 없었다. 그의 방랑 여행 이야기는 다음 기회에 들을 수밖에 없었다. 그들은 곧 내가 겉보기에만 신사이고, 본래는 가난한 농부의 자식이라는 사실을 알아차렸다. 우리는 첫날 저녁부터 이미 친구가 되었고, 서로를 신뢰하게 되었다. 그들은 나를 자기들과 같은 신분이라 생각했고, 나도 그 가난한 집에서 소박한 사람들이 사는 고향의 공기를 느낄 수 있었다. 그들에게는 세련된 체하고, 허세를 부리고, 쓸데없는 농담을 할 여유가 없었다. 그들의 쪼들리고 가난한 생활에는 대화를 아름답게 치장하기 위해 고양되고 고상한 관심거리를 과시할 시간조차 없었다.

나는 점점 더 자주 그 집에 드나들면서 누더기 같은 사교계의 잡동사니뿐만 아니라 나의 슬픔과 번뇌를 잊게 되었다. 내 어린 시절의 편린이 그곳에 간직되어 있는 것 같았고, 당시 신부들이 나를 학교로 보내서 중단되었던 삶이 이곳에서 계속되는 듯싶었다.

목공과 나는 해지고 땀에 절어 누레진 옛날 지도 위로 몸을 굽히고 각자가 다녔던 여행길을 추적하곤 했다. 우리는 서로 아는 성문이나 길을 발견하면 기뻐했고, 직공들 사이에 오가는 농담으로 기분 전환을 했으며, 심지어 언젠가는 방랑자의 노래 가운데 여러 곡을 함께 부르기도 했다. 목공 일이나 집안일, 아이들과 도시 문제에 대해서도 이야기를 나누면서 점차 목공과 나의 역할이 바뀌었다. 왜냐하면 그가 나를 도와주고 가르쳐 주었기에, 내가 고마워하는 처지가 되었다. 그곳에선 사교장의 분위기 대신, 현실이 나를 둘러쌌다. 그 덕에 나는 막힌 숨이 트이는 것을 느꼈다.

그의 아이들 가운데서도 다섯 살 된 여자아이가 부드러운 성품 때문에 특히 눈에 띄었다. 이름이 아그네스였지만, 식구들은 그냥 아기라고 불렀다. 아그네스는 금발에 얼굴이 창백했고, 몸이 허약했으며, 수줍어하는 듯한 큰 눈과 소심한 태도를 지니고 있었다. 어느 일요일, 목공 가족과 산책을 하려고 찾아갔는데, 아그네스의 몸이 아팠다. 어머니는 아이 곁에 남아 있고, 우리는 천천히 교외로 나갔다. 나와 목공은 성 마르그레덴 교회 뒤편 벤치에 앉았고, 아이들은 돌멩이와 꽃, 딱정

벌레를 찾아다녔다. 우리 둘은 여름날의 풀밭과 비닝 묘지와 아름답고 푸른 쥐라 산줄기를 바라보았다. 목공은 피곤하고 우울한 기색을 지으며 말이 없었다. 아마도 걱정거리가 있는 것 같았다.

"무슨 일이 있습니까?" 나는 아이들이 충분히 멀리 놀러 가자 물었다. 그는 멍하고 슬픈 표정으로 내 얼굴을 들여다보았다.

"모르시겠습니까?" 그는 말을 꺼냈다. "내 딸아이는 죽을 겁니다. 이미 오래전부터 그렇게 예상했는데, 이만큼 큰 것만도 놀라운 일이지요. 그 애의 눈 속에는 늘 죽음의 빛이 어려 있었죠. 하지만 이번에야말로 죽을 것 같습니다."

나는 위로하기 시작했지만 곧 스스로 그만두었다.

"보셨잖아요." 그는 슬픈 미소를 머금었다. "당신도 그 애가 나으리라고는 믿지 않지요. 당신도 알다시피 나는 독실한 신자도 아니고, 성당에도 특별한 날에만 가끔 나가지만, 이제 하느님이 나에게 뭔가 말하고 싶어 한다는 것을 느낀답니다. 그 애는 어린애에 불과한데 한 번도 건강해 본 적이 없어요. 그러나 다른 애들을 다 합친 것보다 나에겐 훨씬 사랑스러운 아이였다는 사실을 아무도 모를 겁니다."

아이들은 함성과 온갖 질문을 퍼부으며 나에게 달려왔다. 그들은 나를 둘러싸며 꽃과 풀의 이름을 물어보고, 나중에는 얘기를 해 달라고 졸랐다. 나는 그들에게 꽃이나 나무, 숲도 아이들처럼 각자 영혼과 자신의 천사를 갖고 있다고 이야기해 주었다. 아버지도 귀를 기울이며 웃고, 그때그때 슬며시 나를 도와 맞장구쳐 주었다. 우리는 산이 더 푸르러지는 광경을 보았고, 저녁 종소리를 듣고는 집으로 돌아왔다. 풀밭 위에는 불그스름한 황혼의 입김이 서려 있었다. 멀리 보이는 종탑들은 따뜻한 공기 속으로 작고 어렴풋하게 솟아올랐고, 하늘에는 여름의 푸른빛이 초록빛과 금빛으로 아름답게 물든 구름 위로 떠올랐다. 나무들은 오래도록 기다란 그림자를 드리웠다. 아이들은 지쳐서 조용해졌다. 그들이 이끼와 패랭이꽃과 방울꽃의 천사들을 상상하는 동안, 어른들은 하늘로부터 날개를 받아 우리에게 작고 우울한 상처를 남기고 떠나려 하는 어린아이의 영혼을 생각했다.

아그네스는 두 주일 동안 상태가 좋았다. 아이는 회복되는 것처럼 보였고, 몇 시간이고 침대를 떠나기도 했다. 그 서늘한 베개에 파묻힌 모습도 그 어느 때보다 더 귀엽고 흡족해 보였다. 그러나 그 뒤로 몇 날 밤, 계속 열이 올랐다. 말은 하지 않았지만 이미 우리는 그 아이가 겨우 몇 주나 며칠밖에 더 우리 곁에 머물지 못하리라는 사실을 알아차렸다. 딱 한 번, 아버지가 그런 말을 했을 따름이었다. 그것은 작업장에서였다. 나는 목수가 나무판자를 뒤적이는 모습을 보고는, 그가 딸아이 관을 만들려고 나무쪽을 주워 모으고 있다는 걸 알았다.

"곧 일이 터지고야 말 겁니다." 그가 말했다. "차라리 일과 뒤에 혼자서 만들어야겠어요."

나는 그가 다른 일을 하는 동안, 공작용 탁자에 앉아 있었다. 그는 판자를 깨끗하게 대패질하고는 자랑이라도 하듯 내게 그것을 보여 주었다. 아름답고 튼튼하게 자란, 흠집 없는 소나무 널빤지였다.

"못은 박지 않고 조각들을 서로 잘 짜 맞출 겁니다. 그러면 더 훌륭하고 오래가는 관이 되지요. 그러나 오늘은 그만하고 아내에게나 올라가렵니다."

뜨겁고 화창한 여름날이 지나갔다. 나는 매일 한두 시간씩 어린아이 곁에 앉아 아름다운 초원과 숲 이야기를 들려주고, 가볍고 자그마한 손을 내 널찍한 손안에 포갰다. 그리고 마지막 날까지 아이 주위를 떠돌던 사랑스럽고 빛나는 아름다움을 온 영혼으로 느꼈다.

우리는 이렇게 하면서 걱정스럽고 서글프게 서 있었다. 그러고는 작고 여윈 몸이 마지막 힘을 모아 생명을 재빨리, 가볍게 채어 가는 강력한 죽음의 힘과 맞서는 모습을 지켜보았다. 어머니는 침착하고 강했다. 아버지는 침대 머리맡에 몸을 눕히고 수백 번 작별의 말을 반복하면서 이미 생명이 끝난 사랑하는 아이의 금발을 쓰다듬고 몸을 어루만졌다.

간단하고 짧은 장례식이 치러졌다. 남매들도 죽은 아이의 침대 곁에서 울곤 했다. 그래서 며칠 동안 우울한 저녁이 계속되었다. 이윽고 묘지로 가서 새로 생긴 무덤가에 꽃을 심고 말없이, 서늘한 묘지의 벤치에 나란히 앉아 죽은 아이를 생각하는 날들도 찾아왔다. 우리는 사랑했던 아이가 누워 있는 땅과 그 위로 자라나는 나무나 잔디, 고요한 묘지 근처에서 자유롭고 즐겁게 재잘대는 새소리와 새들의 유희를 지금까지와는 다른 눈으로 지켜보았다.

그러고 나서는 엄격한 하루하루의 일과가 계속되었다. 아이들은 다시 노래하고 싸우고 웃거나 이야기를 듣고 싶어 했다. 우리 모두는 아기를 다시 볼 수 없으리라는 것, 그러나 하늘나라에 아름답고 작은 천사를 갖고 있다는 데에 어느덧 익숙해졌다.

그러는 동안 나는 교수 집의 모임에는 전혀 참석하지 않았고 엘리자베트의 집에도 거의 찾아가지 않았다. 간혹 그곳에 가면 미지근한 대화의 흐름이 나를 유난히 답답하고 침잠하게 했다. 새삼 다시 그 두 집을 찾아가 보니, 둘 다 문이 닫혀 있었다. 모두가 오래전에 시골로 떠났던 것이다. 그제야 나는 목공과의 친교와 아이의 병 때문에 더운 여름철과 휴가까지 까맣게 잊고 있었다는 사실을 깨닫고 깜짝 놀랐다. 예전에는 7월과 8월에 도시에 남아 있는 일을 상상조차 할 수 없었다.

나는 잠시 작별을 고하고 슈바르츠발트와 베르크슈트라세, 오덴발트로 도보 여행을 떠났다. 도중에 목공의 아이들에게 예쁜 풍경이 담긴 그림엽서를 보내기도 했다. 나중에 아이들과 그들의 부모에게 내 여행에 대해 이야기할 것을 상상하니 마음속에선 묘한 기쁨이 솟아올랐다.

나는 프랑크푸르트에서 며칠 더 여행을 즐기기로 결정했다. 아샤펜부르크, 뉘른베르크, 뮌헨과 울름에서 나는 새로운 쾌감에 젖어 고대 예술품을 즐겼고, 그러다가 결국 이럭저럭 취리히에서 발걸음을 멈추었다. 이전까지 몇 해 동안 나는 그 도시를 무덤처럼 여겼다. 하지만 이제 나는 낯익은 길을 거닐다가 옛 술집과 공원을 찾고, 흘러간 아름다운 나날을 아무 고통 없이 회상할 수 있었다. 사람들이 알리에티가 결혼했다면서 주소를 알려 주었다. 저녁 무렵 나는 그곳으로 가서 문패에 적힌 남편의 이름을 읽었고, 창문을 올려다보며 들어갈지 말지 망설였다. 그 순간 그 옛날이 생생하게 되살아났고, 내 청춘기의 사랑이 희미한 고통과 함께 잠에서 불쑥 깨어났다. 나는 발길을 돌렸다. 내가 사랑했던 이탈리아 여인의 아름다운 모습을 쓸모없는 재회로 망치고 싶지 않았다. 나는 계속해서 도시를 거닐면서 과거에 예술가들이 여름밤의 축제를 벌였던 호숫가 정원에도 가 보고, 짧고 아름다운 삼 년의 세월을 보냈던 하숙집의 지붕 밑 다락방에도 찾아가 보았다. 그 모든 추억을 넘어서서 뜻밖에도 엘리자베트라는 이름이 입 밖으로 나왔다. 새로운 사랑은 진정 옛사랑보다 더 강렬했다. 그것은 더 조용하고 겸허하며 고마운 사랑이었다.

좋은 기분을 간직하고자 나는 배를 타고 천천히 쾌적하게, 따뜻하고 밝은 호수로 노를 저어 나갔다. 저녁 무렵이 되어, 하늘에는 눈처럼 희고 아름다운 구름 한 점만이 걸려 있었다. 나는 눈으로 구름을 좇으며 고개를 끄덕여 보았다. 어린 시절의 구름을 떠올리다가 이어서 엘리자베트, 그러고는 엘리자베트가 그토록 아름다운 모습으로 몰두했었던 세간티니의 구름까지 생각해 냈다. 말이나 불순한 욕망으로도 흐려지지 않았던 그녀에 대한 사랑을 지금처럼 행복하고 순수하게 느껴본 적은 한 번도 없었다. 구름을 보면서 나는 내 인생의 모든 선량함을 고요히 감사하는 마음으로 돌이켜 보았고, 청년기의 혼란과 걱정 대신 소년 시절에 품었던 옛 동경을 마음속 깊이 느꼈다. 이제는 그 동경도 더욱더 성숙해지고 잠잠해졌다.

예전부터 나는 노 젓는 소리에 맞춰 가만히 흥얼거리거나 노래를 부르곤 했다. 이때에도 나는 가만히 흥얼거렸는데, 노래하는 가운데 그것이 시라는 사실을 깨달았다. 그것을 기억해 두었다가 나중에 집으로 돌아와, 아름다운 취리히 호수에서 보낸 저녁에 대한 기념으로 이 시를 기록해 놓았다.

높은 하늘에 떠 있는
하얀 구름처럼
엘리자베트, 당신은 그렇게

빛나고, 아름답고, 멀다.
구름은 흐르고 방랑한다.
당신은 그 구름을 생각하지 않으련만
당신의 꿈결에서 구름은
어두운 밤하늘 위로 흘러간다.

축복의 빛으로 빛나며 흐른다.
쉼 없이 앞으로.
그 하얀 구름을 향해 당신은
달콤한 향수를 품고 있다.

바젤에 가니 아시시에서 온 편지가 나를 기다리고 있었
다. 안눈치아타 나르디니 부인에게서 온 편지였는데, 즐거운
소식으로 가득 차 있었다. 그녀가 마침내 두 번째 남편을 맞이
했다는 것이다! 이제 그 편지를 그대로 옮겨 적는 편이 좋을
것 같다.

존경하고 친애하는 페터 씨!

당신의 충실한 친구가 멋대로 편지를 보내는 일을 용서해
주세요. 하느님이 제게 큰 행운을 선사했답니다. 당신을 10월
12일, 제 결혼식에 초대합니다. 결혼할 남자의 이름은 메노티
이고, 돈은 별로 없지만 나를 아주 사랑합니다. 그 사람은 전
부터 저와 과일 거래를 했답니다. 그런대로 잘생겼지만, 당신
처럼 키가 큰 미남은 아니에요, 페터 씨. 내가 가게를 보는 동
안 그 남자가 시장에 나가서 과일을 팔 거랍니다. 옆집의 예쁜

아가씨 마리에타도 타지에서 온 미장이와 결혼한답니다.

나는 매일 당신을 생각했고, 사람들도 당신 얘기를 많이 합니다. 나는 당신을 매우 사랑하고, 성 프란체스코도 사랑해요. 당신을 기념하여 성 프란체스코에게 초 네 개를 바쳤습니다. 당신이 결혼식에 오면 메노티도 몹시 기뻐할 거예요. 만일 그가 당신한테 불친절하게 대한다면, 제가 그러지 못하게 하겠어요. 유감스럽게도 그 꼬마 마테오 스피넬리는 내가 항상 말했던 대로 악당이라는 것이 분명해졌어요. 내 레몬을 종종 훔치곤 했지요. 그런데 자기 아버지 돈을 12리라나 훔치고, 또 거지 지안 지아코모의 개를 독살했기 때문에 이제는 쫓겨났답니다.

당신께 하느님과 성인들의 은총이 깃들기를 빌겠습니다. 나는 당신을 아주 그리워하고 있습니다.

당신의 충복이자 성실한 친구,
안눈치아타 나르디니.

추신

수확은 그저 그런 편이었습니다. 포도 수확은 아주 형편없고, 배도 충분하지 않았습니다. 그러나 레몬은 아주 풍작이고, 그래서 너무 헐값에 팔리고 있죠. 스펠로에서는 끔찍한 불행이 일어났지요. 어느 젊은이가 자기 형을 갈퀴로 때려죽였답니다. 이유는 모르지만, 아마 자신의 유일한 형제인데도 그를 질투한 모양입니다.

유감스럽게도 나는 그 매혹적인 초청에 따를 수가 없었다. 나는 축하의 말과 함께 내년 봄에 방문하겠다고 답장을 보냈다. 그러고는 그 편지와 뉘른베르크에서 가져온 아이들의 선물을 가지고 목공소 주인에게로 향했다.

거기서 나는 뜻밖의 큰 변화를 겪었다. 탁자 옆 창문 쪽으로 괴상한 기형의 인간이, 어린이용 받침이 달린 의자에 쪼그려 앉아 있는 모습을 보았다. 그는 부인의 동생인 보피였다. 가엾은 반신불수의 꼽추는, 얼마 전 그의 어머니가 죽은 뒤 오갈 데가 없어진 것이다. 목공은 마지못해 잠시 그를 맡기로 했는데, 그 병든 불구자가 계속 함께 살지도 모른다는 사실은 그 어려운 집안에겐 공포와도 같았다. 가족 가운데 어느 누구도 그의 존재에 익숙해지지 못했다. 아이들은 그를 무서워했고, 안주인은 불쌍해하면서도 당황한 나머지 어쩔 줄 몰라 했다. 목공은 노골적으로 불쾌함을 드러냈다. 보피는 흉측한 한 쌍의 혹 위로 목도 없이 크고 울퉁불퉁한 머리를 얹고 있었다. 그의 이마는 넓고, 코는 컸으며, 입은 예쁘장하면서도 고통스러워 보였다. 눈은 맑았지만 조용하고 뭔가 두려워하는 것 같았으며, 기이하게 작고 예쁜 손이 좁은 가슴 위에 하얀 빛을 띠며 조용히 놓여 있었다. 나 역시 그 가련한 불청객 때문에 당황하고 기분이 언짢았다. 또한 아무도 말을 걸지 않기에 홀로 앉아 자기 손만 들여다보는 불구자 옆에서, 목공으로부터 그에 관한 짤막한 얘기를 듣는다는 게 적잖이 고통스러웠다. 그는 태어날 때부터 불구였지만 초등학교 과정은 마쳤으며, 몇 년 동안 짚 짜기로 조금은 쓸모 있는 일을 하기도 했다. 그러나 관절염이 재발하여 부분적으로 마비되고 말았다. 몇 년 동안 그는 침대에 눕거나 그를 위해 만든 특수 의자에 쿠션을

괴고 앉아 있었다. 안주인이 말하길 그가 전에는 자주 고운 소리로 노래를 흥얼거렸지만, 이상하게도 지난 몇 년간 노랫소리를 전혀 듣지 못했으며 여기에서도 노래한 적이 없다고 말했다. 이런 얘기가 오가는 동안에도 그는 자리에 앉아 멍하니 앞만 보았다. 그런 분위기에 기분이 나빠져, 나는 곧 그 집을 떠나 며칠 동안 찾지 않았다.

나는 평생 튼튼하고 건강했으며 심한 병에도 걸려 보지 않았다. 그래서인지 병자들, 이를테면 불구자들에게 동정심을 가지면서도 그들을 약간 경멸스럽게 바라보곤 했다. 목공 가족과의 유쾌하고 명랑한 생활이 이 비참한 존재, 우울한 짐 탓에 방해받고 있다는 사실이 정말 마음에 들지 않았다. 그래서 나는 다음 방문을 하루하루 뒤로 미루며 어떻게 하면 절름발이 보피를 떼어 내 버릴 수 있을까 하고 헛된 공상까지 했다. 어떤 가능성을 모색해야 할 것 같았다. 예를 들어 약간의 돈을 투자해 그를 병원이나 종교 단체에 수용하는 방법도 그럴싸했다. 나는 몇 번이나 목공을 찾아가 조언을 하려고도 했지만, 부탁도 안 받았는데 그런 소리를 꺼낸다는 게 쑥스럽기도 했고, 그 불구자와 만나는 일을 어린애처럼 두려워하기도 했다. 그를 만나 악수해야 하는 것이 언제나 내게는 몹시 꺼림칙했다.

그래서 나는 일요일을 그냥 넘겨 버렸다. 두 번째 일요일에는 새벽 기차를 타고 쥐라 산으로 떠나려던 참이었다. 하지만 내 비겁함에 스스로 부끄러움을 느껴, 집에 남아 식사를 마친 뒤 목공의 집으로 향했다.

나는 마지못해 보피와 악수를 나누었다. 목공은 무뚝뚝한 표정으로 산책을 제안했다. 그가 이 끝없는 비참함이 지긋지

굿하다고 말했을 때, 나는 그가 내 제의를 받아들일 수 있으리라 생각하며 기뻐했다. 부인이 집에 남겠다고 하자, 꼽추는 자기 혼자 있을 수 있으니 함께 가라고 그녀에게 권했다. 책 한 권과 물 한 컵만 곁에 있으면, 자기를 마음 편히 집 안에 남겨 놓아도 괜찮다고 말했다.

스스로 아주 동정심 많고 선량한 사람이라고 여기던 우리는 그를 집에 가둬 놓고 산책하러 나갔던 것이다! 그리고 우리는 흡족한 기분으로 아이들과 산책을 즐기고, 아름다운 가을의 금빛 햇살을 만끽했다. 불구자를 홀로 집에 두고 나왔다는 데에 대해서는 아무도 부끄러워하거나 가슴 아파하지 않았다! 오히려 우리는 잠시나마 그에게서 해방됐다는 사실에 몹시 기뻤고, 맑고 따스한 공기를 가벼운 마음으로 들이마셨다. 더욱이 우리는 하느님과 함께하는 주일을 이해와 감사로 즐기는 충실한 가족이라는 인상마저 풍겼다.

우리가 그렌차흐의 회른리에서 포도주 한 잔을 마시고자 카페의 정원 탁자에 앉았을 때, 그제야 목공이 보피 얘기를 꺼냈다. 그는 그 부담스러운 손님에 대해 하소연했다. 살림살이가 점점 어려워지고 돈이 많이 든다며 한숨을 내쉬었다. 그런 뒤 그는 웃으면서 "그래도 밖에 나오면 적어도 그 친구의 방해를 받지 않고 한 시간은 기분 좋게 있을 수 있죠!"라고 말을 끝맺었다.

이 무심코 내뱉은 말을 들었을 때, 우리가 미워서 쫓아내려 하고, 지금도 버림받은 채로 집에 갇혀 어스름한 방 안에 홀로 슬프게 앉아 있는 그 가련한 불구자가 애원하고 고통스러워하는 모습이 돌연 눈앞에 그려지는 듯했다. 이제 곧 어두워지기 시작하면, 그는 불을 켤 수도, 창문 가까이 몸을 움직일 수도 없으리라는 생각이 들었다. 그러면 그는 책을 치워 놓고, 우리가 여기서 포도주를 마시며 웃고 즐기는 동안 어스름한 방에서 대화나 소일거리도 없이 홀로 앉아 있어야만 할 터다. 그러자 아시시에서 내가 이웃 사람들에게 성 프란체스코 이야기를 하면서, 그가 내게 모든 인간을 사랑하라고 가르쳤다며 큰소리를 쳤던 기억이 새삼 떠올랐다. 무엇 때문에 나는 그 성자의 생애를 연구하고, 그의 고귀한 사랑의 노래를 암송하고, 움브리아 언덕에서 그의 자취를 찾았단 말인가? 이 순간 가련하고 버림받은 인간이 저기서 저렇게 괴로워하고 있지만, 나는 그걸 알면서도 위로조차 안 하고 있지 않은가?

보이지 않는 강한 손이 내 심장 위로 떨어지며 나를 짓누르자, 나는 수치심과 고통에 가득 차서 몸을 떨며 엎드렸다. 나는 하느님께서 내게 무엇인가 말씀하시려 한다는 것을 알아차렸다.

"그대 시인아!" 신은 말했다. "그대 움브리아 사람의 제자야, 인간에게 사랑을 가르쳐 행복하게 해 주기를 원하는 그대 예언자야! 바람과 물에서 내 목소리를 듣고 싶어 하는 그대 몽상가야!" 하느님의 목소리가 계속 들려왔다. "그대는 그대를 친절하게 맞아 주고 안락한 시간을 보낼 수 있는 집을 사랑한다! 그런데 내가 그 집에 찾아가려는 날, 그대는 달아나며 날 쫓아내려고 하는구나! 그대 성자야! 그대 예언자야! 그대 시인아!"

나는 마치 순결하고 맑은 거울 앞에 세워진 기분이었다. 거울 안에 비친 내 모습은 거짓말쟁이, 허풍쟁이, 겁쟁이, 언행이 따로 노는 사기꾼이었다. 이런 모습을 보고 있노라니 불안하고, 쓸쓸하고, 괴롭고, 끔찍한 기분이었다. 그러나 이 순간 나의 내부에선 무엇인가가 부서지면서 고통으로 신음하고 상처받아 몸부림쳤다. 그것은 부서지고 깨어져야 마땅한 어떤 것이었다.

나는 시급히 단호한 태도로 작별을 고하고는 마시던 포도주 잔과 물어뜯다 만 빵을 탁자 위에 남겨 둔 채 시내로 돌아왔다. 흥분한 가운데 나는 어떤 불행한 일이 일어났을지도 모른다는 걷잡을 수 없는 불안에 고통스럽게 사로잡혔다. 불이 났을 수도 있고, 무기력한 보피가 의자에서 떨어져 신음하거나 바닥으로 엎어져 죽어 있을지도 모른다. 나는 그가 엎어져 있는 모습을 보며 그 옆에 서서, 그 불구자의 말 없는 비난의 눈빛을 대해야 할 것만 같았다.

나는 숨을 헐떡이며 시내로 들어가 목공의 집으로 간 다음에, 서둘러 계단을 올라갔다. 그런데 그제야 문이 잠겨 있고, 내게는 열쇠가 없다는 사실을 깨달았다. 하지만 곧 내 불안은 가라앉았다. 왜냐하면 부엌문에 도달하기도 전에, 집 안에서 노랫소리가 들려왔기 때문이다. 참으로 기묘한 순간이었다. 두근거리는 가슴을 부여잡고 호흡도 완전히 멈춘 채 어두운 계단에 서서 노래를 엿듣는 동안, 나는 방에 갇힌 꼽추의 노랫소리에 서서히 안정을 되찾았다. 그는 작고 부드럽게, 조금은 호소하듯 민요 「꽃은 희고 붉다」라는 사랑 노래를 불렀다. 그가 오래전부터 노래를 부르지 않는다는 사실을 들어 알고는 있었지만, 이제 이런 식으로 조금이나마 즐겁도록 조용한 시간을 활용하는 모습을 보고는 감동하지 않을 수 없었다.

그래, 인생이라는 것은 언제나 그렇다. 인생은 진지한 사건과 깊은 감동 옆에 우스꽝스러운 일을 갖다 놓기를 좋아한다. 이 순간 나 역시도 내 인생의 우스꽝스럽고 부끄러운 부분을 느꼈다. 돌연한 불안 속에서 한 시간이나 들판을 가로질러 뛰어왔는데, 열쇠도 없이 부엌 입구에 서 있다니! 발걸음을 돌리거나 두 개의 잠긴 문을 통해 소리를 질러 꼽추에게 내 선량한 의도를 알릴 수밖에 없었다. 나는 그 가련한 인간을 위로하고, 아픔을 함께 나누고, 지루함을 덜어 주려는 의도로 계단 위에 서 있었지만, 그는 안에서 아무것도 모른 채 노래하고 있었다. 만일 내가 소리를 지르거나 문을 두드리면, 그는 분명히 놀랄 것이다. 다시 발걸음을 돌릴 수밖에 없었다. 한 시간 동안 일요일의 활기찬 거리를 돌아다니다가 다시 집에 가 보니 식구들이 돌아와 있었다. 그의 곁에 앉아 대화를 시작하면서, 어떤 책을 읽었느냐고 물었다. 그에게 책을 읽도록 권하자, 그는 고마워했다. 나는 예레미아스 고트헬프를 권했는데, 그는 그 작가의 책을 거의 모두 알고 있었다. 그러나 고트프리트 켈러는 아직 접해 보지 않았다고 해서 나는 그의 책들을 빌려주겠다고 약속했다.

다음 날 내가 책을 가져갔을 때, 나는 그와 단둘이 있을 기회를 얻었다. 부인은 막 외출하려던 참이었고, 목공은 작업장에 있었기 때문이다. 그래서 나는 어제 그를 혼자 남겨 놓고 나가서 얼마나 부끄러운지 모르겠고, 앞으로 자주 만나 친구가 되면 기쁘겠다고 진지하게 말했다.

작은 키의 꼽추는 그 큰 머리를 약간 내 쪽으로 돌리고 나를 바라보며 "정말 고맙습니다."라고 말했다. 그것이 전부였다. 하지만 머리를 돌리는 것이 그로서는 몹시 힘든 일이었기 때문에, 그 행동은 건강한 사람이 열 번 껴안아 주는 것보다 훨씬 더 가치 있는 일이었다. 그의 눈빛은 너무 밝고 순수하게 아름다워서, 나는 부끄러움으로 얼굴이 달아올랐다.

이제 목공과 의논해야 하는 어려운 일이 아직 남아 있었다. 그러기에 앞서 어제의 내 불안과 수치심을 솔직하게 고백하는 편이 제일 좋을 듯싶었다. 유감스럽게도 그는 내 마음을 이해하지 못했지만, 기꺼이 내 제안을 수락했다. 그는 나와 함께 그 불구자를 하나의 손님으로 받아들여, 그를 부양하는 데에 드는 약간의 돈을 공동으로 나누어 부담하기로 했다. 또한 내가 원할 때마다 보피를 찾아와 함께 외출하는 것과 그를 내 형제처럼 대하는 데에도 동의하였다.

가을이 이상하리만치 오랫동안 따뜻하고 아름답게 지속되었다. 그래서 내가 보피를 위해 맨 처음 한 행동은 그를 휠체어에 태워 날마다, 대체로 아이들과 함께 야외로 나가는 일이었다.

8장

내 삶과 내 친구들로부터 내가 줄 수 있는 것보다 훨씬 더 많이 받아 왔고, 그건 언제나 내 운명이었다. 리하르트나 엘리자베트, 나르디니 부인이나 목공과의 관계도 그랬다. 그런데 이제 나는 자신을 존중할 줄 아는 성숙한 나이에 비참한 꼽추에게 놀라워하고 감사하는 학생이 될 정도로 운명을 체험했다. 언젠가 정말 오래전에 시작한 작품을 완성하고 출판할 때가 올지도 모른다. 그런데 만일 내가 보피에게서 배우지 않았더라면, 그 안에는 진실한 것이 아무것도 없었을 터다. 평생 동안 내가 풍족하게 섭취할, 행복하고 즐거운 시간이 시작되었다. 병과 고독, 가난과 불운을 그저 가벼운 구름처럼 흘려보낼 수 있는 한 인간의 놀라운 영혼을 투명하고 깊게 들여다보는 일이 내게 허락되었다.

우리의 아름답고 짧은 인생을 부식시키고 더럽히는 그 모든 잡다한 죄들, 분노와 조급함, 불신과 거짓말, 우리를 타락시키는 이 모든 고약하고 불결한 종양…… 이 인간에게 있어서는 그런 뿌리 깊고 오랜 고뇌가 아픔의 세월을 보내면서 말끔히 사라져 버렸던 것이다. 그는 현자도, 천사도 아니었다. 그러나 그는 어마어마한 고통과 결핍을 겪으면서 배운 이해와 헌신으로 가득 찬 인간, 부끄러움 없이 자신의 허약함을 인정하고 신의 손에 자기를 맡기는 인간이었다.

언젠가 나는 그에게 어떻게 자신의 고통스럽고 무기력한 육체와 화해하는 데 성공했는지를 물어본 일이 있었다.

"아주 간단합니다." 그는 환하게 웃으며 말했다. "그것은 나와 병 사이의 영원한 전쟁이죠. 내가 한 번 이기면, 곧 한 번 패배하기도 하고, 그런 식으로 계속 싸우는 겁니다. 그러다가 우리는 둘 다 잠시 싸움을 멈추고 노려보다가, 둘 중 하나가 다시 성을 내며 새로 전쟁을 시작하죠."

그때까지도 나는 내가 날카로운 안목을 지닌 훌륭한 관찰자라고 믿었다. 그러나 그 점에 있어서 보피는 내게 놀라운 선생이었다. 그가 자연, 특히 동물에 대해 대단한 관심을 갖고 있었기 때문에, 나는 그를 자주 동물원에 데려갔다. 거기서 우리는 정말 즐거운 시간을 보냈다. 보피는 얼마 지나지 않아 동물들과 속속 친해졌다. 우리는 항상 빵과 설탕을 가져갔기 때문에, 동물들도 곧 우리를 알아보았다. 이처럼 우리는 그들과 갖가지 방식으로 친교를 맺었다. 보피는 맥을 특별히 좋아했다. 맥이라는 동물의 유일한 미덕은 그 족속이 아니고는 찾아볼 수 없는 청결함이었다. 그러나 우리는 맥이 거만하고 미련하며, 불친절하고 은혜도 모르며, 더구나 대단한 먹보라는 사실을 알게 되었다. 다른 동물, 예컨대 코끼리나 암노루, 알프스 영양, 심지어 우악스러운 들소까지도 설탕을 받아먹으면 우리를 친근한 눈빛으로 바라본다든가 쓰다듬는 것을 가만히 참아 내면서 항상 감사를 표현하곤 했다. 맥에게서는 그런 표현의 흔적을 전혀 찾아볼 수 없었다. 우리가 가까이 가면 재빨리 창살 앞에 나타나 우리에게서 얻은 먹이를 천천히 먹어 치우고, 더 이상 받아먹을 것이 없을 듯싶으면 아무 소리 없이 조용히 돌아가 버렸다. 우리는 거기서 자만과 맥의 특성을 발견했다. 더욱이 맥은 먹이를 구걸하지 않고 감사해하지도 않으면서 마치 당연한 공물처럼 근엄하게 받아먹었다. 그래서 우리는 그 동물을 세관원이라고 불렀다. 보피가 직접 동물들에게 먹이를 줄 수 없었기 때문에, 이제 맥을 그만 먹여야 할지 또는 더 주어야 할지 가끔 논쟁을 벌이기도 했다. 우리는 무슨 국가사업이라도 되는 양 상세하고 정확한 실험으로 먹이의 양을 측정했다. 한번은 우리가 맥을 지나쳐 왔는데, 보피는 그에게 설탕 한 조각을 더 주어야 한다고 생각한 모양이었다. 그래서 우리는 다시 돌아갔고, 그러는 동안 짚으로 만든 우리로 들어간 맥은 거만하게 넘겨다볼 뿐 창살 앞으로 나오려 하지 않았다. "죄송합니다, 세관원 나리." 보피가 맥에게 소리쳤다. "그런데 우리가 설탕 하나를 빠트린 것 같군요." 보피는 그렇게 말한 뒤 이미 한껏 기다리며 이리저리 뒤뚱대는, 다정하고도 날랜 코를 뻗치고 있는 코끼리에게 다가갔다. 코끼리에게는 보피가 직접 먹이를 줄 수 있었다. 그 거대한 동물은 유연한 코를 보피 쪽으로 구부려 그의 손바닥에서 빵을 집어 갔다. 그러고는 우리에게 장난스러운 작은 눈으로 기분 좋은 듯 교활하게 눈짓을 했고 보피는 어린애처럼 환한 웃음으로 그 광경을 바라보곤 했다.

나는 문지기와 협의하여 내가 보피 곁에 없더라도 그가 휠체어에 앉아 동물원 뜰에서 햇볕을 쐬며 동물들을 볼 수 있도록 해 두었다. 그런 날을 보낸 뒤로 보피는 내게 자기가 본

것을 모두 이야기해 주었다. 그는 수사자가 암사자를 얼마나 정중하게 대했는지, 꽤나 감탄스러운 어조로 말했다. 암사자가 쉬려고 누우면, 수사자는 암사자를 건드리거나 방해하지도, 넘어 다니지도 않고 일정한 방향으로만 쉴 새 없이 오락가락한다는 것이었다. 그러나 보피가 제일 많이 언급한 동물은 수달이었다. 본인은 휠체어에 꼼짝 못하고 앉아 머리나 팔을 한 번 움직일 때마다 몹시 힘들어하면서도, 이 민첩한 동물의 유연한 수영술 및 율동을 바라보며 즐거워하는 데에는 지칠 줄 몰랐다.

화창하기 이를 데 없는 어느 가을 날, 나는 보피에게 두 번의 사랑 이야기를 해 주었다. 별로 즐겁지도 않고 명예스럽지도 않은 체험을 털어놓을 수 있을 정도로 우리는 서로 신뢰하는 사이가 되었다. 그는 아무 말 없이 다정하고 진지하게 귀를 기울였다. 나중에는 하얀 구름 같은 엘리자베트를 한번 보고 싶다고 말하면서, 우리가 만약 길에서 그녀를 만난다면 이 바람을 꼭 기억해 달라고 부탁했다.

그러나 그런 일은 일어날 것 같지 않았다. 게다가 날은 점점 쌀쌀해지기 시작한 터라, 나는 엘리자베트를 찾아가 그 가련한 불구자를 기쁘게 해 달라고 부탁했다. 그녀는 선선히 내 요청을 들어주었다. 어느 날 나는 그녀를 데리고, 보피가 휠체어를 타고 구경 나온 동물원으로 갔다. 잘 차려입은 아름답고 세련된 부인이 꼽추와 악수를 하면서 그에게로 약간 몸을 구부렸을 때, 그리하여 가엾은 보피가 기쁨으로 빛나는 얼굴과 선량한 큰 눈에 감사의 빛을 띠고 부드럽게 그녀를 올려다보았을 때, 나는 그 순간 둘 중에서 누가 더 아름답고 누가 더 내 마음에 가까이 있는지 구별할 수 없었다. 부인은 그에게 몇 마

174

디 다정한 말을 건넸고, 꼽추는 반짝이는 눈동자를 그녀에게서 돌리지 않았다. 나는 그 곁에 서서 내가 제일 사랑하는 두 사람, 깊은 심연 때문에 인생을 멀리하고 살았던 두 사람이, 한순간 내 앞에서 서로 손을 잡는 모습을 보고 감동에 사로잡혔다. 보피는 그날 오후 내내 엘리자베트 얘기만 하면서 그녀의 아름다움과 고상함, 선량함, 그녀의 옷, 노란 장갑과 초록색 구두, 그녀의 걸음걸이와 눈매, 목소리와 아름다운 모자 등을 찬양했다. 반면에 나는 내 과거의 애인이 내 마음의 친구에게 자선을 베푸는 모습을 바라보는 일이 어쩐지 고통스럽고 우습게 여겨졌다.

그사이에 보피는 『녹색의 하인리히』[6]와 『젤트빌라 사람들』[7]을 읽었고, 벌써 이 훌륭한 책들의 내용에 훤할 정도로 익숙해져 있었다. 그래서 우리는 슈몰러 판크라츠와 알베르투스 츠비한이나 정의로운 빗 장수들을 공동의 친구로 가질 수 있었다. 나는 잠시 그에게 콘라트 페르디난트 마이어의 책을 주면 어떨까 하고 망설이다가, 그가 이 작가의 지나치게 함축적인 라틴어를 좋아할 것 같지 않았고, 나 역시 그의 맑고 조용한 눈앞에 역사의 심연을 열어 보이는 일이 꺼림칙하게 느껴졌다. 그 대신 나는 그에게 성 프란체스코의 이야기를 해 주고 뫼리케의 소설을 읽게 하였다. 그는 자기가 수달이 헤엄치

---

6 고트프리트 켈러가 괴테의 교양 소설을 전범으로 삼아 1879~1880년 무렵에 발표한 작품. 예술가적 주인공의 체험과 현실 사이에서 빚어지는 대립, 체념을 통한 현실과의 화해가 작품의 주제다.

7 역시 고트프리트 켈러의 작품. 다섯 편의 작품을 수록한 단편집으로, 이 작품들에는 인간의 고뇌에 대한 작가의 깊은 통찰, 날카로운 현실 해부, 세속에 대한 익살과 풍자가 잘 나타나 있다. 1856년에 발표되었다.

는 물가에 자주 가 보지 않았거나 그때 물이 빚어내는 온갖 놀라운 환상에 빠져 보지 않았더라면, 아름다운 물의 요정 라우의 이야기를 대부분 제대로 감상하지 못했으리라고 고백했다. 그래서 나는 기분이 묘했다.

흥미로운 점은 어느새 우리가 '너'라고 부르는 사이가 되었다는 사실이다. 난 그에게 제안하지도 않았다. 설령 그랬더라도 그가 받아들이지 않았을 터다. 그러나 아주 자연스럽게 우리는 서로를 그렇게 불렀으며, 어느 날 서로 그 점을 깨닫고는 웃음을 터뜨리며 계속 그렇게 지내기로 했다. 초겨울이 시작되고 우리가 밖에 나가는 일이 불가능해졌을 때, 나는 다시 저녁에는 보피의 매형 집 방에 앉아 있게 되었다. 그러면서 나는 이 새로운 우정이 전혀 아무런 희생 없이 품속으로 떨어진 게 아니라는 사실을 뒤늦게 깨달았다. 말하자면 목공은 언제나 무뚝뚝하고 불친절했으며 말수가 적었다. 시간이 지나면 지날수록 이 무용한 식구로서의 성가신 존재뿐 아니라, 나와 보피의 관계까지도 그를 불쾌하게 했다. 어느 날 저녁, 내가 그 꼽추와 즐겁게 이야기를 하는 동안, 집주인은 옆에 앉아 불쾌한 표정으로 신문을 읽었다. 그는 평소 참을성 많은 자신의 부인과도 사이가 벌어져 있었다. 그녀가 이번에는 잔뜩 고집을 부리며, 보피를 다른 곳으로 보내는 일에 반대하고 나섰기 때문이다. 나는 여러 번 그의 기분을 돌리거나 새로운 제안을 하려고 애썼지만 소용이 없었다. 그는 심지어 내가 꼽추와 친하다는 사실을 빈정거리며 보피의 생활을 더욱 힘들게 하기 시작했다. 병자 그리고 그 옆에 매일 앉아 있는 내가 옹색한 살림살이에 성가신 부담인 것은 분명했다. 그럼에도 불구하고 나는 목공이 우리를 이해하고 그 병자를 사랑하기를 항상 바랐다. 결국 목공의 기분을 상하게 하지 않으면서 보피에게도 해를 입히지 않는 그 무엇인가를 하는 일이 불가능해졌다. 나는 급하고 초조한 결정을 싫어했기 때문에 ── 취리히 시절에 이미 리하르트가 내게 느림보 페트루스라는 별명을 붙여 준 바 있다. ── 몇 주 동안이나 망설이며 한쪽의 우정이나 양쪽 우정을 다 잃지 않을까 계속 고민했다.

이런 모호한 관계로 말미암아 불쾌감이 점점 커지고, 나는 다시 술집에 자주 드나들게 되었다. 어느 날 저녁, 그 일로 유난히 화를 낸 뒤 나는 어느 조그만 바틀란트 술집에 가서 술을 몇 리터나 마시며 분노를 삼켰다. 이 년 만에 처음으로 제대로 집을 찾는 데에 애를 먹었다. 폭음 후에는 늘 그랬듯이 나는 다음 날 느긋하고 냉정한 기분이 되었다. 결국 용기를 내서 목공에게 찾아갔다. 이런 우스꽝스러운 상황을 끝장내기 위해서 말이다. 나는 보피를 완전히 내게 맡겨 달라고 제안했고, 그는 그리 싫지 않은 태도를 보이다가 며칠 생각한 뒤에 동의했다.

나는 동의를 받은 즉시, 새로 얻은 집으로 내 가련한 친구를 데려왔다. 이제껏 해 왔던 독신 생활 대신, 정돈된 작은 살림을 둘이서 시작한다는 게 마치 결혼이라도 한 듯한 느낌이었다. 처음에는 여러 가지 어려운 경제적 시련이 찾아왔지만, 그런대로 순탄하게 생활이 흘러갔다. 청소와 빨래는 파출부가 해 주었고, 식사는 집으로 배달시켰다. 공동생활은 우리 둘 모두에게 아주 포근하고 아늑했다. 내 근심 없는 크고 작은 방랑을 앞으로 포기해야 한다는 사실도, 당분간 나를 괴롭히지 않았다. 일하는 동안 친구가 곁에 조용히 있다는 점도 내게는 평온하고 유익한 일이었다. 불구자를 돌보는 사소한 일이 내게는 낯설었고, 특히 옷을 입히고 벗기는 일과는 처음엔 별로 기분 좋은 일이 아니었다. 그러나 내 친구가 잘 참고 고마워하는 모습 앞에서 부끄러움을 느끼곤 했다. 그래서 그를 조심스럽게 돌보려고 노력했다.

교수 집으로 가는 일은 거의 없었으나, 엘리자베트에게는 자주 들렀다. 그녀의 집은 어떤 경우든 끊임없는 마력으로 나를 잡아끌었다. 나는 거기 앉아서 차나 포도주를 마시며 그녀가 주인 노릇 하는 모습을 지켜보았다. 나는 속으로 항상 베르테르 같은 감정 따위를 비난했지만, 여기서는 가끔 감상적인 기분에 사로잡혔다. 연약하고 청소년 같은 사랑의 이기심은, 물론 내게서 깨끗이 사라진 지 오래였다. 그래서 장난스럽고 친숙한 전쟁 상태가 우리 사이의 실제적 관계로 남았다. 사실 우리는 만날 때마다 거의 티격태격하며 친교를 맺었다. 이 영리한 여자의 활발하면서도 약간은 여성스러운 응석 어린 지성이, 사랑에 빠져 버린 우악스러운 내 본성과 잘 어울렸다. 우리는 서로를 근본적으로 존중했기 때문에, 그만큼 열렬히 시시콜콜한 일로도 논쟁을 벌일 수 있었다. 우습게도 나는 그녀 앞에서 독신주의를 옹호했다. 얼마 전까지만 해도 생명을 걸고 기꺼이 결혼하려고 했던 여자를 앞에 두고 말이다. 심지어 나는 자신의 똑똑한 부인을 자랑스럽게 여기는 그녀의 착한 남편과 함께 그녀를 놀리기까지 했다. 내 내면에서는 고요한 가운데 옛사랑이 차츰 불타올랐다. 그러나 그것은 더 이상 예전처럼 탐욕스러운 폭죽이 아니라, 마음을 젊게 유지해 주고 겨울밤 희망 없는 늙은 홀아비의 손가락을 간간이 데워 주는, 선하고 지속적인 불꽃이었다. 보피가 항상 내 곁에 있으면서 놀라운 지혜와 더불어 지속적이고 소중한 사랑으로 나를 감싸 준 뒤부터, 나는 내 사랑을 아무런 위험 없이 내 젊음과 시의 한 부분으로서, 마음속에서 살아가도록 할 수 있었다.

그런데 엘리자베트는 때때로 정말 여자다운 심술을 부려서 나를 오싹하게 하거나 독신 생활을 진심으로 즐겁게 여기게끔 했다.

가련한 보피가 내 집에서 함께 산 뒤로, 나는 엘리자베트의 집으로 찾아가는 횟수를 갈수록 줄였다. 나는 보피와 함께 책을 읽고, 여행 앨범과 일기장을 뒤적이거나 도미노 놀이를 하기도 했다. 기분을 전환하려고 푸들 한 마리를 사들였다. 그리고 겨울이 시작되는 광경을 창문 너머로 바라보면서 날마다 우문현답 같은 대화를 나눴다. 보피는 나보다 탁월한 세계관을 체득하고 있었고 인생사의 잡다한 부분을 관찰해서 그것을 악의 없는 따뜻한 유머로 풀어냈다. 매일매일 배울 점이 많았다. 함박눈이 펑펑 쏟아지고 겨울이 창문 밖에서 순결한 아름다움을 펼칠 때, 우리는 어린애처럼 들뜬 기분으로 난롯가에서 은밀한 전원시를 즐겁게 엮어 냈다. 내가 그토록 오랫동안 발바닥이 닳도록 찾아 돌아다녔지만 결국 발견하지 못했던 인간 이해의 기술을, 나는 이때 바로 옆에 있는 그에게서 배웠던 것이다. 날카롭고 조용한 명상가 보피는 지나간 삶의 체험에서 우러나온 영상으로 가득 차 있어서, 일단 말문을 열면 놀라운 일화가 입 밖으로 터져 나왔다. 그 불구자는 평생 서른대여섯 명가량의 사람밖에는 사귀지 못했고, 한 번도 커다란 물결에 휩쓸려 본 적이 없었지만, 그럼에도 불구하고 삶에 대해선 나보다 훨씬 더 잘 알았다. 그도 그럴 것이 그는 가장 사소한 일까지 관찰하고 모든 인간에게 내재한 체험과 기쁨, 인식의 샘물을 발견하는 데 익숙했기 때문이다.

우리의 가장 큰 즐거움은 예나 지금이나 동물 세계를 관찰하는 데서 얻는 기쁨이었다. 동물원에는 더 이상 찾아갈 수 없었기 때문에, 우리는 동물로 온갖 이야기와 우화를 만들어 냈다. 우리는 그것을 이야기가 아닌, 대부분 즉흥적인 대사로 주고받았다. 예를 들어 앵무새 두 마리의 사랑 고백이라든가 들소들의 가정불화, 멧돼지들이 나누는 밤의 속삭임 같은 것이었다.

"어떻게 지내셨어요, 족제비 씨?"

"아, 여우 씨. 그럭저럭 지내고 있어요. 당신도 아시겠지만, 제가 잡혀 올 때 아내를 잃어버리지 않았습니까. '붓털꼬리'라는 이름인데, 제가 전에도 당신께 말씀드렸지요. 진주처럼 예뻤지요. 확신하건대 진주처럼……."

"아, 그 예전 이야기는 그만 좀 하세요, 이웃집 양반, 내가 잘못 아는 게 아니라면, 당신은 그 진주 이야기를 벌써 여러 번 했어요. 맙소사, 사람은 결국 한 번밖에는 못 사는 거고, 그러니 사소한 즐거움도 망쳐서는 안 돼요."

"제발, 여우 씨, 당신이 내 마누라를 알았더라면, 나를 더 잘 이해하실 겁니다."

"아, 물론이죠, 물론. 그러니까 댁의 부인의 이름이 '붓털꼬리'라는 거죠, 안 그래요? 참 예쁜 이름이죠. 쓰다듬어 주고 싶을 정도로! 그런데 제가 말하려고 했던 건, 당신도 저 몹쓸 참새들의 장난질이 다시 늘어나고 있다는 걸 아시겠죠? 그래서 내가 작은 계획을 하나 세웠어요."

"참새들 때문에요?"

"예, 그래요. 저, 이런 생각을 해 봤죠. 우리가 울타리 앞에 빵을 놓아두고, 조용히 뒤에 엎드려서 그 녀석들을 기다리는 겁니다. 그렇게 해서 하나도 잡지 못한다면, 그건 틀림없이 악마의 농간이에요. 어떻게 생각하십니까?"

"아주 훌륭해요, 이웃집 양반."

"그럼 빵을 좀 놓아 주시겠습니까? 예, 좋습니다! 하지만 조금 더 왼쪽으로 보내세요. 그게 우리 둘 다한테 좋을 듯싶습니다. 마침 제 빵이 떨어지고 없어서요. 그러면 됐습니다. 그럼 망을 봅시다! 이제 엎드려서 눈을 감고, 쉿, 저기 벌써 참새 한 마리가 날아오네요!"

(잠시 중단)

"그런데 여우 씨, 아직 안 된 모양이죠?"

"참 성미도 급하시군요! 사냥이라고는 처음 하시는 것 같아요! 사냥꾼이라면 기다릴 줄 알아야 해요. 기다리고 또 기다려야 하죠. 자, 다시 한 번!"

"그러죠. 그런데 빵은 어디 갔습니까?"

"뭐라고요?"

"빵이 없어졌어요."

"이럴 수가! 빵이? 정말 사라졌군요! 이런 제기랄! 저 심술 사나운 바람이 또 그랬군요."

"아니, 제 생각은 다른데요. 아까 당신이 뭘 먹는 소리를 내더군요."

"뭐요? 내가 뭔가를 먹었다고요? 그게 뭔데요?"

"아마 빵이겠죠."

"족제비 씨, 당신의 그런 억측은 분명히 날 모욕하는 겁니다. 이웃 사람이 하는 말을 참을 줄 알아야 한다지만, 당신은 너무 지나치군요. 무슨 말인지 아시겠어요? 그래, 내가 그 빵을 먹었단 말이죠! 도대체 무슨 말씀을 하십니까? 처음에는 당신의 그 진주에 대한 얼빠진 이야기를 백 번이나 들어 줘야 했고, 그러곤 내가 좋은 생각을 짜내서 우리가 빵을 바깥에 내놓았잖아요."

"그건 나였죠. 내가 빵을 내놨어요."

"아니, 우리가 빵을 내놨죠! 나는 누워서 망을 봤고, 모든 것이 잘되어 가는데 당신이 떠들어 대지 않았습니까. 그러니 참새는 당연히 날아가 버리고, 사냥은 엉망이 되었죠. 그런데 내가 빵을 먹었다니요! 흥, 앞으로 당신하고 상대를 하나 두고 봐요!"

이렇게 지내다 보면, 오후와 저녁 시간이 즐겁고 빠르게 지나갔다. 나는 최고의 상태를 유지하며 기꺼이, 빠른 속도로 일을 해 나갔다. 내가 전에 그토록 태만하고, 시무룩하게 지내며 살기 힘겨워했다는 사실이 놀라울 정도였다. 리하르트와 보낸 가장 좋았던 시절도 이 고요하고 유쾌한 날들보다 더 아름답지는 않았다. 바깥에서는 눈송이가 춤을 추고, 우리는 난롯가에서 푸들과 함께 쾌적한 시간을 보냈다.

그런데 그때 나의 사랑하는 보피가 처음이자 마지막으로 바보짓을 저질렀다. 나는 하루하루 만족스러웠기에 그가 전보다 더 고통스러워한다는 사실을 전혀 몰랐고, 또 알아채지도 못했다. 그는 오직 겸손과 사랑으로 어느 때보다 더 흡족한 태도를 보였고, 불평도 하지 않았으며, 내가 담배를 피워도 잔소리 한 번 하지 않았다. 그러나 밤이 되면 자리에 누워 고통스러워하고, 콜록거리고, 나직이 신음했다. 나는 어느 날 그의 옆방에서 밤늦도록 글을 썼다. 이때 우연하게도 이미 잠자리에 들었으리라고 생각한 그가 신음하는 소리를 듣게 되었다. 내가 램프를 들고 그의 침실로 불쑥 들어가자, 가련한 보피는 놀라서 어쩔 줄 몰라 했다. 나는 램프를 옆에 놓고 침대 한쪽에 앉아 심문하기 시작했다. 그는 오랫동안 딴전을 부리다가 끝내는 솔직하게 털어놓았다.

"그렇게 심한 것은 아냐." 그는 머뭇거리며 말했다. "많이 움직일 때만 가슴에 경련이 일어나는 듯한 느낌이 들어. 때로는 숨을 쉴 때도."

그는 악화하는 병이 마치 범죄라도 되는 것처럼 곧 용서를 빌었다!

아침이 되자 나는 의사를 찾아갔다. 맑고 청명한 날이지만, 쌀쌀한 날씨였다. 가는 길에 나는 불안과 근심을 떨치려고 애썼고, 심지어는 크리스마스 때 보피랑 무엇을 하며 재미있게 지낼까, 까지도 생각했다. 의사는 마침 집에 있다가, 내 급한 부탁으로 왕진을 나섰다. 우리는 그의 마차로 편안히 와서는 계단을 오른 뒤, 보피의 방으로 들어갔다. 의사는 가슴을 두드리거나 귀도 기울이곤 했다. 그가 약간 심각한 표정을 지으며 목소리를 조금 부드럽게 낮췄을 때, 내 즐거운 기분은 모두 내려앉았다.

관절염, 심장 쇠약, 심각한 증세, 나는 귀를 기울이면서 그 모든 내용을 받아 적었다. 그러고는 의사가 병원으로 옮길 것을 권했을 때, 이를 전혀 반대하지 않는 자신에게 스스로도 놀랐다.

오후에 구급차가 왔다. 병원에서 돌아와 방에 들어서자, 나는 끔찍한 기분이었다. 푸들이 내게 달려들었고, 병자의 커다란 의자만이 구석에 놓여 있을 뿐, 방은 텅 비어 있었다. 사랑이란 이런 것이다. 사랑은 고통을 동반한다. 보피가 병원에 가고 나서 오랫동안 나는 무척이나 괴로웠다. 그러나 고통스럽든 그렇지 않든, 그건 그다지 중요한 것이 아니다! 함께 살아가는 강렬한 삶이 있다면, 살아 있는 모든 것을 우리와 결속하게 하는 친밀하고 생생한 유대를 느낄 수만 있다면, 그리고 사랑이 식지만 않는다면! 한 번 더, 그 시절처럼 가장 신성한 것을 들여다볼 기회가 생긴다면, 나는 내 모든 즐거웠던 날들, 내 모든 사랑뿐만 아니라 작가로서의 계획까지도 내줄 수 있으리라. 이로 말미암아 눈과 심장을 다치고, 아름다운 긍지와 자부심이 아픈 바늘에 찔리더라도, 나는 아주 고요하고 겸손하고 훨씬 더 성숙해져서는, 내면 깊은 곳에부터 생동감이 넘쳐 나리라!

　작은 금발의 아이와 더불어, 내 옛 본질의 한 조각은 이미 죽어 버렸다. 이제 나는 내 모든 사랑을 바치고 모든 삶을 나누었던 나의 꼽추 친구가 고통을 받으며 서서히, 천천히 죽어 가는 모습을 보면서 매일 함께 슬퍼하고, 죽음의 모든 끔찍함과 성스러움에도 참여했다. 나는 사랑의 기술에 있어서는 여전히 초보자였다. 그런데 이런 상태에서, 죽음의 기술의 첫 장을 진지하게 펼쳐야 했다. 나는 이 시기에 대해, 파리 시절에 그랬던 것처럼 침묵하지는 않겠다. 부인이 자신의 신혼 시절에 대해 이야기하듯, 늙은이가 자신의 소년 시절에 대해 이야기하듯, 나는 큰 소리로 말하고자 한다.

　나는 오직 고통과 사랑만으로 이루어진 생애를 살았던 한 인간이 죽어 가는 모습을 보았다. 나는 그가 죽음의 징조를 내면으로 느끼면서도, 마치 어린아이처럼 장난스러운 목소리로 말하는 것을 들었다. 나는 그의 눈빛이 무거운 고통에 짓눌려 나를 찾는 모습을 보았다. 이는 내게 삶을 구걸하기 위해서가 아니라 나를 위로하고, 이런 경련과 고통이 자기 내부에 있

는 가장 소중한 것을 무화시키게 내버려 두지는 않겠다는 결
심을 내게 보여 주기 위해서였다. 그러면서 그의 눈은 활짝 커
지고, 그의 시들어 가는 얼굴에는 오로지 그 큰 눈에서 뿜어져
나오는 광채만이 서려 있었다.

"내가 뭔가 해 줄까, 보피?"

"얘기를 해 줘. 맥에 관한 얘기 같은 것."

내가 맥에 관해 이야기를 하면 보피는 눈을 감았다. 나는
눈물이 나오려는 것을 참으며 평소처럼 이야기하느라고 애를
써야 했다. 그가 이야기를 듣지 않거나 잠들었다고 여겨지면,
나는 즉시 입을 다물었다. 그러면 그는 다시 눈을 뜨곤 했다.

"다음은?"

그러면 나는 맥이나 나의 아버지, 불량소년 마테오 스피
넬리, 엘리자베트에 관한 얘기를 이어 나갔다.

"그래, 그녀는 바보 같은 녀석하고 결혼을 했어. 그렇지,
페터!"

종종 그는 돌연 죽음에 대해 말문을 열곤 했다.

"그건 하나도 재미있는 일이 아냐, 페터. 아무리 어려운
일이라도 죽는 일만큼 어렵지는 않아. 그러나 사람은 누구나
그 문턱을 지나가야 해."

또는 "이 괴로움을 이기면, 나는 웃을 수 있어. 내게는 죽
음이 상당히 가치 있는 일이야. 곱사등과 짧은 다리, 마비된
허리로부터 해방될 테니까. 하지만 넓은 가슴과 아름답고 건
강한 다리를 가진 너한테는 아마 해로울 테지."라고 말하기도
했다.

임종을 앞둔 어느 날, 그는 짧은 선잠에서 깨어나 아주 큰
소리로 말했다.

"신부가 말한 그런 천국은 없어. 천국은 훨씬 더 아름답지. 훨씬 더 아름다워."

목공의 부인은 자주 찾아와서 눈치 있게 거들려고 했다. 그러나 목공은 정말 유감스럽게도 전혀 찾아오지 않았다.

"어떻게 생각해?" 나는 보피에게 우연히 물었다. "천국에도 맥이 있을까?"

"아, 그럼." 그는 이렇게 말하며 고개까지 끄덕였다. "온갖 동물이 다 있지. 알프스 영양도."

크리스마스가 찾아와 우리는 그의 침대 옆에서 조촐한 파티를 벌였다. 혹독한 추위가 왔다가 다시 풀렸고, 얼음판 위로 새로 눈이 내렸어도 나는 전혀 알지 못했다. 엘리자베트가 아들을 낳았다는 소식을 들었는데도, 곧 잊어버렸다. 나르디니 부인에게서 익살스러운 편지가 왔다. 그러나 나는 대강 훑어보고 치워 버렸다. 나의 작업도 나와 환자의 시간을 훔쳐 간다는 조마조마한 생각 때문에 대강 해치웠다. 그런 뒤에는 쫓기듯 조바심치며 병원으로 달려갔다. 거기에는 맑은 고요가 깃들어 있었고, 나는 꿈처럼 깊은 평화가 감도는 보피의 침대 곁에 오후 내내 앉아 있곤 했다.

임종 직전 며칠 동안은 그의 상태가 호전된 듯 보였다. 이 무렵 그가 최근의 기억을 완전히 잊어버리고, 먼 옛날에 사는 듯 보인 것은 이상한 일이었다. 이틀 동안 그는 그의 어머니 이야기만 했다. 오래 이야기할 수는 없었지만, 몇 시간 동안 휴식을 취할 때에도 어머니만 생각한다는 사실을 알 수 있었다.

"네게 어머니에 대해 이야기한 적이 거의 없을걸." 그는 탄식하며 말했다. "어머니에 관해서 네가 기억해 줬으면 해. 그렇지 않으면 어머니에 대해 알고, 감사할 사람이 없을 테니까. 사람들이 모두 그런 어머니를 갖고 있다면 정말 좋을 거야, 페터. 내가 전혀 일을 할 수 없었는데도 날 극빈자 수용소로 보내지 않으셨어."

그는 누운 채로 간신히 호흡했다. 한 시간이 지나자 다시 말을 시작했다.

"어머니는 자식들 중에서 나를 제일 사랑했고, 돌아가실 때까지 나를 곁에 두셨어. 형들은 떠나고 누나는 목공하고 결혼했지만, 나는 방 안에 앉아 있었지. 그렇게 가난했어도 어머니는 날 조금도 구박하지 않았어. 우리 어머니를 잊지 말아야 해, 페터. 어머니의 체격은 아주 작았지. 아마 나보다 더 작았을 거야. 어머니가 돌아가셨을 때, 이웃집 뤼티만 씨는 어린이 관이 필요하다고 말했으니까."

그에게도 어린이 관이 알맞을 것 같았다. 그는 침대보 속으로 빨려 들듯 조그맣게, 깨끗한 병상 위에 누워 있었다. 그의 손은 병든 여자의 손처럼 길면서도 가늘고, 하얗게 보였으나 약간 구부러져 있었다. 어머니에 대해 꿈꾸듯 말을 하고 나자, 내 차례가 돌아왔다. 그는 마치 내가 옆에 없는 것처럼, 나에 대해 말했다.

"그 친구, 정말 운이 없어. 그렇다고 해서 해를 당한 것도 없지. 어머니가 너무 일찍 돌아가시기는 했지만."

"날 알아보겠어, 보피?" 하고 내가 물었다.

"물론이죠, 카멘친트 씨." 그는 장난스럽게 말하며 나직이 웃음을 흘렸다.

"내가 노래만 할 수 있어도." 그는 이렇게 말을 이었다.

임종을 맞이한 날에도 그는 물었다. "이봐, 병원 비용이 꽤 들어가지? 너무 비쌀 텐데."

하지만 그는 대답을 기다리지 않았다. 그의 하얀 얼굴에 살짝 홍조가 떠올랐다. 그는 눈을 감았고, 잠시 아주 행복한 사람처럼 보였다.

"임종의 순간입니다." 간호사가 말했다.

그러나 그는 다시 한 번 눈을 뜨고 나를 장난스럽게 쳐다보더니, 마치 내게 고개를 끄덕이고 싶어 하는 것처럼 눈썹을 움직였다. 나는 일어나서 그의 한쪽 어깨 밑에 손을 넣고, 그가 항상 좋아하던 대로 그의 몸을 약간 일으켰다. 그는 그렇게 내 손에 누워, 또 한 번 짧은 고통으로 입술을 뒤틀었다. 이어서 머리를 약간 돌리고 갑자기 한기를 느낀 것처럼 몸을 떨었다. 구원의 순간이 찾아온 것이다.

"괜찮아, 보피?" 그래도 나는 물었다. 그러나 그는 이미 고통으로부터 풀려나 있었고, 내 손이 차가워지기 시작했다. 1월 7일, 오후 1시였다. 저녁 무렵 우리는 모든 준비를 끝마쳤다. 그 작고 기형적인 육체는 평화롭고 깨끗하게, 더 이상 일그러짐 없이, 그를 옮겨 매장할 시간이 될 때까지 거기에 누워 있었다. 그런 뒤 이틀 동안 나는 특별히 슬퍼하거나 서러워하지도 않았고, 한 번 울지도 않았다는 사실에 계속 놀랐다. 나는 헤어짐과 작별을 그가 아파 누워 있는 동안 철저히 느꼈기 때문에, 더 이상 쏟아 낼 무언가가 남아 있지 않았다. 그리하여 고통으로 마구 흔들리던 내 추는 천천히, 그리고 가볍게 다시 제자리를 찾아갔다.

그럼에도 불구하고 나는 지금 이 시간, 조용히 도시를 떠나 어디든, 가능하면 남쪽 지방으로 가서 쉬면서, 어렴풋이 구상했던 내 작품의 실마리를 풀어내서 한 번 진지하게 베틀로 짜야 할 것 같았다. 돈은 약간 남아 있었으므로 의무적인 문학 작업은 잠시 밀어 놓고, 봄이 시작될 무렵 짐을 꾸려 떠날 작정이었다. 우선 그 채소 장수 아줌마가 방문해 주길 바라는 아시시로 갔다가, 가능한 한 조용한 산속에 들어가 본격적으로 작업을 개시할 생각이었다. 삶과 죽음의 조각을 충분히 보았으니, 이제는 다른 사람들에게 그런 것에 관한 나의 이야기를 신중히 들어 달라고 요구해도 좋을 듯싶었다. 나는 기대와 초조함 속에서 3월을 기다렸다. 벌써부터 귓가에는 강한 이탈리아어 억양의 말소리가 가득 들려오는 것 같았고, 콧속에도 리소토와 오렌지, 키안티 포도주의 간질간질한 달콤한 향내가 풍겨 오는 듯했다.

계획은 생각하면 할수록 그만큼 더 완전무결하고 만족스러웠다. 그러나 그사이에 사정이 완전히 달라져서, 우선 키안티 포도주를 즐기는 것으로 위안을 삼아야 했다. 고향에서, 술집 주인 니데거가 쓴 감동적이고 환상적인 문체의 편지가 2월에 내게 당도했기 때문이다. 마을에는 눈이 아주 많이 내려서 가축이나 사람 모두가 혼란에 빠졌고, 특히 아버지의 상황이 심각하다고 했다. 요컨대 내가 돈을 보내거나 직접 오면 좋을 것 같다는 내용이었다. 송금할 여유는 없고, 노인네가 정말 걱정이 되어서 나는 곧 떠나야 했다. 잔뜩 찌푸린 어느 날, 나는 고향으로 돌아왔다. 눈사태와 바람 때문에 길도 집도 보이지 않았지만, 나는 눈을 감고도 충분히 길을 찾을 수 있었다. 카멘친트 노인은 내 예상과 달리 침대에 누워 있지 않고, 난롯가 구석에 초라하고 풀이 죽은 모습으로 앉아 있었다. 그 옆에는 우유를 가져온 이웃집 부인이 함께 앉아서는 아버지의 나빠져 가는 행실에 대해 조목조목 따지고 있었다. 그녀는 내가 집 안에 들어서도 전혀 아랑곳하지 않았다.

"이런, 페터가 왔군." 백발의 죄인은 이렇게 말하며 내게 왼쪽 눈을 끔쩍여 보였다.

그러나 이웃집 부인은 개의치 않고 설교를 계속했다. 나는 의자에 앉아 이웃을 사랑하는 그녀의 마음이 고갈될 때까지 기다리면서, 그 설교 속에 내게도 해롭지 않은 대목이 있음을 발견했다. 그러면서 나는 내 외투와 장화에서 눈이 녹아떨어지며 의자 주변을 얼룩얼룩 적시는 모습을, 급기야 그것이 점차 고요한 물웅덩이를 만드는 광경을 바라보았다. 설교가 끝났을 때에야 부자의 공식적인 재회가 이루어졌다. 이때 그녀도 반색을 하며 한몫 끼어들었다.

아버지는 많이 쇠약해져 있었다. 전에 잠깐 들러 아버지를 돌보던 일이 떠올랐다. 당시에 아버지 곁을 떠났던 일은 전혀 효과가 없었다. 하지만 지금이 그때보다 더 긴요한 순간이므로 나는 이제 내 의무를 해낼 수 있을 것 같았다.

좀 나았던 시절에도 모범적인 사람은 아니었던 이 완고한 농부가 노쇠해져 지금에야 온화해진다든가, 아들의 효성에 감동을 보이리라고는 결코 기대할 수 없었다. 노인은 그러지 않았을 뿐만 아니라, 병이 깊어질수록 더욱더 적대감을 보이면서 내가 전에 아버지를 괴롭힌 만큼, 이자를 붙이지는 않았지만 정확히 그대로 갚아 주었다. 그는 말수가 줄고 조심스러웠지만, 볼멘소리로 비통해하고 거칠게 굴 만한 온갖 수단을 철저히 총동원했다. 나도 저 나이가 되면 저렇게 까다롭고 괴팍스러운 늙은이가 될까, 때때로 의아한 생각이 들었다. 술은 그런대로 문제가 없었으나 내가 매일 두 차례, 남국의 좋은 포도주를 잔에 부어 주면, 아버지는 얼굴을 찌푸리며 마셨다. 왜냐하면 나는 늘 술병을 즉시 빈 창고로 가져가 버린 데다, 그곳 열쇠를 절대 건네주지 않았기 때문이다.

2월 말경에야 고산 지대의 겨울을 화창하게 하는 밝은 나날이 시작되었다. 눈 덮인 고산의 봉우리는 새파란 하늘을 향해 우뚝 솟아올라 투명한 대기 속에서 믿을 수 없을 만큼 가까워 보였다. 초원과 산등성이도 아직 눈으로 덮여 있었다. 그곳의 눈은 골짜기에선 어느 누구도 찾을 수 없을 만큼 하얗고, 수정처럼 맑고, 향긋했다. 약간 솟아오른 땅 위에선 정오의 햇빛이 눈부신 축제를 벌였고, 협곡과 산비탈에는 풍성한 푸른 그림자가 드리워져 있었다. 대기는 몇 주 동안 계속된 눈사태로 아주 깨끗해져서, 햇빛 속에서 호흡하는 일은 큰 즐거움이었다. 작은 산등성이에서는 어린애들이 눈썰매를 타느라고 정신없었다. 오후에는 노인들이 거리에 나와 서서 햇볕을 쬐었지만, 밤이면 지붕 서까래가 얼어붙어 삐걱거리는 소리가 들렸다. 그런 가운데 하얀 눈으로 덮인 벌판은 고요했고, 결코 얼지 않는 호수는 여름보다 더 아름답게 푸르렀다. 매일 점심 식사 이전에 나는 아버지를 부축하고 문 앞으로 나갔는데, 아버지는 갈색의 마디지고 구부러진 손가락을 아름다운 햇볕의 따스함 속으로 내뻗곤 했다. 그러고 나면 그는 잠시 뒤 기침을 하면서 날씨가 춥다고 불평하기 시작했다. 그것은 내게 소주 한 잔을 얻어 마시려는 악의 없는 책략 중의 하나였다. 왜냐하면 아버지의 기침이나 오한은 그렇게 심각하지 않았기 때문이다. 이렇게 해서 엔치안 술이나 작은 압생트 한 잔을 마시면, 아버지는 기술적으로 기침을 차츰 멈추면서 나를 속였다는 사실에 은근히 기뻐했다. 식사를 마치면, 나는 아버지를 남겨 놓고 각반을 둘러찬 다음에 발길 닿는 대로 몇 시간가량 산을 오르고는, 집으로 돌아올 때엔 가져간 과일 주머니를 미끄

럼판처럼 깔고 앉아, 눈 덮인 비탈길을 미끄러져 내려왔다.

내가 아시시로 떠날 시기가 다가왔는데도, 눈은 아직 일 미터나 쌓여 있었다. 4월이 되어서야 봄기운이 돌기 시작했고, 몇 년 간 유례없던 사납고 심한 눈보라가 마을을 덮쳤다. 그러면서 밤낮으로 울부짖는 푄의 함성, 멀리서 울려오는 산사태의 포효, 바위 조각과 부러진 나무들을 휩쓸고 와서는 그것을 우리의 척박하고 좁은 밭과 과수원에 던져 놓고 흘러가는 개울물의 성난 소리가 들려왔다. 나는 푄의 열기 때문에 잠을 이루지 못했고 며칠 밤 내내 그것에 포박당한 듯, 불안하게 울부짖는 폭풍 소리와 산이 무너져 내리고 성난 호수가 미친 듯 물가에서 철썩대는 소리를 들어야 했다. 이 끔찍한 봄의 투쟁이 빚어내는 열기 속에서 억눌러 뒀던 사랑의 열병이 다시 한 번 광포하게 나를 덮쳤다. 나는 밤마다 일어나 창문에 기대서서는 쓰라린 고통을 느끼며 엘리자베트에 대한 사랑의 말을 으르렁거리는 폭풍 속으로 내지르곤 했다. 내가 그 이탈리아 화가의 집 위에 있는 언덕에서 사랑 때문에 날뛰던 취리히에서의 그 나른한 밤 이후로, 정열이 그토록 무섭고 거역할 수 없이 나를 지배했던 적은 없었다. 종종 아름다운 엘리자베트가 내 곁에 바짝 서서 나를 향해 웃고 있는 것 같은 환상에 사로잡혔다. 그러나 내가 한 발짝 가까이 가면 그녀는 뒤로 물러서 버렸다. 내 상념은, 그것이 어디에서 비롯되었든, 억제할 수 없이 그녀의 영상으로 되돌아갔다. 그래서 나는 상처 입은 사람처럼 그 영상을 놔두지 못하고, 간질거리는 사랑의 종기를 긁어 터트렸다. 나는 그토록 헛되이 괴로워하는 나 자신을 부끄러워하고, 푄을 원망하기도 했다. 하지만 그 모든 고통에도 불구하고 어린 시절처럼 귀여운 뢰지를 생각하거나 희미하고 어두운 파도가 나를 덮치면, 비밀스럽고 따뜻한 쾌감에 빠져들었다.

이런 병에는 약도 없다는 사실을 알았지만, 나는 적어도 작업을 좀 해 보려고 노력했다. 그러나 작품 구성에 착수하고 몇 가지 연구도 계획하면서, 지금은 그럴 때가 아니라는 것을 금방 깨달았다. 그러는 동안 여기저기서 룐으로 인한 재난 소식이 들려왔는데, 마을의 피해가 대단히 심했다. 개울둑의 반이 무너졌고, 수많은 집과 헛간, 외양간이 심하게 손상되었으며, 다른 마을에서 집을 잃은 사람들도 점점 더 많이 찾아왔다. 어디에나 곤궁함과 한탄이 넘쳤지만, 어디에도 돈은 없었다. 다행히도 며칠 뒤 읍장이 내게 이 공동의 재난을 돕기 위한 위원회에 참석하지 않겠느냐고 물었다. 이 마을의 대표로 나설 수 있도록 후원할 테니, 신문을 통해 주 정부의 보조와 기부금을 얻도록 활동하라는 것이었다. 나는 지금이야말로 바로 진지하고 가치 있는 일을 하여 이 쓸모없는 열병을 잊을 수 있는 기회라 생각하고 결사적으로 작업에 착수했다. 나는 바젤 정부로 편지를 보내 시급히 몇몇 후원자를 모았다. 주 정부는 이 사태를 이미 알고 있었지만, 돈이 없어서 몇 명의 구호 대원만을 보내 주었다. 나는 신문에 기고하여 재난 소식을 알리고 도움을 청했다. 편지와 성금, 문의가 밀려들었고, 나는 기고문을 보내는 일 외에도 위원회와 고집스러운 농부들 사이의 분쟁을 조정해 나갔다.

몇 주일 동안 힘들고 게을리할 수 없었던 일들이 내게는 도움이 되었다. 일들이 차츰 정상적인 궤도로 돌아가고 또 나는 더 이상 필요 없어졌다. 초원 곳곳은 초록색으로 덮여 가고, 호수도 잔잔하게 햇빛을 받아 눈 녹은 산등성이를 푸르게 비추었다. 아버지는 그럭저럭 지냈고, 내 사랑의 번뇌들은 더러운 눈 찌꺼기처럼 사라져 흘러가 버렸다. 과거에는 이때쯤이면 아버지가 작은 배에 다시 니스를 칠했을 터다. 또 어머니는 정원을 바라보고, 나는 아버지의 일하는 모습이나 그의 파이프에서 모락모락 피어오르는 연기, 노란 나비를 살피곤 했다. 그러나 이제 니스를 칠할 배도 없고, 어머니는 오래전에 돌아가셨으며 아버지는 황량한 집에서 시무룩하게 웅크리고 앉아 있다. 콘라트 외삼촌도 내게 옛 시절을 생각나게 해 주었다. 나는 자주 아버지 눈을 피해 외삼촌과 술 한잔을 하면서, 그가 이야기를 하며 자신의 수많은 계획에 대해 기분 좋게 웃고 조금은 우쭐해하면서 여러 포부를 끄집어내던 때를 회상해 보았다. 요즘에는 더 이상 새로운 발명품을 만들어 내지 않았고 나이 든 기색도 역력했지만, 그래도 그의 얼굴과 웃음에는 뭔가 소년이나 젊은이 같은 데가 있어서 나를 기분 좋게 했다. 내가 노인네와 함께 집에 있는 일을 더 이상 견디기 어려워졌을 때, 그는 종종 내게 위안과 여가 생활의 동반자가 되어 주곤 했다. 같이 술을 마시러 갈 때면, 삼촌은 내 옆에 서서 열심히 타박타박 따라오며 구부러지고 마른 다리로 나와 보조를 맞추려고 몹시 애썼다.

"돛을 달아야죠, 콘라트 외삼촌." 하고 나는 그를 격려했다. 그러면 우리는 매번, 죽은 애인이나 되듯이 그가 애도하는 옛날 배 이야기로 돌아갔다. 나도 그 배를 사랑하고 애틋하게 그리워했기 때문에, 우리는 그 배 그리고 그것과 더불어 일어난 모든 일들을 아주 사소한 부분까지 떠올리곤 했다.

호수는 예전처럼 푸르렀고, 태양은 여전히 찬란하고 따뜻했다. 늙은 소년인 나는 종종 노란 나비를 바라보면서 옛 시절과 달라진 것은 근본적으로 없으며 다시 풀밭에 누워 소년의 꿈이나 꾸면 좋겠다는 감정에 빠져들었다. 그러나 내게는 그런 일이 불가능하며, 내 좋은 시절의 한 부분은 벌써 지나가 버렸고 다시는 돌아오지 않는다는 사실을 나는 매일 세수하면서 깨달았다. 강퍅한 코와 불만스러운 입을 지닌 얼굴이 녹슨 양철 대야에 덩그러니 비칠 때면 그것을 확인할 수 있었다. 내가 세월의 흐름을 착각하고 있지 않다는 것은 카멘친트 노인을 보면 더 잘 알 수 있었다. 계속 현재에 남아 있고 싶다면, 나는 내 방의 낡은 책상 서랍을 열기만 하면 되었다. 거기에는 내 미래의 작품, 그러니까 몇 년 지난 스케치 뭉치와 예닐곱 개의 초고 및 사절지로 된 작품이 들어 있었다. 그러나 나는 그 서랍을 좀처럼 열어 보지 않았다.

　나는 노인네를 돌보는 일 외에도 엉망이 된 집을 수리해야 했다. 복도에는 구멍이 입을 벌리고 있었고, 난로와 화덕은 망가져서 연기를 뿜어 대며 냄새를 풍겼고, 문은 닫히지 않았다. 예전에 아버지가 나를 벌주던 장소였던 광으로 내려가는 계단은 너무 낡아서 위험했다. 이런 것을 고치기 전에 도끼를 갈고, 톱을 손보고, 망치를 빌려 오고, 못도 찾아내야 했다. 그러고는 예전에 목재로 썼던 썩어 빠진 나무토막에서 쓸 만한 조각을 추려야 했다. 연장과 낡은 숫돌을 고칠 때에는 콘라트 외삼촌도 약간 거들었지만, 너무 늙고 허리가 굽어서 큰 도움은 되지 못했다. 그래서 나는 글만 쓰던 부드러운 손을 꺼칠꺼칠한 나무에 긁히고 흔들거리는 숫돌을 발로 밟아 가면서, 곳곳에 물이 새는 지붕 위를 기어 다니며 못질을 하고, 망치질을 하고, 지붕을 잇고 잘랐다. 그러자 좀 기름 낀, 죄 많은 내 몸은 땀방울을 줄줄 쏟아 냈다. 그렇게 허술한 지붕을 고치고 망치질을 하다가, 몸을 세우고 앉아서는 반쯤 꺼진 담배를 다시 피워 물거나 푸른 하늘을 쳐다보기도 했다. 그러면서 이제는 아버지가 나를 재촉하거나 꾸짖지 못하리라는 생각에 즐거워하면서 게으름을 즐겼다. 만일 이웃집 사람, 여자든 노인이든 학생이든 이곳을 지나가면, 나는 게으름을 얼버무리기 위해 그들과 아주 다정하게 대화를 나누었다. 그래서 우리 마을엔 점차 좋은 대화를 나눌 수 있는 한 남자에 대한 소문이 퍼졌다.

"오늘은 날씨가 좋지, 리스베트?"

"아, 페터. 그야 뭐. 그런데 뭐하는 거야?"

"지붕 고쳐."

"나쁘진 않네, 벌써 오래전에 고쳤어야 했는데."

"그럼, 그럼."

"노인네는 뭐하고 계셔? 일흔은 족히 넘으셨지?"

"여든이야, 리스베트. 여든. 우리가 그렇게 늙으면 어떨까? 우리도 나이를 먹고 있잖아."

"그러게 말이야, 페터. 그런데 난 지금 가야겠어. 남편 식사를 차려야 해. 그럼 수고해."

"안녕, 리스베트."

그녀가 보자기에 싼 점심 보따리를 들고 계속 걸어가는 동안, 나는 담배 연기를 내뿜으며 그녀의 뒷모습을 바라보았다. 그러면서 모든 사람들이 저렇게 열심히 일하는데, 나는 벌써 이틀이나 똑같은 널빤지에다 여기저기 못이나 박고 있으니 대체 뭐하고 있는 거야, 하고 생각했다. 그럼에도 불구하고 지붕을 수리하는 일을 마침내 끝냈다. 아버지는 유난히 이 일에 흥미를 보였다. 그러나 아버지를 지붕 위로 끌어올릴 수는 없어서, 일의 진행에 대해 낱낱이 설명하고, 널빤지의 치수까지도 보고해야 했다. 그러다 보니 몇 가지에 대해서는 허풍을 떨지 않을 수 없었다.

"잘했다." 아버지가 인정했다. "그래, 잘했다. 네가 올해 안에 끝내리라고는 생각도 안 했다."

이제 와서 나의 여정과 삶의 노력들을 돌아보고 곰곰이 생각해 보면, 기쁘기도 하고 화가 나기도 한다. 물고기는 물에서 놀아야 하고 농부는 땅을 파먹고 살아야 한다는 것, 그리고 아무리 재주를 부려도 니미콘 마을의 카멘친트는 도시인 내지 세계의 사람이 될 수는 없다는 사실을 나 역시 체득했기 때문이다. 나는 이제 매사를 질서에 따라 처리하는 데 익숙해졌다. 세속의 행복을 찾으려는 무모한 욕망이 내 의지와는 반대로 나를 다시 내가 속해 있는 고향, 호수와 산 사이의 조그만 구석으로 돌려보냈다는 사실을 깨닫고는 기쁨을 느꼈다. 고향 사람들은 내 덕성과 악덕, 특히 죄까지도 그저 평범하고 혈통에 따른 어떤 것으로 간주했다. 저 바깥세상에서 나는 고향을 잊은 적 있었고, 나 자신을 드물고 이상한 종류의 인간으로 여기곤 했다. 그러나 이제 나는 그것이 바깥세상에는 어울리지 않는 니미콘 사람들만의 본질이었다는 점을 깨달았다. 여기서는 아무도 나를 기이한 인간으로 보지 않는다. 그리고 나는 내 늙은 아버지와 콘라트 외삼촌을 볼 때면, 나도 꽤 괜찮고 착한 아들이자 조카라는 생각까지 든다. 지성과 이른바 교양 세계에서 체험한 수차례의 곡예비행도, 돈과 노력과 상당한 세월을 더 바쳤다는 점만 제외하면, 실은 외삼촌의 저 유명한 돛단배 항해와 다를 바 없었다. 내 사촌 쿠오니가 내 수염을 깎아 주자, 나는 전처럼 다시 멜빵바지를 입고 소매를 걷어붙인 채 돌아다녔다. 그 후로 나는 겉모습까지 이곳 토박이가

197

되었다. 장차 내가 늙어 백발이 되어, 혹시 아버지의 자리와 그가 마을에서 하던 역할을 물려받는다면, 나는 진짜 토박이가 될 터다. 사람들은 내가 그저 몇 해 동안 외지에 나가 있었을 뿐이라고 느꼈다. 나도 내가 거기서 얼마나 허탈한 짓을 했고 또 얼마나 자주 진흙탕에 빠졌었는지를 말하지 않으려고 조심했다. 그런 이야기를 했다가는 금방 조롱당하고 별명까지 얻을 것이 뻔했다. 나는 독일과 이탈리아와 파리에 대해 이야기할 때엔 약간 과장도 한다. 그러나 정말 솔직한 자리에서조차 때때로 나 자신의 진실에 대해 의심하기도 한다.

그런데 그 많은 방황과 지나온 세월에도 불구하고 나는 과연 무엇을 얻었던가? 내가 사랑했고 지금도 사랑하는 여인은 바젤에서 귀여운 두 아이를 키우고 있다. 나를 사랑했던 여인은 재혼하여 과일과 채소, 씨앗을 팔고 있다. 아버지 때문에 고향 집으로 돌아왔지만, 아버지는 돌아가시지도 다시 건강을 찾지도 못한 채 내 맞은편 낡은 침대에 앉아, 창고 열쇠를 갖고 있는 나를 바라보며 부러워하고 있다.

하지만 그것이 전부는 아니다. 내게는 어머니와 익사한 젊은 시절의 친구 외에도, 하늘나라의 천사가 된 금발의 아이와 조그만 꼽추 보피가 있다. 그리고 마을의 집들이 다시 수리되고 두 개의 돌 제방이 다시 설치되는 광경도 직접 목격했다. 내가 원한다면 나는 마을 의회에도 참여할 수 있다. 그러나 거기에는 이미 카멘친트들이 충분히 있다.

요즈음 내게는 다른 전망이 열렸다. 아버지와 내가 상당한 양의 벨트린이나 발리저, 바틀란트 술을 마시곤 했던 술집의 주인 니데거가 갑자기 쇠약해져 장사에 더 이상 재미를 느끼지 못했던 것이다. 그는 어느 날, 자신의 비참한 처지를 내게 호소했다. 가장 애석한 점은 술집을 운영할 만한 고향 사람이 아무도 없어서 외지의 양조장이 가게를 사들이면 모든 것이 망할 테고, 니미콘에는 우리가 마음 편히 다닐 수 있는 술집이 한 군데도 남지 않으리라는 것이었다. 어떤 외지 사람이 세입자로 들어와 장사를 하면, 그는 자연히 포도주보다는 백주를 팔 테고, 그러면 니데거의 지하 술 창고는 엉망이 되어 술맛도 나빠질 게 분명했다. 이를 알고 나서부터 나는 마음이 편할 수 없었다. 바젤의 은행에는 아직 돈이 좀 있고, 니데거 노인도 나를 아주 나쁜 후계자로 보는 것 같지는 않았다. 다만 걸림돌이라면, 적어도 내가 아버지 살아생전에 술집 주인이 되고 싶지 않다는 점이었다. 나는 이 노인네를 결코 술통에서 떼어 놓을 수 없을 것이며, 게다가 그는 내가 라틴어 공부와 대학 교육까지 받고도 니미콘의 술집 주인밖에 되지 못했다는 사실을 자신의 승리로 여길 게 분명했다. 그건 안 될 말이다. 그래서 나는 점차 아버지가 돌아가시기를 기다리게 되었다. 아버지를 참을 수 없어서가 아니라, 다만 저 일이 잘되기를 바랐을 따름이다.

지금껏 콘라트 외삼촌은 오랜 세월 동안 조용히 잠자듯 지내는가 싶더니 다시 광적으로 일 욕심을 냈다. 그건 내 마음에 들지 않았다. 그는 늘 집게손가락을 입에 물고, 이마에는 골몰하듯 주름을 잡고, 성급한 종종걸음으로 방 안을 돌아다니다가 날씨가 좋으면 물 위를 한참씩 바라보기도 했다. "저 양반 다시 배를 만들 거야."라고 늙은 센친네 숙모가 말했다. 그는 정말 최근 일이 년 사이에 활기차고 분방해 보였다. 그는 이번에야말로 어떻게 시작해야 할지 잘 안다는 듯, 교활하면서도 신중한 표정을 지었다. 그러나 나는 그것이 배와는 상관없고, 단지 그의 피곤한 영혼이 이제 날개를 달고 곧 고향으로 돌아가고 싶어 하기 때문이라는 사실을 알았다. 돛을 달아야 겠죠, 외삼촌! 그러나 그런 일이 생긴다면, 니미콘의 어른들은 아마 전례 없는 일을 겪을 터다. 왜냐하면 나는 그의 장례식에서 신부님 다음으로 몇 마디 하려고 결심했기 때문이다. 여기서는 그런 일이 지금까지 단 한 번도 없었다. 나는 외삼촌을 성자로서, 신의 사랑을 받은 사람으로서 추모할 것이다. 이 신앙적인 부분에 뒤이어, 적당한 한 줌의 소금과 후추가 친애하는 문상객들 귓가에 뿌려지리라. 그러면 그들은 나를 금방 잊거나 용서하지 않을 터다. 부디 아버지도 그런 장면을 보았으면 좋겠다.

이제 서랍에는 내 위대한 시의 첫 부분이 들어 있다. '내 필생의 작업'이라고 말할 수 있을 것이다. 그러나 너무 들떠서 하는 말로 들릴 테니, 그렇게 부르지는 않겠다. 왜냐하면 나는 그걸 진행하여 완성하기에는 아직 역부족이라는 사실을 고백해야 하기 때문이다. 어쩌면 그걸 새로 시작하고 진행해서 완성하는 때가 언젠가 올지도 모르겠다. 그렇다면 내 청춘기의 동경은 올발랐고, 나는 정말 시인이었던 셈이다.

그것이 내게는 마을 의회와 돌 제방만큼, 아니 그보다 더 가치 있는 일이리라. 날씬한 뢰지 기르타너에서 가련한 보피에 이르기까지 내가 사랑했던 모든 사람들의 영상과 더불어 지나갔으나 잊을 수 없는 나의 삶, 그것은 다른 어떤 것과도 바꿀 수 없으리라.

옮긴이의 말

『페터 카멘친트(Peter Camenzind)』(1904)는 헤세가 수년 간의 습작기를 보낸 뒤 당대의 유명한 문예지 《노이에 룬트샤우(Neue Rundschau)》에 발표하여 문단의 큰 호평을 받은, 그의 최초의 소설이다. 이 작품에는 그의 유년 시절의 흔적이나 청춘에 대한 고뇌와 갈등, 사랑의 쓰디쓴 체험, 문학과 예술에 대한 동경이 촉촉이 스며 있을 뿐만 아니라, 자연과 세계를 보는 그의 기본 시각이 이미 뿌리내리고 있다. 그런 의미에서 이 소설은 독자에게 널리 알려진 『데미안』(1919)이나 『황야의 이리』(1927), 『나르치스와 골드문트』(1930)보다는 덜 성숙하고 다소 투박하기는 해도 그의 문학 세계를 관류하는 전반적 흐름의 출발점을 형성한다.

이 작품과 관련하여 우선 헤세가 부모에게 받은 영향이나 그의 성장 배경, 청소년 시절의 체험을 더듬어 볼 필요가 있다. 그는 1877년 남독 알레만 지방의 칼브라는 전원적인 마을에서 태어났다. 그의 아버지는 에스토니아 출신의 선교사였고, 어머니는 동양학자 군데르트의 딸로서 인도에서 출생한 경건한 여인이었다. 특히 서른여섯 가지의 외국어를 구사하는 외할아버지 군데르트는 동서양의 종교를 깊이 있게 탐구한 석학이었다. 이런 가계의 혈통이 일찍부터 헤세에게 종교적 경외심과 신비로움을 심어 주기도 했지만, 한편 이것은 그의 자유를 갈구하는 영혼에 무거운 부담으로 남았다. 헤세 자신도 처음에는 목사가 되기 위해 신학교에 다녔으나, 그곳의 지나치게 엄격한 교육을 견디지 못하고 뛰쳐나왔다. 18세부터는 튀빙엔의 서점에서 점원으로 일하면서 수많은 책들을 탐독하는 가운데 남몰래 작가로서의 꿈을 키워 나갔고, 그러면서 청년으로서 겪어야 하는 사랑에 대한 충동과 자기 성찰, 삶의 욕구와 종교적 경건성 사이의 모순, 요컨대 독일 문학의 전통적 주제라 할 수 있는 '양극성(兩極性)' 또는 '생과 정신의 대립'을 문학적으로 승화시키고자 부단히 노력했다. 이 시절에 쓴 그의 일기들에는 이 같은 청춘의 방황과 고독, 삶에 대한 내면적 투쟁의 아픈 자취가 잘 나타난다. '오, 이 밤, 잠 못 이루는 열 시간. 모든 일 분이 (……) 나의 억눌린 영혼과의 싸움이다.'라든가 '애환의 모든 한계가 뒤범벅이라네.', 또는 '술 마시는 일이 이제는 견디기 힘들어.' 등의 고백은 바로 『페터 카멘친트』에서 자연적 본능을 견디기 어려워하면서도 늘 위대한 작가 또는 시인을 꿈꾸는 주인공의 내적 갈등과 상통한다.

주인공 카멘친트의 내적 갈등은 당시에 헤세가 대면하던 독일 시민 사회의 현실에 대한 거부감 또는 항변과 복합적인 관계를 맺으면서, 이 소설의 구성에 있어 중요한 대립적 요소로서 작용한다. 작품에서도 분명히 드러나듯이 문명화의 경향, 예컨대 대도시의 생활이나 사교계의 겉치레, 문단과 학계의 유행 사조에 대한 시골 청년 카멘친트의 혐오감은 헤세가 시대를 체험하면서 겪은 과도기적 혼란을 엿보게 하는 대목이며, 주인공의 퉁명스럽고 비사교적인 성격, 술버릇, 괴벽이나 방랑벽 또한 그가 추구하던 독자적인 세계에의 도정에서 필요악처럼 따라다녔던 정신의 반명제라고 할 수 있다. 자연의 본질을 상실해 가고 인습으로 굳어져 가던 후기 시민 사회는 동시대의 많은 작가들처럼 헤세에게도 커다란 압박감으로 작용했으며, 이런 면이 그를 더욱더 내면으로 침잠하도록 했다. 실제로 그는 시대의 일반적 동향을 싫어해서 1912년부터는 스위스로 이주하여 살았고, 그 후로도 번번이 신경 쇠약증으로 고생했다.

물론 헤세가 쓴 대부분의 작품들이 그렇듯이 이 소설에서도 궁극적으로는 자연, 신, 인간의 삼자 관계(三者關係), 그 조화와 합일이 주제의 기본 틀을 이룬다. 알프스의 고산 지대를 중심으로 펼쳐지는 웅장한 자연 경관과 한 영혼의 움직임, 인간으로서 도달할 수 없는 신성(神性)과의 관계는 작품 서두에서 '태초에 신화가 있었다.'라는 핵심적 구절을 통해 서술적 원근법의 실마리를 제시한다. 더욱이 신화가 '신의 말씀'이나 '신의 이야기'만이 아니라 순수한 인간의 영혼을 어루만지고 언어를 창조하는 원천으로 설정되어 있다는 점에서 헤세의 의도가 전면에 암시되어 있음을 알 수 있다. 호수와 가파른 절벽, 신비로운 설봉, 무서운 폭풍우 같은 자연적 대상에서 신의 존재를 감지하며 이를 시로 표현하려는 주인공의 성장 과정은 자연과 신을 거의 동일시하는 작가 특유의 자연관 혹은 종교관을 반영하고 있을 뿐만 아니라 신화의 궁극적 의미를 인간의 창조 행위에서 찾고자 하는 그의 예술관을 반추하고 있기 때문이다.

　『페터 카멘친트』에서 자연, 신, 인간을 하나의 끈으로 묶어 주는 것은 결국 사랑이고, 그것은 유머를 통하여 형상화된다. 주인공이 체험하는 내적 위기나 현실과의 긴박한 대립은 자아의 성숙과 더불어 찾아오는 타아에 대한 이해, 대상에서 한 발 뒤로 물러서는 체념 어린 공감에 의해 해소된다. 사물의 모순을 냉철하게 꿰뚫어 보는 '이지적 웃음'이 아이러니라면, 마음에서 우러나오는 따뜻한 동정심을 지닌 '심장의 웃음'은 바로 유머라 하겠는데, 이 작품에는 주인공 카멘친트가 사랑의 비애라든가 절친한 친구의 죽음 그리고 이탈리아 촌부들의 소박한 생활, 특히 보피라는 인물과의 교감을 통해 삶의 욕망과 세속의 고통으로부터 뒤로 물러서는 지혜를 터득해 가는 과정이 유머러스하게 표현되어 있다. 정신적 분열의 고백서라고 할 만큼 작가의 위기를 드러낸 『황야의 이리』에서도 체념 어린 웃음과 사랑만이 하나의 해결책으로 제시될 만큼 유머는 헤세의 작품들을 이해하는 데에 중요한 열쇠라 할 수 있다. 『페터 카멘친트』에서도 신과 인간, 자연과 인간의 합일이라는 그의 이상은 인간 존립의 유일한 가능성이라 할 사랑의 인식으로 용해되며 유머라는 형식으로 형상화된다.

옮긴이
원당희

고려대학교 독문과에서 '토마스 만 연구'로 박사 학위를 받았고, 고려대와 동덕여대, 한양대 독문과에서 강의했다. 현재는 번역가 및 출판 기획자로 활동 중이다. 논문으로는 「토마스 만에 있어서 독일적 유미주의의 정치적 현실화 문제」, 「토마스 만의 『부덴브로크 일가』: 시민 사회 반영으로서의 가족 공간과 몰락의 의미」, 「루카치의 문예 비평과 총체성」 등이 있다. 옮긴 책으로는 토마스 만의 『마법의 산』, 헤르만 헤세의 『황야의 늑대』와 『페터 카멘친트』, 슈테판 츠바이크의 『천재 광기 열정』, 『모르는 여인의 편지』, 『환상의 밤』, 한스 마르틴 로만과 요아힘 파이퍼의 『프로이트 연구』 등이 있다.

페터 카멘친트

1판 1쇄 펴냄 2017년 6월 30일
1판 7쇄 펴냄 2022년 11월 28일

지은이 헤르만 헤세
옮긴이 원당희
발행인 박근섭, 박상준
펴낸곳 (주)민음사

출판등록 1966. 5. 19. 제16-490호
서울시 강남구 도산대로 1길 62(신사동)
강남출판문화센터 5층 06027
대표전화 02-515-2000 팩시밀리 02-515-2007
www.minumsa.com

© 원당희, 2017. Printed in Seoul, Korea

ISBN 978 89 374 2914 9 04800
ISBN 978 89 374 2900 2 (세트)